나는 이 소녀를 알고 있다.

한눈에 봐도 알 수 있을 정도로 사이 좋은 가족이었다.

“이렇게? 이렇게죠?!”

나와 호랑이 님 17

제망매가

카넬 지음
영인 일러스트

목차

첫 번째 편지, 그것마저도 거짓

현실 도피를 하고 계실 주인님께.

이상한 세계에 오신 것을 환영합니다, 주인님.

일단 흥분을 가라앉히시고 이 편지를 끝까지 읽어 주셨으면 합니다. 편지가 구겨지면 주인님만 읽기 힘들어진다는 것을 잊지 마시죠.

원래의 계획대로라면 이런 편지를 남기지 않을 예정이었습니다만…….

고심에 고심을 해 보니, 주인님의 지적 수준으로는 지금 처한 상황을 이해하시는 데 길고 긴 시간이 걸릴 것이라는 결론이 나왔기 때문에 어쩔 수 없이 펜을 들게 되었습니다.

저의 상냥한 마음에 감동해서 눈물을 흘리실 시간을 잠시나마 드리겠습니다.

그럼 지금부터 주인님께서 계시는 곳에 대한 설명을 해 드리겠습니다. 지금 주인님께서 계신 곳은 저희가 살고 있는 중심 세계에서 파생된 242,145번 평행 세계에 존재하는 지구입니다.

지금 '이 녀석이 또 무슨 소리를 하는 거야…….' 같은 생각을 하고 계시겠죠. '그걸 알면 좀 이해하기 쉽게 말 좀 해.'라는 생각이 이어질 것 같습니다.

이럴 때는 주인님께서 서브 컬처에 문외한이시라는 것이 정말로 슬픕니다. 만약 주인님께서 스트레이나 오라전대 피스메이커, 그리고 초인동맹에 어서 오세요를 읽어 보셨다면 이런 설명 자체가 필요 없겠습니다만…….

'책을 읽을 시간이 있으면 아이들과 함께 놀겠어!' 같은 생각을 하시는 주인님께 무엇을 바라겠습니까.

주인님.

먼저 평행 세계라는 개념에 대해 간단하게 설명해 드리겠습니다. 평행 세계란, 주인님이 살고 계시는 세계가 아닌 다른 차원에 있는 세계라 생각하시면 됩니다. 흔히들 말하는 이세계라고 할 수 있겠지요.

축하합니다, 주인님. 드디어 주인님께서도 이세계에 가게 되셨습니다. 그것도 마침 고등학생일 때 말이죠.

깽판은 못 치시겠지만.

다시 말씀드리지만, 편지를 구기면 주인님만 읽기 힘들어지실 뿐입니다.

평행 세계라는 개념을 슬슬 이해하셨으리라 믿고 이야기를 계속하겠습니다.

기억하고 계실지 모르겠지만, 주인님께서는 고등학교 1학년 1학기 때. '나래와 같은 대학에 가고 싶어!'라는 헛된 꿈을 가지고 가장 점수가 낮았던 수학을 공부하신 적이 있을 겁니다. 그때 집합의 개념 중…….

집합이 무엇인지 설명할 필요는 없으리라 믿습니다.

주인님.

조금 전에 저는 이곳을 다른 차원에 있는 지구라고 말씀드렸지만, 이는 사실 제대로 된 설명이 아닙니다.

왜냐하면 앞서 적었던 것 같이, 이 세계는 주인님께서 살고 계셨던 세계에서 파생된 세계이기 때문입니다.

즉, 주인님께서 태어난 세계가 집합 B라고 한다면, 지금 계신 세계는 집합 A라 할 수 있습니다. 부분 집합이라는 말을 이해 못 하실 주인님을 위해 풀어 설명드리자면.

이 세계는 주인님께서 태어난 세계에 속해 있습니다.

비록 A세계가 B세계와 달라 보인다 할지라도, B세계에서 일어난 중요한 사건, 역사의 흐름을 따라간다는 뜻입니다. 그 과정은 다를 수 있습니다만.

……머리를 부여잡고 괴로워하시는 주인님을 위해 좀 더

쉽게 설명하겠습니다.

주인님께서 태어난 세계에서 일어난 중요한 일들은 이 세계에서도 반드시 일어납니다.

중요하니까 한 번 더 적겠습니다.

주인님의 세계에서 일어난 중요 사건은 이 세계에서도 반드시 일어납니다.
이 점을 잊지 말아 주시기 바랍니다.

다시 돌아와서.
제가 242,145번 평행 세계에 주인님을 보낸 것은 평행 세계마다 시간의 흐름이 다른 탓에, 제 성격이 변한 계기가 된 사건이 아직 일어나지 않았기 때문입니다.
지금부터 주인님께서는 당신의 눈으로 직접 그 사건을 보고, 당신의 몸으로 직접 그 사건을 경험하시게 될 것입니다.

하지만 주인님.
잊지 마셔야 합니다. 다시 한 번 말씀드리지만 이 세계가 주인님의 세계에 종속되어 있음으로 인해, 주인님의 세계에서 일어난 중요한 역사적 사건은 반드시 일어나게 되어 있다는 것을.
그리고 제가 겪었던 일은 불행히도 그 범위 안에 들어가 있습니다. 그렇기에 주인님께서 그 사건을 막으려 하시거나 과도한 간섭을 하신다 해도, 세계의 억지력에 의해 주인님의 노력은 보상받지 못할 가능성이 큽니다.

부디 이 사실을 잊지 말아 주시고 과도한 개입은 삼가 주시기 바랍니다. **무엇보다 저는 과거에 제가 저지른 행동 탓에 모든 평행 세계의 위험인물로 낙인이 찍혀 버렸기에,** 242,145번 평행 세계로 향할 수조차 없습니다.

지금부터 일어나는 일에 개입할 수도, 주인님을 도와 드릴 수도 없다는 뜻입니다. 주인님의 목숨이 위험해지더라도 제가 주인님을 구해 드릴 수 없다는 말과 같습니다. 그러니 안주인님께서 저를 두 번 죽이시는 일이 없도록, 부디 몸조심을 해 주시기 바랍니다. 그리하면 목숨만은 부지할 수 있으실 겁니다. 저의 과거는 그러한 일이었으니까요.

그러면 주인님. 다시 만나는 날까지 부디 242,145번 평행 세계의 세희에게 일어나는 일을 지켜만 봐 주시기만 하셨으면 합니다.

추신 : 다시 한 번 간곡히 부탁드리건데, 하지 말라면 하지 말아 주시기 바랍니다. 괜히 제 첫 번째 계획을 엉망으로 만들지 마시고.

추신 2 : 웅녀의 뼈 몽둥이와 안주인님의 이빨은 반입 불가 물품이기에 따로 보관해 두겠습니다.

추신 3 : 이 편지는 주인님께서 다 읽으신 뒤, 3초 후에 폭발합니다.

시작하는 이야기

사람은 돈이 없으면 살 수 없다.

한동안 잊어버리고 있었지만, 나는 누구보다도 그 사실을 잘 알고 있다.

단순히 집에서 숨만 쉬고 있다 하더라도 식비, 주거비, 전기세, 수도세, 건강 보험료, 국민연금 등등. 도대체 이 세금을 어디다 쓰냐고 묻고 싶을 정도로 상당히 많은 액수가 통장에서 빠져 나가는 걸 직접 봐 왔던 나니까.

그렇기 때문에.

"어이! 신입! 3번에 봉황 통구이다!"

"예! 알겠습니다!"

저는 지금 주점에서 일을 하고 있습니다.

……왜냐고?

세희가 건 요술에 정신을 잃은 뒤.

눈을 떠 보니 이 알 수 없는 마을의 길거리 한복판에 혼자 뚝 떨어져 있었거든.

농담이 아니다. 진짜다. 나도 처음에는 믿을 수 없었어. 손 안에 쥐고 있던 세희의 편지가 현재 상황을 알려 주며 현실감을 일깨워 줬지만, 그 편지조차 말 그대로 폭발해서 잿더미가 됐지.

편지에 적혀 있긴 했지만, 처음에는 믿지 못했다. 설마 사람을 이상한 세계에 보낸 다음에 입 싹 씻고 사라졌으리라고는…….

하지만.

몇 번이나 세희의 이름을 불러 보고, 길거리에서 추위와 배고픔에 시달리면서 잠깐 눈이라도 붙이려다가 강도를 만나 속옷 한 장만 달랑 남게 되었을 때.

내가 이 세계에 혼자 쓸쓸하게 의지할 구석도 없이 방치되었다는 사실을 피부로 느낄 수밖에 없었지.

그때부터 내가 가장 먼저 한 것은 잠잘 곳을 찾는 것과 돈을 벌 수 있는 일을 찾는 것이었다.

마침 주점에서 점원을 구하고 있던 게 다행이었어. 사장님이 나를 불쌍하게 여겨서 옷과 일을 주지 않았다면 어떻게 됐을지 상상도 하기 싫다.

근로 청소년이 아닌 범죄자가 되지 않았을까.

"오래 기다리셨습니다! 봉황 통구이 나왔습니다!"

말이 봉황 통구이지, 실상은 닭구이에 장식을 단 거지만.

주점에서 일하면서 깨달은 건데, 의외로 나는 이런 일이 적성에 맞았다. 요리를 서빙하고, 주문이 뜸하면 주방에 들어가서 설거지를 하거나 음식물 쓰레기를 돼지 먹이로 준다거나, 영업이 끝난 뒤에는 청소를 한 뒤, 주점의 다락방에서 삐걱거리는 침대에 낡은 모포를 뒤집어쓰고 잔다거나, 아침에 일찍 일어나 음식 재료를 손질하고, 손님 맞을 준비를 하는 게 꽤나 익숙해졌단 말이지.

덕분에 사장님도 꽤 좋게 봐주신단 말이야.

……내가 이러려고 그 고생을 하고 이 세계에 온 건 아니지만.

"신입!! 한눈팔고 뭐하냐?! 4번에 흑룡 구이다!"

"죄송합니다!!"

잡념을 버리고 일에 전념하다 보니, 오늘도 어느새 끝이 찾아왔다.

"수고했다. 이건 오늘 치 일당이다."

"감사합니다!!"

나는 사장님께 고개를 꾸벅 숙이고 다락방으로 올라갔다.

"으어어어~"

적성에 맞는다고 해서 힘들지 않은 건 아니다. 거기다 주정뱅이들이 벌인 난장판을 치우는 경우는 더욱 그렇지.

남이 게워 낸 음식이었던 무언가를 치우는 건 정신적으로나 육체적으로나 여러모로 힘들단 말이야. 일이 끝난 다음에 가게 뒤편의 우물가에서 가볍게 샤워를 해도 냄새가 지워지지 않은 것 같고.

나는 몸에서 나는 냄새를 맡아 보며 침대에 앉았다. 일에 지친 몸은 숙면을 바라고 있지만 내 정신은 그것을 거부하고 있다.

왜냐고?

지금이 아니면 생각에 전념할 수 없으니까!

나라고 해서 매일매일 일에만 전념하고 있는 건 아니다. 지금처럼 자기 전이라든가, 시간이 날 때마다 세희가 썼던 편지 내용을 이해하기 위해 애써 왔다. 그 성과도 있었고.

세상에, 평행 세계라니…… 세희가 남긴 편지가 없었다면 상상도 하지 못했을 거야.

물론, 나도 바보가 아니다.

조금만 생각해 보면 지금까지의 정황상 세희가 자신의 과거를 알려 주기 위해서 날 이 이상한 세계에 보냈다는 것까진 알았을 거야.

하지만 이 세계를 예전에 냥이가 그러했듯이 요술로 만든 세계라고 생각했겠지.

왜냐고?

이 세계는 중세 유럽 풍이거든.

세희는 고조선 이전 시대에 태어난 녀석이고.

내가 무슨 말을 하고 싶은지 알겠지?

그 사실을 알고 있는데 내가 어떻게 이 세계가 실제로 존재하는 세계라고 생각할 수 있겠어? 당연히 RPG 게임을 좋아하는 세희의 장난 섞인 요술로 만들어진 세계라고 생각하겠지.

하지만 세희의 편지대로라면 이곳이 실제로 존재하는 세계고, 내가 살던 세계에서 파생되었다는 말이 된다.

그 말에 신뢰성을 주는 부분이 몇 가지 있긴 하다.

먼저 인간들이 대요괴의 영역을 피해 마을을 이루었고, 요괴와 맞서 싸우고 있다는 점.

덕분에 싸울 수 있는 사람이라면 누구나 다 자신만의 무기를 휴대하고 다니는 실정이다.

또한 사람들은 인간의 왕이 나타나기를 기다리고 있다는 점.

왕이 모든 인간들의 마음을 하나로 모아, 요괴들을 퇴치하기를 기대하는 목소리도 종종 들리곤 한다.

단순히 먹고 살기 위해 고른 주점 일이지만, 여러 가지 이야기를 들을 수 있다는 건 생각지 못한 호재였다.

"……그래도 세희가 어디 있는지는 모르겠지만."

분명 어린 시절의 세희 역시 이 곳 어딘가에 있을 텐데…….

안 보여. 어디 있는지 모르겠어. 시간만 속절없이 흘러가고 있는 꼴이다.

그런데 왜 세희를 안 찾고 일이나 하고 있냐고?

그야 위험 부담이 너무 크니까. 나는 어디로 가야할지 모르고, 과거의 세희를 만났을 때 무슨 일이 일어날지도 모른다. 아무런 보장도 없는 상황에서 겨우 구한 일거리를 내던지고 세희를 찾는데 전념할 수도 없는 사정이다.

그랬다가 쫓겨나서 또 강도라도 만나게 되면 누가 책임질거냐고.

지금은 조금이라도 돈을 모으며 나중을 기약하는 게 옳다.

그를 위해 나는 침대에 누워서 눈을 감았다.

피곤에 지친 몸이건만 아이들이 보고 싶은 마음에 쉽게 잠들 수 없었다.

첫 번째 이야기

기회는 의외의 순간에 찾아왔다.

"저번 부족 회의에서 말이야, 아사달 님이 역성을 냈다고 하더라고. 그걸 이제야 알다니, 쯧."

"왜, 또 무슨 일 있었나 보지?"

손님이 뜸한 낮 시간.

주작의 다리라는 이름의 닭발과 함께 들판의 축복이라는 이름의 맥주를 상위에 내려놓을 때, 어디선가 들어본 듯한 아사달이라는 이름에 내 귀가 반응했다.

아사달이라.

분명 귀에 익은데 말이야. 내가 그 이름을 어디서 들었지?

"제사장들이 내일 있을 적월제(赤月祭)에서 기린의 시험을 치러야 한다고 역성을 냈다고 하더군."

"또? 아직 열두 살이시지 않았나?"

"**세희 님**이 워낙 총명하시니 그런 말이 자주 나오는 거겠지."

보통 때라면 조용히 일에 집중해야겠지만, 지금은 그럴 상황이 아닌 것 같네.

"죄, 죄송합니다."

한 명은 볼에 기다란 흉터가 있고 다른 한 명은 머리에 화상의 흔적이 남아 있는 험한 인상이었지만, 나는 대화에 끼어들 수밖에 없었다.

"응? 왜 그러지?"

다행이다. 아직 술을 마시지 않아서 그런지 목소리에 짜증이 묻어나지는 않았다.

나는 최대한 공손하게 말을 꺼냈다.

"저도 모르게 두 어르신 분들께서 나누시는 말씀을 듣게 되었는데, 궁금한 점이 있어서 실례라는 것을 알면서도 여쭙고 싶은 게 있습니다."

내 태도가 마음에 들어서일까.

흉터가 있는 아저씨의 입가에 흡족한 미소가 걸렸다.

"그래? 뭐가 그렇게 궁금했나?"

"다른 게 아니라, 세희…… 님에 대한 건데 말이죠."

내가 그 녀석의 이름 뒤에 '님'이라는 단어를 붙이게 될 거라고는 상상도 못 했는데 말이지. 이 아저씨들이 '세희 님'이라고 말했는데 내가 '세희'라고 하면 시비를 걸어 달라는 말밖에 안 되니까 어쩔 수 없다.

"혹시 세희 님에 대해 알려 주실 수 있으십니까? 예를 들어, 지금 어디에 계신다거나."

꽤나 평범한 질문을 한 것 같은데 이상하네.

왜 나를 향한 아저씨들의 시선이 곱지 않지? 왜 칼이 걸린 허리춤에 손이 가는데?

"자네, 왜 그런 걸 묻지?"

"이 마을 사람이라면 누구나 알 이야기를 말이야."

"수상한데……."

어라? 세희가 유명인이었어?

그런 생각을 하자 떠오르는 기억이 있었다.

그건 그 쓰레기장…… 이 아닌, 기린의 집에서 있었던 일.

'세희가 태어났을 때 너무 기뻐서 축복을 내렸다니까?'

……유명인일 수도 있겠구나.

"아니, 그게 말이죠."

사람 하나는 쉽게 죽일 수 있을 것 같은 아저씨들의 적의 어린 시선에 식은땀이 흐르는 것을 느끼며, 나는 최대한 빨리 머리를 굴렸다.

"제가 사실 세희 님의 소문을 듣고 죽기 전에 한 번이라도 뵙고 싶어서 먼 곳에서 찾아왔거든요."

잠시 적막이 흐른 뒤.

"뭐야. 그런 거였나?"

"난 또 자네가 세희 님께 못된 마음이라도 품은 줄 알았네."

"이 사람, 농담도 잘 해. 그랬다면 이런 곳에서 우리한테 물어봤겠나?"

"그도 그렇군! 이야기가 사하 영주님의 귀에 잘못 들어가기라도 했으면 경을 칠 테니!"

"그렇지?"

"하하하하하!"

"푸하하하핫!"

아저씨들이 상을 치며 크게 웃었다.

그제야 나는 한시름 놓을 수 있었다.

"그래서."

흉터 아저씨가 내 손목을 비틀어 상 위에 엎어뜨리기 전까지.

"윽?!"

이게 무슨 짓이냐고 말하려고 했지만, 내 눈 앞에 꽂힌 칼을 보고 생각을 바꿨다.

"히이익?"

비명을 지르기로.

"더 수상하군."

"……예?"

한마디 했을 뿐인데 칼날이 한 치는 더 가까워진 듯한 기분이 들었다.

"수상하다고."

"세희 님을 뵙고 싶어서 먼 곳에서 찾아왔다? 요즘 같은 세상에? 이런 허약한 몸으로?"

제 몸이 좀 허약하긴 하죠. 현대인이거든요.

"갓난아기도 안 믿을 소리를 우리한테 믿으라고 한 거냐?"

"이 자식, 너 무슨 꿍꿍이로 세희 님에 대한 정보를 캐고 다니지?"

여기서 말 한마디 잘못했다가는 이대로 작두에 잘린 풀 꼴이 될 것 같다.

"자, 잠깐만요! 전 수상한 사람 아니에요!"

"그걸 어떻게 믿냐?"

……그러게.

나는 이럴 때 도움을 줄 만한 사람을 생각해 보았다.

그래! 사장님! 머물 곳도 먹을 것도 없었던 나를 일꾼으로 받아 준 마음씨 좋은 사장님이 있다!

그때.

사장님이 목소리가 들렸다.

"잘 곳도 없고 돈도 없다 해서 불쌍한 마음에 받아들이긴 했지만…… 생각해 보니 수상한 구석이 많았습니다."

아이고, 성훈아. 아직도 도끼에 발등을 찍히니!

"일단 끌고 가자. 마침 아사달 님이 원정에서 돌아오신 날이기도 하고."

"생각 같아서는 여기서 베어 버리고 싶지만, 나중에 아사달 님의 귀에 들어갔다가는 큰일이 날 테니까."

누군지는 모르겠지만 아사달이라는 사람한테 감사해야겠네!

"나쁘게 생각하지 말라고. 우리한테 걸린 게 행운이니까."

"사하 영주님의 귀에 들어갔으면 즉결 심판감이었겠지. 평소에는 공명정대하신 분이시지만 세희 님과 관련되면 무섭게 변하시니 말이야."

누군지는 모르겠지만 사하 영주라는 사람하고는 만나고 싶지 않구만!

그런 생각을 하는 도중에 이미 내 양쪽 손목은 탄탄한 밧줄로 꽁꽁 묶여 버렸다. 거친 밧줄이 손목을 파고들어 장난 아니게 아프다. 옛날에 세희가 나를 묶을 때 쓰던 밧줄이 고급품이었다는 사실을 이렇게 알고 싶지는 않았어!

"일어나!"

나는 뒷덜미를 잡혀서 거칠게 일으켜졌다. 그러면서 알게 된 건데, 이쪽을 바라보는 사장님이 꽤나 미안해하는 표정을 짓고 있었다.

……그래요, 사장님. 지켜야 할 가족과 일터가 있으시니 어쩔 수 없으셨겠죠. 그 중에 내 목숨과 안위도 좀 끼워 주셨으면 좋았겠지만 말입니다.

그래도 나는 사장님께 살짝 고개를 숙여 며칠간 머물 곳을 마련해 주신 것에 감사 인사를 표하고 정이 들기 시작한 주점에서 나가게 되었다.

거리의 시선을 한 몸에 받으면서 도착한 곳은, 한 눈에 봐도 높은 사람이 살 것 같은 저택이었다.

대충 봐도 5층 정도는 되는 것 같은데, 높은 담벼락으로 둘러싸여 있고 안에는 넓은 정원까지 있다.

철문 앞에는 경장을 입은 두 명의 경비원이 서 있는데, 험상궂은 아저씨들을 보자 바로 소리 높여 경례를 했다. 그에 비해 아저씨들은 간단하게 손을 드는 것으로 끝난 걸 보니…….

이 아저씨들, 은근히 높은 사람인 것 같네.

"무슨 일이십니까, 단장님. 거기다 부단장님까지. 오늘은 두 분 다 비번이시지 않습니까?"

높은 분들이 맞았습니다.

흉터 아저씨가 손을 내저으며 말했다.

"아, 별건 아니다. 오랜만에 둘이서 한 잔 하러 갔는데 수상한 놈이 있어서 말이야."

"아사달 님은 안에 계시냐? 취조실에 데려간다고 보고를 해야 하는데."

……고문실이 아니라는 거에 감사해야 하는 건가.

"옙! 방금 전에 용무를 마치시고 돌아오셨습니다! 상황은 제가 보고드리겠습니다!"

"아, 그러면 고맙고."

"무엇이라 보고 하면 되겠습니까?"

흉터 아저씨가 머리를 긁고는 깊은 한숨을 내쉬며 말했다.

"사실대로 말 안 했다가는 나중에 큰일 날 테니까…… 세희 님의 뒤를 캐려는 녀석이 있다고 말씀드려라."

"예! 알겠습니다!"

다른 경비원이 철문을 열자 화상 아저씨가 내 등을 손으로 툭 밀며 말했다.

"앞으로 가."

나는 그 말대로 따르면서도 입을 열었다.

"저기, 분명 오해가 있는 거라니까요?"

"이야기는 안에서 들을 테니까 입 다물자. 응?"

입을 다물지 않으면 다물게 만들겠다는 굳은 의지가 느껴진다. 나는 묵묵히 앞을 향해 걸었다.

"야, 그쪽 아니야."

……차라리 서부 영화의 악당처럼 질질 끌고 가던가.

몇 번의 방향 유도 끝에 도착한 곳은 저택의 지하에 있는 어두컴컴하고 퀴퀴한 방이었다.

그나마 다행인 건 방 안에 피 냄새가 나지 않고, 사람을 골로 만들기 좋은 도구 같은 게 없다는 걸까. 있는 거라고는 탁자와 의자 두 개뿐이지만.

"앉아."

내가 한쪽 의자에 앉자 맞은편에 흉터 아저씨가 앉고 화상 아저씨가 내 뒤편에 섰다.

흉터 아저씨가 단장인가 보네.

"자, 그럼."

단장이 말했다.

"불어."

여기서 후~ 하고 입김을 불었다가는 부단장이 내 얼굴을 탁자에 박아 버리겠지.

"저기, 오해가 있는 것 같습니다. 제가 좀 수상해 보이는 건 사실이지만 그건 그 나름대로 이유가 있어서 그래요."

"그 이유라는 건?"

지금이 승부수를 띄울 때라는 것을 직감한 나는, 이래도 되나 싶으면서도 사실을 있는 그대로 말했다.

"제가 사실 이 세계 사람이 아닙니다."

"……."

"……."

그래. 미친놈 취급 받을 거라는 건 알고 있었다.

"장난치냐?"
"아닙니다."
"내가 우습냐?"
"아닙니다."
"그런데 왜 그러냐?"
"죄송합니다."
"한 번 더 그딴 소리를 하면 평생 물똥만 싸게 해 줄 테니까, 알아둬라."
"알겠습니다."
단장이 한숨을 내쉬고 자신의 흉터를 매만지며 말했다.
"어디서 왔냐."
"서울에서 왔습니다."
내 말에 단장이 인상을 찌푸리며 내 뒤쪽을 바라보았다.
"들어본 적 있어?"
"없는데."
지리산이라고 할 걸 그랬나!
"그래. 그건 그렇다 치고. 이곳에 온 이유는?"
"세희 님을 만나기 위해 왔습니다."
"만나려고 한 이유는?"
세희의 과거를 알기 위해서.
"세희 님에 대해서 알고 싶어서 왔습니다."
"왜?"
세희가 내 가족이니까.
"단순한 호기심입니다."

단장이 턱을 매만지며 의심에 가득 찬 시선으로 노려본다.

"……점점 더 수상해지는데."

그렇겠죠. 제가 생각해도 수상한데요.

"역시 고문을 해 봐야 확실해지겠는데?"

몸이 움찔 하고 떨렸다. 그런 내 어깨에 부단장이 손을 올리며 말했다.

"아픈 꼴 당하기 싫으면 사실대로 말하는 게 좋을 거다. 이래 봬도 내가 그쪽 방면에서는 꽤 실력이 좋거든."

응. 이건 알고 있어.

한쪽에서는 협박하고 다른 한쪽에서는 어르는 심문 방식.

이걸 어떻게 하지? 내가 무슨 말을 해도 믿을 것 같지가 않은데.

정신을 차리니 이 마을에 혼자 뚝 떨어져 있었고, 먹고 살기 위해 주점에서 일을 시작했고, 세희에 대한 건 일을 하다가 들어서 호기심이 생겼다고 할까?

……일관성 없는 주장을 해 봤자 의심만 더 사겠지. 애초에 설득력이 있지도 않고. 그렇다고 계속 사실대로 밀어붙여 봤자 나를 기다리는 건 끔찍한 고통일 게 뻔하다.

어떻게 하지? 어떻게 이 위기를 벗어나지?

필사적으로 방법을 생각하고 있을 때.

끼이이익.

취조실의 문이 열렸다. 자연스레 모든 시선이 그쪽으로 향했다.

"……우와."

나는 지금 내가 처한 상황도 잊고 감탄을 할 수밖에 없었다.

그만큼 문을 열고 안에 들어온 사람이 잘 생겼으니까. 어두컴컴하고 퀴퀴한 취조실이 한순간에 밝아진 듯한 느낌이 들 정도다.

키는 나보다 한 뼘 정도는 큰 것 같고, 옷 너머로도 알 수 있을 정도로 단단한 근육이 눈에 띈다. 부드러워 보이는 인상이지만 용의 꼬리 같이 휘감아 오른 눈썹과 강인한 의지마저 느껴지는 깊은 검은색 눈동자는 한순간에 그 안에 빠져들 것 같은 기분을 들게 만든다.

내가 여자였으면 한 눈에 반하지 않았을까 싶을 정도로 미남이네.

……그런데 어디서 많이 본 것 같은 느낌이 든다?

내가 이런 미남을 본 적이 있나 기억을 되짚어 보고 있는 동안, 단장이 의자에서 벌떡 일어나며 경례를 했다. 보이지는 않지만 아마 부단장도 똑같지 않을까.

그 둘의 경례에 미남은 난처한 미소를 지으며 말했다.

"고생이 많네. 둘 다 오랜만의 휴일인데."

"괜찮습니다, 아사달 님!"

"언제나 고마워. 덕분에 어깨에 짐을 덜 수 있거든."

"감사합니다, 아사달 님!"

……이 사람이 아사달인 것 같다. 어떻게 보면 내가 목숨을 빚진 사람이라고 할 수 있겠지.

"그래서……."

아사달이 볼을 긁적이며 말했다.

"이쪽이 그 수상한 사람?"

"예, 그렇습니다!"

"그러면 잠깐 기다려 주지 않겠어? 확인을 해 볼 테니까."

"예! 알겠습니다!"

아사달이 고개를 돌려 나를 바라보았다. 여기서 눈을 내리깔아 봤자 찔리는 구석이 있다고 광고하는 것밖에 안 되기에, 나는 아사달을 마주보았다.

그리고 아사달이 내게 다가와 가슴에 손을 댔다.

히이이익?! 남자 새끼가 왜 처음 본 남자의 가슴에 손을 대?!

나는 생리적인 혐오감과 당혹감에 깜짝 놀라 눈을 크게 뜨고 아사달을 바라보았다.

그렇게 아사달과 눈이 마주친 순간.

아사달이 나를 꿰뚫어 보고 있다는 느낌이 들었다.

내 바닥의 깊은 곳까지 훑어보고 있다는 두려움에, 나는 의심을 사든 말든 일단 시선을 피하려 했다. 하지만 나는 눈꺼풀을 깜빡이는 것조차 할 수 없었다. 정체를 알 수 없는 힘이 온 몸을 휘감고 있었으니까. 아니, 휘감는 것뿐만이 아니다.

그 힘의 일부분이 몸속에 녹아든 느낌마저 든다.

"음?"

아사달이 살짝 놀란 표정으로 손을 떼자 사라졌지만.

"흐음……."

아사달이 자신의 손을 바라보며 고개를 갸웃거렸지만 나는 그런 거에 신경 쓸 때가 아니었다.

방금 그건 뭐지? 요술인가? 아니, 요술하고는 달랐다. 오히려 선술의 그것과 비슷하긴 했지만, 미묘하게 다른 느낌이 있었어.

도대체 뭐였지?

내가 풀리지 않는 의혹과 씨름하고 있을 때.

"……그런 건가."

아사달이 말했다.

"이 사람은 수상한 사람이 아니야. 오히려 믿어도 될 사람이지."

처음 본 나를 평가하는 말을 들어보니 분명 뭔가 이상한 힘을 쓴 건 맞는 것 같네. 하지만 그보다 더 놀라운 건 따로 있었다.

"그렇습니까?"

"그렇다면 다행이군요."

조금 전까지 인간 불신의 극의에 달한 모습을 보여 주던 두 아저씨의 태도가 순식간에 변했으니까.

"미안했네. 이것도 일이라서 말이야."

"괜찮다면 내가 한잔 사지. 주점에는 내가 잘 이야기해 줄 테니까 걱정하지 말고."

거기다 밧줄까지 풀어 주고 있다.

뭐야, 이래도 되는 거야?

좋은 건 좋은 거지만 갑자기 변한 주위의 태도에 나는 호기심을 참지 못하고 단장에게 물었다.

"제가 이런 말 하는 것도 좀 이상하지만, 절 풀어 줘도 되는 겁니까?"

단장이 고개를 끄덕였다.

"아사달 님께서 믿어도 된다고 하셨잖아?"

"그래. 그런데 뭔가 문제라도 있나?"

……이건 둘 중 하나다.

아사달이 신흥 종교 단체의 교주이거나, 그만큼의 신용을 쌓은 사람이거나.

어쨌든 지금 내가 감사의 인사를 할 상대라는 건 달라지지 않지만.

나는 아사달을 보았다.

아사달이 미소 지었다.

"응?"

왜 남자 따위의 등 뒤로 꽃밭이 보이냐아아아아!! 짜증나게에에에에!

그렇기에 나는 고개를 숙였다.

"도와주셔서 감사합니다."

"**오히려 이쪽 아이**가 폐를 끼친 것 같은데, 미안해."

……아이라고 보기에는 저 두 아저씨의 나이가 너무 많아 보이는데 말이지.

"하하핫."

"죄송하게 됐습니다."

정작 아저씨들은 멋쩍게 웃으며 넘기고 있지만.

사람이라면 누구나 어려 보인다고 하면 기분이 좋아지나 보다.

"그보다 이름이 뭐야?"

"성훈, 강성훈입니다."

"강성훈…… 성훈이라……."

내 이름을 입에서 되새기던 아사달이 다시금 눈에 부시는 미소를 지었다.

"좋은 이름이네."

세희로 인해 옅은 인간 불신에 걸린 입장에서 하는 말인데…… 아사달이 나를 대하는 태도는 불길하기 그지없다. 마치 저물어 가는 석양을 바라보며 어깨동무라도 할 것 같은 느낌이란 말이지?

"마음에 들었어."

히이이익?!

그런 생각을 하고 있어서 그럴까. 나는 속으로 비명을 지르며 아주 살짝 뒤로 물러났다.

부단장이 내 뒤쪽에 있어서 더 물러날 수 없다는 사실에 절망하고 있을 때!

아사달이 말했다.

"세희에 대해 궁금하다고 했지?"

"……예?"

난 그런 말을 한 적이 없는데?

내가 의아해하고 있자 아사달이 옅은 미소를 지었다.

"왜, 세희에 대해 궁금하다고 했다가 여기에 오게 된 거잖아? 난 그렇게 보고받았는데, 아니야?"

"아니, 맞습니다."

그러고 보니 단장이 경비원에게 그렇게 보고 올리라고 했었지. 그동안 생각을 읽힌 적이 하도 많아서 아사달이 나한테 요술을 썼나 의심부터 하고 말았다. 실제로 이상한 일을 당하기도 했고.

"그래서 말인데."

아사달이 나를 생각에서 끄집어내며 말을 이었다.

"너하고 나. 양쪽의 이익에 부합하는 일이 하나 있는데 네가 해 보지 않겠어?"

……응?

"무슨 일인데요?"

내 대답에 아사달이 싱긋 누군가를 닮은 눈웃음을 짓고는 주위를 둘러보며 말했다.

"이야기는 자리를 옮기고 나서 할까? 이야기하기에는 그리 좋은 곳이 아니잖아? 거기다……."

아사달의 시선을 받은 단장과 부단장이 자세를 바로 잡았다.

"오랜만에 휴가를 나간 둘을 잡아 놓고 있는 것 같아서 마음이 편하지도 않고."

"아닙니다!"

"괜찮습니다, 아사달 님!"

아저씨들의 반응에 아사달이 씁쓸한 표정으로 말했다.

"평소에 힘써 주는 만큼, 오늘 같은 날에는 푹 쉬어 주는 게 이쪽도 마음이 편해."

""알겠습니다!""

성난 곰 같은 아저씨들이 아사달에게는 꼼짝도 못 하는 걸 보니, 뭔가 부럽군.

나는 매번 주위에 휘둘리는 입장이라서 그런가?

"그러면 우리가 먼저 자리를 옮길까?"

나는 대답을 기다리지 않고 발걸음을 옮긴 아사달의 뒤를 따라 취조실에서 나섰다.

두 번째 이야기

나는 아사달의 뒤를 따라 복도를 걸었다. 아사달은 걷는 동안 아무 말도 하지 않았지만, 그럼에도 나는 지루하지 않았다.

주위에 볼 만한 게 너무 많았거든.

아치형의 기둥, 천장에 그려진 그림. 벽에 걸려 있는 초상화와 장식물 등등.

유럽으로 여행을 가 봐야지 볼 법한 것들이 한가득이라 눈이 즐거웠으니까.

"후훗."

웃음소리에 고개를 돌리니, 아사달이 흐뭇한 미소를 지은 채 나를 보고 있었다.

"잠깐 쉬었다 갈까?"

해석. 마음껏 관광을 즐기시겠습니까?

나는 고개를 저었다.

"괘, 괜찮습니다."

"그래? 그건 조금 아쉽네."

거짓말이 아닌 듯 아사달은 아쉬움이 가득한 음색으로 말했다.

"내가 만든 졸작에 네가 관심을 가져 주는 게 기뻤는데 말이야."

……지금 이 사람이 뭐라고 했지? 자기가 만든 졸작이라고 했어?

나는 아무리 봐도 명작으로밖에 안 보이는 미녀의 초상화를 손가락으로 가리키며 말했다.

"이걸 직접 그리신 거라고요?"

"내 취미거든."

취미거든~ 취미거든~ 취미거든~

머릿속에서 아사달의 말이 울려 퍼진다. 뭘까, 이 패배감은. 이런 예술 작품을 취미로 그려? 이 사람하고 나는 종이 다른 거 아니야?

내 표정의 변화를 보고 아사달이 난색을 표했다.

"그렇게 대단한 건 아니야."

"……아, 예."

"정말이라니까?"

"…………아, 예. 가던 길이나 가죠."

"푸훗."

내 대답에 아사달이 웃음을 터트리며 다시 걷기 시작했다.

"아, 정말. 넌 재밌는 성격이구나? 같이 있으면 심심할 일은 없겠어."

평소에는 내가 아이들 때문에 심심할 일이 없지만 말이다.

아사달과 함께 도착한 곳은 내 방의 두 배 정도 되는 크기의 응접실 같은 곳이었다.

벽 한쪽을 차지한 커다란 창문을 통해 들어온 따사로운 햇살이 방 안을 장식한 가구들을 비춰 주고 있다. 방의 가운데에는 낮은 탁자를 사이에 두고, 한 눈에 봐도 고급스러워 보이는 소파가 서로 마주 보고 있었다.

아사달이 그 중 한 쪽에 앉으며 내게 다른 쪽에 앉는 것을 권했다. 내가 고개를 숙이고 소파에 앉자, 아사달이 탁자 위에 놓인 종을 들어 울렸다. 밝은 종소리가 울리자 문 밖에서 젊은 여성의 목소리가 들려왔다.

"실례하겠습니다."

문을 열고 들어온 건 메이드, 그렇다, 메이드였다. 그렇다고 해서 내가 잘 아는 메이드 같은 차림이 아니라, 피부가 드러난 곳이라고는 얼굴과 손밖에 없는 정숙한 차림이었지만.

뭐였더라, 세현이 저런 메이드를 보고 빅토…… 그래, 빅토리 시대의 메이드라고 했던 것 같은데.

아니면 내가 잘못 기억하고 있는 거겠지.

내가 별로 중요하지도 않은 기억을 떠올리고 있는 사이, 메이드 누님은 티 세트가 담긴 카트와 함께 들어와서 능숙하게 탁자 위에 내려놓고는 소리도 없이 문을 닫고 사라졌다.

응? 그런데 조금 이상하다.

메이드 누님이 준비한 찻잔은 네 개였거든. 누구 또 올 사람이 있나?

그에 대해 물어볼까 했지만, 그보다 아사달이 먼저 말했다.

"홍차는 좋아해?"

"사실 차 종류는 그다지……."

"다행이네. 나도 그렇거든."

그렇게 말한 아사달은 찻잔에 손도 대지 않고 말했다.

"하지만 잠시 후에 올 아이들이 정말 좋아해서 어쩔 수 없어."

내가 찻잔의 개수를 센 걸 봤구나.

"누가 오는데요?"

"아, 맞다. 그전에 말이야."

그런데 왜 대답을 피하냐, 넌.

"우리, 나이도 비슷한 것 같은데 말을 놓는 건 어때?"

"……예?"

"한쪽만 말을 높이고 있으니까 이상하잖아?"

나이 차이가 별로 안 난다는 건 안다. 아마 내가 아사달보다 한두 살 정도 어리지 않을까?

하지만 중요한 건 그게 아니다.

아사달은 그 험상궂은 아저씨들에게도 말을 놓고, 존댓말을 받는 사람이다. 즉, 명백하게 지위나 신분이 높다는 뜻이지.

그런데 그런 사람한테 말을 놓으라고? 출신지도 불분명하고 신분도 모르는 녀석에게?

설마 이 세계는 중세 유럽 풍이면서도 신분 제도가 없는 건가? 내가 일하던 주점에는 신분이 높아 보이는 사람이 온 적이 없어서 모르겠다.

그런 생각을 표정에 고스란히 드러내며 나는 아사달에게 말했다.

"그건 좀 곤란할 것 같은데요."

내 안전 쪽으로 말이지.

그런데 왜 아사달의 낯빛이 흐려지는지 모르겠다.

"그러면 내가 곤란해지는데…… 그 둘이야 내 직속 부하니까 어쩔 수 없지만, 너까지 그러면 내가 변했다는 소문이 세간에 돌지도 몰라."

아사달이 몸을 앞으로 숙여서 내게만 겨우 들릴 만한 목소리로 말했다.

"이건 비밀인데, 나는 입장상 누구에게나 친근한 이미지를 잡아야 하거든. 그러니까, 응? 부탁할게."

……이 사람. 은근히 상대방이 거절 못 하게 압박을 주네.

어쩔 수 없나. 괜히 내 명줄을 쥘 수 있는 사람의 심기를 건드려서 좋을 건 하나도 없을 테니까.

"그래? 나도 그편이 좋긴 한데, 그래도 괜찮겠어?"

마지막으로 확인 차 해 본 말에 아사달은 해님 같은 미소를 지었다.

다시 말하면, 눈부시다.

남자 자식이.

"당연하지. 사실 말이야, 난 비슷한 또래의 친구가 없어서 이런 걸 조금 동경했거든."

"그, 그래."

친구가 된 기억은 없지만.

자칭 친구가 다시금 등을 소파에 기댔다.
“거기다 네가 나한테 말을 높이면 지금부터 좀 곤란해지거든.”
“그건 또 무슨 소리야?”
“그게…….”
아사달이 뭔가를 말하려는 순간.
문 밖에서 어린 여자아이의 목소리가 들려왔다.
“세희 님께서 도착하셨습니다.”
너무나 익숙한 이름과 함께.
“들어와.”
깜짝 놀라 문 쪽을 향해 고개를 돌린 나는 아사달이 무슨 표정을 지으며 말했는지 볼 수 없었다.
확실한 건 그 목소리에 왜인지 모르겠지만 소년 같은 장난기가 녹아 있었다는 것 정도일까.
하지만 그런 건 문이 열리며 들어온 소녀의 앞에서 아무래도 좋은 일이었다.
화사한 하얀 드레스를 입은 소녀.
그 뒤로 메이드복을 입은 소녀 역시 뒤를 따라 들어왔지만 내 시선은 한곳에서 떠날 생각을 하지 않는다.
나는 이 여자아이를 본 적 있다.
먼 옛날같이 느껴지던 어느 날. 세희는 단 한 번, 자신의 어린 모습을 내게 보여 준 적이 있었다. 무릎을 꿇고서 두 손을 싹싹 비는 모습과 함께 말이지.
그때보다 조금 더 자란 듯한 세희가 지금 내 눈앞에 있다.
그 얼굴에 환한 미소를 짓고서.

"……앗?"

나를 눈치채고 한순간에 사라졌지만.

어린 세희는 나를 보고 살짝 겁에 질린 표정을 짓고서는 빠르게 아사달의 옆에 다가가 앉았다.

겁 많은 토끼 같은 그 모습에 내가 살짝 얼이 빠져 있는 동안, 아사달은 자신에게 가까이 다가온 어린 세희의 머리를 쓰다듬어 주며 말했다.

"그동안 별일 없었지?"

"예."

어린 세희는 고개를 끄덕이면서도 나를 향한 경계와 두려움이 섞인 시선을 유지한 채 아사달에게 물었다.

"……아사달 오라버니, 이 분은 누구신가요?"

"소개해 줄게. 이쪽은 강성훈. 내 친우야."

친구에서 친우로 한 단계 올라갔다. 하지만 여기서, '응? 나는 그렇게 생각 안 하는데?' 같은 말을 했다간 어두컴컴하고 퀴퀴한 취조실이 내 재방문을 반겨 주겠지.

그것보다 지금 문제는 어린 세희…… 자꾸 어린 세희, 어린 세희, 하니까 이상하군. 그냥 세희라고 하자.

지금 문제는 세희에게 어떤 식으로 인사를 하냐는 거다. 예의를 차려야 하나?

아니다. 내 둔중한 머리를 굴려 봤을 때, 아사달에게는 말을 놓고 있는데 세희에게는 격식을 차렸다간 오히려 예의를 모르는 사람으로 여겨질 가능성이 높다. 애초에 어린 세희든 어른 세희든, 지금까지 당한 게 많다 보니 예의를 차리고 싶지도 않고.

그래서 나는 세희에게 손을 흔들며 말했다.

"안녕. 난 강성훈이라고 해. 만나서 반가워, 세희야."

……그런데 반응이 왜 이러냐.

먼저 당사자인 세희의 경우에는 살짝 입을 벌리고서 동그래진 눈으로 나를 바라보고 있다. 어른이었을 때처럼 나를 놀리려고 하는 게 아니라 정말로 놀라서 입을 다물 생각을 못 하고 있는 게 티가 난다.

언제 아사달의 왼쪽에 앉았는지 모를 메이드 소녀 역시 세희와 그다지 다르지 않은 반응이다. 아니, 오히려 더하다. 세희가 '빠끔'이라면 이쪽은 '쩍'이라고 할 수 있으니까. 나이로 보면 이쪽이 맞겠지만.

그에 반해 아사달은 흥미로운 표정으로 나를 바라보고 있었다. 입가에 미소까지 짓고 있는 걸 보니까…….

어째 내가 한 말에 만족한 것처럼 보인다?

"세희야."

세희에게는 그렇지 못한 것 같지만.

"아, 죄송해요."

세희가 볼을 살짝 붉히고 고개를 숙이며 말했다.

"저는 세희라고 해요."

"응. 다시 말하지만, 만나서 반가워."

다시금 건넨 인사에 세희가 나를 빤히 바라본다.

나도 지지 않고 바라봤다.

그러다 알았는데…….

닮았다. 아사달과 닮았어. 닮았다고. 나는 혹시나 하는 마음에 아사달을 향해 시선을 돌렸다.

어휴, 두 분이 아주 쏙 빼닮으셨네요. 마치 친남매 같이 보일 정도로.

……그래도 아니겠지. 응. 아닐 거야.

나는 현실을 부정하기 위해 세희에게 물었다.

"저기, 혹시 둘의 관계가 어떻게 돼?"

세희가 고개를 돌려 아사달을 친애의 정과 자부심이 가득한 시선으로 바라보며 말했다.

"제 자랑스러운 오라버니예요."

오라버니. 나도 치이 덕분에 많이 듣고 있는 호칭이지. 다른 게 있다면 치이는 내 의동생이고, 이쪽은 어딜 봐도 친남매로 보인다는 거지만.

그럼에도 나는 현실을 마주하지 못하고 아사달과 세희를 번갈아 보며 말했다.

"어, 그러니까, 진짜? 친남매?"

"하핫, 둘이 너무 안 닮았지?"

아니, 너무 닮았는데. 가발 쓰고 화장만 조금 하면 먼 옛날 꿈에서 본 세희(男)라고 해도 믿을걸?

"그렇게까지 말씀하실 건 없잖아요, 오라버니……."

세희가 살짝 침울해지는 걸 보니, 꽤나 오빠를 따르는 것 같다. 그걸 눈치챈 아사달이 세희의 머리를 토닥이며 말했다.

"세희가 너무 예뻐서 그래."

"오, 오라버니도, 참…… 손님 앞이에요……."

세희가 얼굴을 화악 붉히며 고개를 숙인다.

슬슬 내 뇌가 견디지 못할 것 같다.

왜, 그런 말 있잖아. 인지를 벗어난 일이 계속해서 벌어지면, 사람이 제정신을 잃는다는 거.

하도 충격적인 일들이 많이 벌어지니까 이제는 그러려니~ 받아들이기 시작한 내 자신이 놀랍다.

그렇구나. 세희는 어렸을 때 이런 성격이었구나.

무섭다, 5천 년. 나도 5천 년 정도 살면 지금의 나와는 전혀 다른 사람이 되는 거 아닐까?

"아, 그리고 이쪽 소개가 아직이었지?"

시간의 위대함에 대해 고뇌하고 있을 때, 아사달이 자신의 왼쪽에 앉은 메이드 소녀를 가리켰다.

그제야 나는 메이드 소녀를 자세히 볼 수 있었다. 처음에는 세희를 봤다는 것에 놀랐고, 그 다음에는 아사달이 세희의 친오빠라는 사실에 놀라서 정신이 없었으니까.

메이드 소녀는 조금 전에 본 메이드 누님과는 다르게 치마가 무릎 아래까지 내려오고 팔뚝이 보이는 디자인의 메이드복을 입고 있었다. 조금 더 활동적인 디자인이라는 거지.

그만큼 메이드 소녀는 활발해 보이는 분위기였다. 창 밖에 보이는 정원을 뛰어놀고 있어도 이상하지 않을 것 같다고 할까. 많은 사랑을 받고 자랐는지 구김살이 없어 보이고, 밝아 보이는 인상이다.

나이에 비해 가슴이 크고.

아니, 잘못 말했다.

그냥 가슴이 크다.

그렇게 첫인상에 대해 머릿속으로 정리를 하고 있자니, 가슴 큰 메이드 소녀가 아사달을 바라보며 말했다.

"오빠. 저는 제가 직접 인사할게요."

"그럴래?"

가슴이 큰 메이드 소녀는 고개를 끄덕이고는 자리에서 일어나 내게 허리를 꾸벅 숙였다. 그렇다고 정중한 느낌이 든 건 아니고, 어린애다운 귀여움이 돋보이게 되는 인사라서 나도 모르게 흐뭇한 미소를 짓고 말았다.

하지만 인생은 놀라움의 연속이라고 누군가 말했지.

"안녕하세요! 저는 가희라고 해요."

나는 먼 산을 바라보았다.

……이건 아니겠지. 그래. 이건 아니다. 이렇게 밝은 성격의 아이가 그 녀석일 리가 없다. 분명 동명이인일 거야. 이름을 들어 보니 그 녀석과 얼굴선이 닮고 이목구비가 닮고 점 위치도 비슷하지만 분명 동명이인일 거다.

응.

확실한 증거가 없을 때까지는 믿을 수 없어.

그래서 나는 다른 쪽의 의문을 풀어 보기로 했다.

"……혹시 세희하고 자매니?"

"예?"

가희가 고개를 갸웃거리고서는 아사달을 바라보았다. 아사달이 곤란해 보이는 미소를 지으며 말했다.

"이름이 닮아서 그런 거 아닐까?"

"아!"

가희가 짝, 하고 손뼉을 치고는 이내 두 손을 저어 보이며 말했다.

"아니에요. 세희하고 이름이 닮긴 했지만, 그건 오빠가 제 이름을 지어 주셔서 그런 거예요."

"……응?"

아사달이 이름을 지어 줬다고? 그 말뜻을 이해 못 한 나는 아사달을 바라보았다.

아사달이 산뜻한 목소리로 말했다.

"가희는 고아였거든."

……그런 말을 그런 목소리로 하면 나는 어떻게 반응해야 합니까.

어떻게 하긴 어떻게 해. 나도 거기에 따라 줘야지. 여기서 내가 괜히 미안해하면 오히려 분위기가 서먹해진다.

"그래? 그래도 아사달이 잘해 주고 있지?"

최대한 분위기를 맞추기 위한 내 말에.

"정말정말 그래요!"

가희는 랑이를 연상케 하는 초롱초롱한 눈망울로 나를 바라보며 입을 열었다.

"우리 오빠가 저한테 얼마나 잘해 주는지 아세요? 들으셨다시피 전 주워 온 아이였거든요? 그런데도 오빠는 절 세희하고 마찬가지로 친동생처럼 대해 주신다니까요? 공부도 시켜 주고, 맛있는 것도 사 주고, 같이 놀아 주고, 거기다 나중에 결혼 지참금도 준비해 주신다는 거 있죠? 물론 전 오빠하고 결혼할 거지만! 물론 주제넘게 본처의 자리까지는 바라지 않아요! 첩이라도 정말정말 기쁠 거니까요!"

나는 살짝 몸을 뒤로 빼며 말했다.

"……어, 그래."

살짝 질린 내 목소리에 아사달이 하하, 마른 웃음을 흘렸다. 세희는 당황해서는 가희에게 눈짓을 보내고 있고. 아마 그런 소리는 그만하고 자리에 앉으라는 뜻이 아닐까.

하지만 가희는 그만두지 않았다.

"성훈 오빠는, 성훈 오빠라고 불러도 되죠? 성훈 오빠는 정말 운이 좋은 거예요! 우리 오빠하고 친구가 됐으니까요! 우리 오빠같이 잘생기고, 성격 좋고, 돈도 많고, 재미있고, 상냥한 남자는 어디 없다니까요?"

아니, 나도 남자라서 그런 건 아무 의미가 없는데.

내가 그렇게 생각하고 있는 동안에도 가희의 아사달에 대한 칭찬은 멈추지 않았다.

"그거 아세요? 우리 오빠는 제가 메이드를 하고 있는 것도 싫어하세요. 제가 아직 일할 필요는 없다면서요. 세희하고 같이 놀아 주는 것만으로 괜찮다면서요. 하지만 그래서야 어떻게 오빠를 볼 낯이 있겠어요? 그래서 제가 억지로 울고불고 해서 간신히 메이드가 될 수 있었어요!"

가희가 겨우 말을 멈췄다. 하지만 나는 가희가 표정과 몸짓으로 이야기를 하고 있다는 것을 알 수 있었다.

아마도 그걸 말로 하자면, '저, 장하죠? 오빠 앞에서 칭찬해 주세요! 빨리요!'가 되겠지.

나는 가희의 바람대로 따라 주기로 했다. 누구와 달리 어린아이다워서 귀엽기도 하고 말이야.

“장하네, 가희는.”

“헤헤헷.”

우리 집 아이였다면 머리라도 쓰다듬어 줬을 거다.

“가, 가희야, 손님 앞이야.”

세희는 당황한 눈치지만.

“앗차! 죄송해요, 성훈 오빠!”

가희가 다시 꾸벅 허리를 숙이고서는 자리에 앉았다. 조금 전의 활발한 모습은 어디로 갔는지 기가 죽어서 두 손을 허벅지 위에 공손히 올리고 슬금슬금 아사달과 나의 눈치를 살피는 게 꽤나 귀엽네.

아마도 오빠 친구 앞에서 버릇없이 구는 게 마음에 걸리는 것 같다.

그래서 나는 아사달에게 말했다.

“사랑받고 있네.”

아사달이 세희와 가희를 번갈아 바라보며 다정한 미소를 지었다.

“사랑스러운 동생들이니까.”

얼핏 생각하면 동문서답으로 들릴 수도 있는 말. 하지만 나는 그 말에 담긴 속뜻을 알 수 있었다.

사랑스러운 아이들이기에 자신이 사랑할 수밖에 없었고, 그 사랑이 몇 배나 커져 자신에게 돌아오고 있다는 말을 하고 싶었던 거겠지.

내가 아사달의 입장이었어도 그랬을 테니까.
그렇기에 나는 아사달과 나를 겹쳐 보고 말았다.
아사달과 나 사이에 넘을 수 없는, 특히 외모적으로 넘을 수 없는 벽이 있다는 건 알지만…….
아사달이 세희와 가희를 바라보는 따스한 시선을 보고 있자니 나도 우리 집 아이들이 떠오른단 말이야.
랑이가 보고 싶다. 나래가 보고 싶다. 치이가 보고 싶다. 페이가 보고 싶다. 아야가 보고 싶다. 성의 누나가 보고 싶다. 성린이 보고 싶다. 바둑이가 보고 싶다.
벌써 며칠 동안 보지 못한 아이들이 보고 싶다. 체온이 그립다. 목소리가 그립다.
……기운 내자. 지금은 침울해 있을 때가 아니다.
"그래서 말인데."
마침 적절할 때, 아사달이 내 신경을 돌려 주는 말을 하기도 했고.
"응?"
"너한테 부탁하고 싶은 게 있어."
……분명히 취조실에서는 양쪽한테 좋은 이야기가 있다고 한 것 같은데, 순식간에 말이 바뀌었다.
그것도 부탁이라는 말을 쓰면서.
부탁이라는 건 보통 아쉬운 게 있는 사람이 하는 법이니까.
왜 이런 말을 하냐면…….
아사달의 말에 세희와 가희가 살짝 놀라서는 아사달을 바라보다가, 고개를 돌려 나를 뚫어지게 쳐다보았기 때문이다.

그 시선만으로 저 두 녀석에게 아사달이 어떤 위치인지 알 것 같다. 말 그대로 선망과 동경의 대상이겠지. 그런 사람이 나 같이 별 볼 일 없어 보이는 사람에게 부탁할 게 있다고 하는데 얼마나 놀랍겠어?

덕분에 나는 부담감을 가지며 말했다.

"무슨 일인데?"

아사달이 말했다.

"사실 내가 적월제 이후에 다시 원정에 나가야 하거든."

나는 또 다시 듣는 원정과 적월제라는 말에 생긴 호기심을 머리 한구석에 집어넣었다.

"오늘 오셨는데요?"

가희는 바로 입으로 나온 것 같지만. 세희도 조금 전처럼 가희를 말리지 않은 걸 보니 같은 마음인 것 같다.

아쉬움과 당혹감이 가득 담긴 가희의 목소리에 아사달은 씁쓸한 미소를 지으며 말했다.

"마음에 걸리는 일이 있어서 어쩔 수 없어. 미안하다."

어깨를 추욱 늘어뜨리며 슬픔을 온몸으로 표현하고 있는 가희와 달리, 세희는 있는 힘껏 표정 관리를 하며 입을 열었다.

"가희야, 오라버니께서 어쩔 수 없다고 하실 만한 일이라면, 분명 그럴 만한 이유가 있는 걸 거야. 너무 오라버니께 어리광 부리면 못 써."

"으~ 나도 알고 있어. 그래도 아쉬운 건 아쉬운 거잖아? 이번에도 열흘 만에 집에 오신 건데. 세희는 그래도 괜찮아?"

세희가 반사적으로 입을 열었다가, 이내 다물고는 조용히 말했다.

"……그건 다른 이야기야."

가희가 퉁명스럽게 볼을 부풀리며 휙, 고개를 돌리면서 자그마한 목소리로 말했다.

"……오빠가 오길 나보다 더 기다렸으면서."

그걸 또 들었는지 세희의 볼이 화악 달아올랐다. 뭔가 하고 싶은 말이 있는 것 같지만 뭐라고 하지 못하는 건, 아사달이 옆에 있기 때문일까. 아니면 내가 앞에 있기 때문일까.

그 모습을 보다 못한 아사달이 둘의 어깨를 잡고서 자신의 쪽으로 끌어당기며 말했다.

"자, 자. 둘이서 싸우지 말고."

"자, 잠깐만요, 오라버니. 친구분 앞이에요."

"꺄~! 오라버니가 안아 주셨다~!"

……죽겠습니다. 정신적으로 죽겠습니다. 아이들이 그리운 것도 그리운 거지만, 이 사이 좋은 가족을 바라보고 있자니 속에서 뭔가가 부글부글 끓는단 말이지.

어째서 그 자식이 나에게 아버지의 마음 킥을 날렸는지 알 것 같다.

"미안, 조금 부끄러운 모습을 보였네."

내가 그럴 수 없는 것은 아사달과 나 사이에 지위의 차이가 있는 것이 첫 번째요, 아사달이 꽃미남이기 때문이 두 번째요, 마지막으로 아사달의 허리춤에 단검이 달려 있기 때문이로다.

"괜찮아. 보기 좋은데, 뭘."

내 말을 듣고 세희가 광속과 같이 아사달에서 떨어졌다. 안 그래도 달아오른 피부가 이제는 홍당무처럼 되어 버렸네.

"그렇죠?!"

그와 달리 가희는 보란 듯이 아사달의 품을 파고들었다. 가희의 적극적인 애정 공세에는 아사달도 조금은 난감한가 보다.

"……가희야."

그걸 또 세희가 귀신같이 알아채서 꾸중을 하고.

"피~"

가희는 세희의 말에 제대로 앉는다.

이렇게 보고 있자니 정말 균형이 잘 잡혀 있는 가족인 것 같군. 그건 아마도 **아사달이 이 가족의 중심이기 때문이겠지.**

"그래서 어디까지 이야기했지?"

아사달이 다시 화제를 되돌리려고 하는 것 같다.

"네가 적월제…… 가 끝난 뒤에 원정을 나간다고 했어."

아사달이 고개를 끄덕인 뒤 말했다.

"이번에는 평소보다 조금 길어질 것 같아서 말이야……."

살짝 말을 흐리는 것과 동시에 한 가지 생각이 떠올랐다.

설마 나도 같이 가자는 건 아니겠지? 그리고 사람들의 보는 눈이 없을 때 내 목을 쓱싹한다거나? 아니면 누군가의 분노를 잠재우는 산 제물로 삼는다거나? 그것도 아니라면 위험한 상황이 찾아왔을 때 미끼로 쓴다거나?

어른 세희의 가르침대로 온갖 불길한 가정을 머릿속에 가득 채웠을 때.

"한동안 우리 집에 있어 주면 안 될까?"

아사달이 상상도 하지 못한 부탁을 했다.

"……뭐?"

"……오라버니?"

"오빠? 그게 무슨 소리야?"

당황한 세 명의 시선이 한 곳에 꽂혔지만, 정작 당사자는 여유로운 미소를 지으며 답했다.

"그게, 우리 집에는 어른이라고 할 만한 사람이 없거든. 내가 가주니까 말이야."

나는 혹시나 싶어 세희와 가희의 표정을 살펴보았다. 하지만 둘의 표정에 변화가 없는 것을 보아, 가희가 고아였다는 것과 같이 이미 떨쳐 낸 일이라는 걸 알 수 있었다.

나는 고개를 끄덕이는 것으로 아사달에게 재촉했다.

"고용인분들이 함께 계시지만 그래도 **어른**이 없는 집에 **아이들**만 있는 게 지금까지 마음에 걸렸거든. 네가 있어 주면 마음이 편할 것 같고."

넌 내 뭘 믿고 그런 소리를 하는 거냐.

속으로 딴죽을 걸고 있자니 아사달이 기분 나쁘게 내게 윙크를 하며 말을 이었다.

"겸사겸사 세희와 가희에게 어른을 대할 때의 예의범절이나 경험을 쌓게 해 주고 싶고."

나는 순간 사춘기 소년의 욕망으로 더럽혀진 뇌가 떠올린 가능성을 지워 버리며 아사달에게 답했다.

"전자는 그렇다 쳐도, 후자는 그럴 필요가 없어 보이는데?

세희는 이미 충분히 예의 바른 것 같고, 가희도 성격이 밝아서 어른들에게 예쁨받을 것 같은데."

가희가 살짝 입술을 내밀며 말했다.

"……지금 전 예의범절이 없다고 돌려 말한 거죠? 그런 거죠, 성훈 오빠? 너무하세요!"

이래서 눈치 빠른 아이는 싫다니까.

그보다 만난 지 얼마 되지도 않았는데 정말 붙임성이 좋구나, 넌.

"가희야."

"……알았어."

자신의 입을 두 손으로 막는 가희를 보며 세희가 낮은 한숨을 쉬었다. 정작 나와 아사달은 별 신경을 안 쓰고 있지만.

"네 말대로이긴 해. 둘 다 내가 걱정하지 않아도 될 정도로 착하고, 똑똑하고, 예의 바른 아이들이거든."

"그런데 왜?"

"으음……."

아사달이 곤란하다는 듯이 신음을 흘리며 뜸을 들인 뒤 말했다.

"사실 너한테 이런 부탁을 하는 건 세희 때문이야."

세희가 어깨를 움찔 떨었지만 여전히 입은 굳게 다문 채였다. 내 대신 말해 줬으면 좋았을 텐데 말이지.

"세희가?"

"그래, 가희는 괜찮아."

가희가 아무 말 없이 가슴을 펴며 코를 으쓱거렸다. 아사달이 가희의 머리를 쓰다듬으며 세희를 바라보았다.

세희가 슬쩍 시선을 아래로 내리깔았다.

"하지만 세희는……."

이상하다. 지금 나를 대하는 세희의 태도를 보면 어른들에게 미움받을 것 같지는 않은데. 오히려 일찍 철이 들었다고 기특해하지 않을까?

혹시, 지금 모습은 알고 보면 내숭이라는 건가? 만약 내가 아사달의 친구로 소개받지 않았으면, 지독한 독설을 들을 수 있었던 거야?

하지만 아사달의 이야기는 정말 내 예상과는 동떨어져 있었다.

"너도 알지? 세희가 인간의 왕이 될, 가장 유력한 후보라는 거."

내가 이 세계에 오게 된 핵심과 닿아 있었지만.

내가 고개를 끄덕이자 아사달이 말을 이었다.

"그런 이유로 어렸을 때부터 누구나 모두 세희를 조심스럽게 대해 왔어."

세희가 뭔가 하고 싶은 말이 있는 것 같기에 내가 대신해 주기로 했다.

"너는 아니잖아?"

왜일까. 아사달의 미소가 너무나 행복해 보이는 건.

"그래. 세희가 기린의 축복을 받으며 태어났다 해도, 정말로 인간의 왕이 된다 해도, 그전부터 내게는 어머니의 뱃속에서 빨리 나오기를 기다렸던 동생이니까."

"오라버니……."

좋은 이야기를 하는 도중에 정말 미안하지만 말이다. 진심으로 감격했다는 표정은 짓지 말아 줬으면 한다. 세월의 무상함에 대해 다시 한 번 깊은 고뇌에 빠질 것 같으니까.

아사달이 세희에게 어딘가 익숙한 눈웃음을 친 뒤, 내게 말했다.

"하지만 이제는 나만 그런 게 아니야. 세희를 인간의 왕이 될 사람이 아닌 한 명의 어린아이로 봐 주는 사람을 찾았으니까."

나는 왜 세희를 이름으로 불렀을 때 다들 당황하고 아사달만이 만족스러워 했는지 그 이유를 알 수 있었다.

여전히 알 수 없는 것도 있지만.

이상해.

아사달이 세희를 아낀다는 건 바라보는 눈빛, 대하는 태도, 세희의 반응만으로도 알 수 있다.

그런데 이 녀석은 뭘 믿고 자기가 밖으로 나가 있는 동안 나한테 자기 집에 있어 달라고 하는 거지?

나야 좋지만.

하지만 일단 한 번은 거절해서 본심을 떠보는 게 좋을 것 같다. 이렇게 먹음직스러운 고기는 사냥꾼이 설치해 놓은 덫일 경우가 많으니까.

"아니, 잠깐만. 나는……."

뭐라고 말할까 고민하고 있는 사이.

"네 앞에 있는 세희가 네가 생각했던 인간의 왕이 될 가장 유력한 후보인 세희와 동일 인물인 줄 몰랐다고?"

아사달이 좋은 변명 거리를 준비해 주었다.

"그래. 그래서 세희…… 님을 조금 편하게 대한 건 있어. 여기 이 세희 님이 기린의 축복을 받고 태어난 그 세희 님인지 몰랐으니까. 그래서 네가 착각하고 있는 거야."

"하하핫. 너, 정말 거짓말을 못 하는구나?"

이미 몇 번이나 확인된 사실이지만 오늘 처음 본 녀석에게까지 듣고 싶은 말은 아니다.

"거짓말이라니……."

아사달의 장난기 가득한, 어른 세희의 느낌이 살짝 나는 미소에 나는 입을 다물었다.

잠깐만. 뭐지? 내가 무슨 말실수라도 했나?

아사달이 말했다.

"내가 세희가 인간의 왕이 될 가장 강력한 후보라는 걸 알고 있었냐는 말에, 고개 끄덕였던 거 잊었어?"

말실수가 아니라 몸 실수를 했구나.

상황을 보아하니, 조금 전에 나한테 물어봤던 것 자체가 함정이었던 것 같다.

젠장. 누가 친오빠 아니랄까 봐!

거짓말을 들통당해서 할 말이 없어진 내게 아사달이 말했다.

"혹시 부담스러워서 그래?"

너무 나한테 좋은 방향으로 상황이 흘러가는 게 무서워서 그런다, 무서워서.

그렇게 곧이곧대로 말할 수는 없기에 나는 화제를 돌렸다.

"그러는 너는 뭘 믿고 나보고 이 집에서 지내 달라는 거야? 거기다 너, 곧 원정이라는 걸 나간다며?"

나는 잠깐 뜸을 들이고 말을 이었다.

"아무리 너와 내가 친구 사이라고는 하지만 잘 생각하고 말해."

오늘 처음 만난 사이라는 걸 잊지 말아 달라는 견제에 아사달은 매력적이지만 약간 꺼려지는 눈웃음을 지었다.

"넌 믿을 수 있어. 너와 난 마음이 맞거든."

집에서 날 기다리고 있는 어여쁘고 참한 색싯감이 있다는 말을 할까 말까 고민하고 있을 찰나.

"자, 잠깐만요, 오라버니."

"오빠! 그게 무슨 말이야?"

격한 반응이 아사달의 양옆에서 나왔다.

……그래. 나만 이상하게 받아들인 거 아니구나. 다행이다. 말 자체는 '마음 맞는 친구~' 같이 들리지만, 눈웃음이 곁들여지니까 '마음뿐만 아니라 몸도 맞을 것 같은 친구~' 같은 느낌이 됐다고.

친동생과 친동생 같은 입장에서는 그냥 넘어갈 수 없는 이야기겠지.

응, 응. 잘한다. 더 해라.

하지만 내 응원은 아사달이 가볍게 손을 드는 것으로 상쇄됐다.

"단순히 알아봤을 뿐이야. 깊게 들어가지는 않았고 너희들이 걱정할 만한 일은 하지 않았어."

……잠깐. 뭔가 마음이 맞는다는 말이 다른 의미로 쓰인

것 같은데?

확인해 보고 싶었지만 아사달을 올려다보는 세희와 가희의 걱정 어린 표정 때문에 나는 잠시 기다리기로 했다.

"하지만……."

"괜찮다니까?"

하지만 아사달은 선을 긋는 미소를 지었다.

"……알겠어요, 오라버니."

"……응. 믿을게, 오빠."

세희와 가희 입장에서는 그 선을 넘을 수 없겠지.

"아니, 잠깐. 난 지금 이해를 못 하겠는데."

나는 아니지만.

"세희고 가희고, 왜 갑자기 심각해진 거야? 마음이 맞는다는 건 그냥 성격이 맞는다는 뜻이잖아? 혹시 다른 의미도 있는 거야?"

……왜 세희와 가희가 나를 공 위에 한 발로 서서 오자미 놀이를 하는 곰처럼 보는 건지 모르겠다. 나는 유일하게 날 사람 대우해 주고 있는 아사달에게 눈짓을 보냈다.

아사달이 웃었다.

"하하하, 그렇군!"

……뭐가 그렇다는 건데? 거기다 왜 웃는 거야?

나만 그런 게 아니라 세희와 가희도 아사달의 웃음에 당황한 눈치다.

잠시 후.

웃음을 멈춘 아사달이 말했다.

"미안. 정말 넌 먼 곳에서 왔구나?"

거짓말은 아니다. 먼 곳은 먼 곳이니까.

하지만 그게 지금 이야기와 무슨 상관이냐고 물어보려고 할 때.

아사달이 말했다.

"나하고 처음 만났을 때, 몸을 움직이지 못했던 건 기억하고 있지?"

기억하고 자시고 한 시간도 안 돼서 잊을 만한 경험은 아니었다. 두 녀석 때문에 잠자코 고개를 끄덕일 수밖에 없지만.

"그때 한 게 내 마음의 힘으로 네가 어떤 마음의 힘을 가지고 있는지 알아본 거야."

……잠깐만, 잠깐만, 잠깐만.

뭐야, 그거. 마음의 힘이라는 게 그런 식으로 쓸 수 있는 거였어? 그냥 의지와 근성 같은 부류가 아니라 요술이나 선술 같은 거야?!

격하게 동요하고 있는 나와 달리 아사달은 지금까지와 같이 산뜻한 목소리로 말했다.

"그때 네가 내 마음의 힘과 비슷한 파장을 가지고 있다는 걸 알게 됐거든. 내 동생들이 걱정한 건, 그 파장이 맞지 않았을 경우에는 양쪽 다 상대의 마음에 영향을 받을 수 있어서 그런 거고."

"어떻게 영향을 받는데?"

"가장 쉽게 드러나는 건 성격이 변하는 정도일까?"

뭐야, 그거, 무서워!

그런 내 생각이 그대로 읽혔는지 아사달이 급히 변명했다.

"걱정 마. 그건 깊게 파고들었을 때의 일이고, 말했듯이 나는 곁에서 바라보는 정도였으니까. **스스로를 지키기 위해서라도 그럴 수밖에 없었고.**"

그렇다면 다행…… 인가? 워낙 남들에게 생각을 읽히는 경우가 많아서, 생각 재산권 쪽으로 마음이 넓어진 나로서는 뭐라고 하기가 좀 그렇다.

그리고 그게 정답이었다.

"그때 내가 본 네 마음의 힘은 타인을 상처 입히지 않고 싶어 하는 선량함, 그리고 그를 위한 노력의 빛으로 아름답게 빛나고 있었어."

닭살 돋는 칭찬을 받았으니까.

조금 웃기는 건 조금 전에 아사달 스스로 나하고 자신이 마음이 비슷하다고 말했다는 거다.

야, 이거 완전 자화자찬 아니냐?

……힘껏 비꼬아 봐도 부끄러운 게 어디 가는 게 아니군.

빨리 화제를 돌리자.

"그런 너니까, 내 부탁을 거절하지 않을 거라고 믿어."

그 전에 아사달이 선수를 쳤지만.

"그러면 너도 네가 원하는 답을 찾을 수 있을 거야."

그것도 정말 먹음직스러운 미끼까지 던지면서.

나는 잠시 고민했지만, 결국 그 미끼를 무는 수밖에 없었다.

세 번째 이야기

첫날 밤은 길거리에서 노숙을 했다.

어제까지는 다락방의 낡은 침대 위에서 잤다.

가희가 안내해 준 손님용 방이 너무나 눈부시게 보이는 건 그래서일까.

우리 집 안방의 두 배만 한 크기에 한 눈에 봐도 푹신해 보이는 침대가 한 쪽 벽에 닿아 있고, 그 옆에는 작은 서랍장이 있다. 침대 위의 시트는 사람의 발길이 닿지 않은 흰 눈처럼 새하얗고, 커튼이 달린 창문에서 들어오는 햇빛은 방 전체를 비추고 있다. 벽 양쪽에는 옷장으로 보이는 가구와 옷걸이, 책상과 의자. 그리고 편하게 앉을 수 있는 기다란 소파까지.

한 눈에 봐도 좋은 방이다. 이런 방을 준 아사달에게 감사 인사를 하고 싶었지만 안타깝게도 지금은 여기 없다.

아사달은 직접 이 방을 안내해 주고 싶어 했지만, 세희가 묻고 싶은 게 있다고 해서 응접실에 남아야 했거든.

이해한다. 비록 크고 넓고 높지만, 난생처음 본 신원 미상의 사람과 같은 집에 산다는 게 마음에 걸릴 테니까.

"어때요, 성훈 오빠. 마음에 들어요?"

가희에게는 그런 기색이 보이지 않았지만.

가희가 두 팔을 뻗어 방을 가리키자, 갑자기 어렸을 때 본 오래된 집을 리모델링해서 보여 주는 TV 프로그램에서 나왔던 음악이 머릿속에서 울려 퍼지는 느낌이 든다.

나는 가희에게 고개를 끄덕이며 말했다.

"응. 정말 좋네."

"그렇죠? 저도 손님 방 중에서 여기가 가장 마음에 들어요. 햇빛도 잘 들고요. 밖에 나가기도 쉽고, 식당도 가깝고, 무엇보다 오빠 서재하고 가장 가까워요!"

"그, 그래."

응접실에서 조금 느꼈지만, 가희와 단둘이 이야기를 하고 있으면 밝은 분위기에 밀리는 느낌이 드는구나.

"응? 왜 그래요? 마음에 안 들어요?"

"아니, 아니."

나는 고개를 젓고, 가희가 이상한 오해라도 할까 봐 사실대로 말했다.

"가희는 성격이 밝구나 싶어서."

"에헤헷~!"

그때.

내 사고가 정지했다.

눈웃음을 지으며 쑥스러워 하는 가희의 모습이 너무나 익숙했기 때문에.

……확실한 증거가 나와 버렸습니다. 현실 도피하고 있는 내 멱살을 잡아끄는 증거가 말이죠.

이 냉정한 현실을 받아들이자. 지금 내 눈앞에 있는 가희가 냥이의 창귀와 동일 인물이라는 것을.

동시에 두 가지 의문이 떠올랐다.

어째서일까. 저 눈웃음이 누구와 닮은 기분이 드는 건.

그리고 왜 이렇게 밝고 솔직한 아이가 그런 삐뚤어진 녀석이 된 걸까.

"오, 오빠? 왜 그래요?"

가희의 얼굴을 물끄러미 바라보면서 생각에 너무 오래 잠겨 있었나 보다.

"아, 미안. 오늘 좀 피곤해서 잠깐 정신이 딴 곳에 가있었어."

거짓말로 이루어진 변명이었지만, 가희는 화들짝 놀라서는 꾸벅 허리를 숙였다.

"죄송해요, 오빠!"

……뭐가?

내가 왜 그러냐고 묻기도 전에 가희가 외치듯 말했다.

"오빠도 오늘 새벽에 원정에서 돌아오셨죠?! 피곤하실 텐데 눈치도 없이 오래 붙잡아서 죄송해요!"

가희의 머릿속에서는 나와 아사달이 원정 도중에 만난 사이로 확립된 것 같다. 이래서야 원정이 무엇인지 물어볼 수도 없겠군.

하지만 수고를 덜 수 있게 된 것도 사실이다. 잠시 혼자서 생각을 정리할 시간이 필요했는데 말이야.

"아니, 괜찮아. 가희하고 이야기할 수 있어서 피곤이 많이 풀렸으니까."

"정말요? 제가 도움이 됐어요?"

조금 전에 사과했던 모습은 어디로 갔는지 허리를 살짝 앞으로 숙여 나와 거리를 좁히고 반짝반짝이는 눈동자로 나를 올려다본다.

이런 상황에서 아니라고 말할 수 있는 사람이 있을까.

"앗?"

그리고 이럴 때 습관적으로 머리를 쓰다듬어 주는 게 반인반선 강성훈이지.

"아, 미안."

……습관이라는 건 정말 무서운 거다. 나도 모르게 손이 나가 버렸어.

"기분 나빴어?"

내 말에 가희가 붕붕 고개를 저었다.

"아니요! 그냥 놀랐을 뿐이에요. 그게……."

가희가 볼을 붉힌 채 고개를 돌리며 말했다.

"아사달 오빠가 쓰다듬어 주는 거하고 비슷한 느낌이 들어서요."

"그, 그러냐……."

아무리 생각해도 비슷할 것 같지는 않은데. 그런 산뜻한 놈과 속이 배배 꼬인 나를 동일시할 수 있는 사람은 너밖에 없을 거다. 그런 내 생각을 눈치챘다는 듯 가희가 말을 이었다.

"뭐랄까…… 저를 정말정말 상냥하게 대해 준다는 느낌이

들어요. 보물처럼 여겨 준다는 느낌이라고 할까요?"

가희가 그렇게 느꼈다면 아마도 내가 평소에 보물들에게 둘러싸여 살고 있기 때문이겠지.

……지금은 내 옆에 없지만.

하아.

아이들이 보고 싶어서 미치겠군.

나는 다시금 사무치는 그리움에 잠깐 말을 잃어 버렸다. 가희는 그걸 어떻게 받아들였는지 얼굴을 확 붉히며 뒤로 물러났다.

"아아앗, 민망하게 무슨 소리를 하는 건지 모르겠네요. 죄송해요, 오빠. 제가 또 괜한 소리를 했네요."

……정말, 어떻게 받아들인 거냐.

적어도 왼쪽, 오른쪽을 훔쳐보는 걸 봐서, 이 자리에서 빨리 도망치고 싶어졌다는 건 알겠지만.

내 예상대로 가희는 꾸벅 고개를 숙인 뒤 속사포 같은 말을 꺼냈다.

"아! 맞다! 깜빡했네요! 저는 식사 준비를 도와주러 가 봐야 해요! 오빠는 편히 쉬고 계시고요. 필요한 게 있으시거나, 무슨 일이 있으시면 서랍장 위에 있는 종을 울리세요. 그럼 나중에 봬요!"

우리 집 아이들이라면 여기서 허리를 두 손으로 붙잡고 못 간다고 장난을 쳤겠지.

"그래."

나는 그런 생각을 하며 가희에게 손을 흔들어 줬다.

폭신한 소파에 깊숙이 몸을 맡긴 뒤.

나는 잠시 생각을 정리해 보기로 했다.

끌려올 때까지만 해도 어떻게 되나 불안했는데 예상외로 일이 잘 풀렸네. 과거의 세희, 가희, 그리고 세희의 친오빠인 아사달을 만나게 되었으니까.

그렇다는 건…….

이곳에서 세희가 성격이 배배 꼬인 귀신이 된 계기가 앞으로 벌어질 가능성이 높다는 이야기가 된다.

이미 그 끝이 정해져 있는 이야기가.

내가 생각해 봐야 할 건, '어째서 무슨 일이 어떻게 누구를 중심으로 일어날 것인가.' 정도겠네.

바로 답이 나오는 건, 사건의 중심에 아사달이 있을 거라는 것 정도다.

왜냐고?

나래가 내 곁을 떠났을 때. 새로 갱신해 버린 내 흑역사를 떠올리면 이해가 쉽게 될 거다.

응접실에서 보았을 때, 세희와 가희의 중심이 되어 주는 건 아사달이었다.

그렇기에 최악의 상황을 가정해 본다면…….

아사달이 죽는 거겠지.

요괴, 혹은 인간의 손에.

확실하지는 않지만, 최소한 그에 준하는 일이 벌어질 거다.

아사달의 이야기가 나와서 말인데.
그 녀석이 내게 썼던 마음의 힘도 상당히 신경이 쓰인다.
내가 생각해 왔던 것과는 전혀 달랐고, 이상한 기분이 들기도 했으니까.
또, 나를 이곳에 데려와서 세희와의 접점을 만들어 준 것도 마음에 길린다. 아사달은 도대체 왜, 무슨 목적으로 날 이렇게까지 환대하면서, 세희와의 접점을 만들어 준 거지?
……모르지요.
"에라, 모르겠다~"
머리를 굴려 봤자 답이 나오지 않기에 나는 잠시 기다리기로 했다.
사이좋은 오누이의 시간이 지나가기를.

어느 정도 시간이 지난 뒤.
종을 울리자 나타난 메이드 누님의 안내를 받아, 나는 아사달을 만나러 갔다.
아사달은 자신의 서재에 있었다. 내가 보기에는 서재 겸 집무실 겸 도서관으로 보였지만.
어딜 둘러봐도 책, 책, 책, 그리고 책. 책장에는 이미 빈자리가 없고 바닥에도 책이 무더기로 쌓여 있다. 비어 있는 건 손님용으로 마련해 둔 빈 의자 정도? 책상 위에도 책으로 만든 탑이 양쪽에 쌓여 있을 정도다.
그 두 개의 탑 사이로 보이는 아사달은 외눈 안경을 쓰고서 깃털 펜으로 종이에 뭔가를 적고 있었다.

그런 상황에서 아사달은 고개도 들지 않고 말했다.

"미안한데 이대로 이야기해도 괜찮을까? 친구 사이에도 지켜야 할 예의가 있다는 건 알지만, 이번 원정에 대한 보고서를 급하게 써야 해서."

"……난 상관없는데, 그래도 괜찮아? 바쁘면 나중에 다시 올까?"

"아니, 괜찮아. 신경 쓸 거 없어."

그렇게 말하는 도중에도 아사달의 손은 멈추지 않았다.

뭐지, 이 패배감은?

나는 그 패배감을 가득 담아서 말했다.

"대단하네. 이야기를 하면서 글을 쓸 수 있다니."

아래를 내려다보고 있는 아사달의 입가에 살짝 슬픈 미소가 감돈 것 같다.

"세희 보다는 못 해. 세희는 말을 하면서 글을 쓰는 동시에 암산에 작곡까지 할 수 있거든."

뭐야, 그건. 인간 맞아?

될성부른 나무는 떡잎부터 알아본다고 하지만 너무한 거 아니야?

"그보다 조금 의외네. 난 당연히 네가 세희를 먼저 찾아갈 줄 알았거든."

그 떡잎이 자라서 된 게 이 녀석이겠지.

나는 의자에 앉아 속셈을 숨기며 말했다.

"세희에 대해 궁금한 게 많다고 해서?"

"아니? 난 남자잖아?"

"……왜 이야기가 그렇게 되는지 모르겠는데."

"이왕이면 담소를 나누는 상대는 여자가 좋지 않겠어?"

그렇긴 하지만.

"세희는 어린애잖아."

"어라? 내가 보기에 넌 어린애를 더 좋아하는 것 같았는데?"

농담처럼 말하고 있지만 농담이 아니라는 걸 한 번에 알 수 있었다.

그렇다면 나도 조금 강하게 나가 볼까?

"그걸 알면서 나를 여기에 머물게 한 건 도대체 무슨 생각이야? 내가 딴 마음이라도 품으면 어쩌려고?"

"글쎄, 무슨 생각일까?"

누가 세희 오빠 아니랄까 봐. 거기다 아래를 내려다보고 있어서 표정을 읽는 게 쉽지가 않다. 그런 내 생각을 읽기라도 한 듯, 아사달이 고개를 들어 웃는 얼굴로 나를 바라보며 말했다.

"하핫, 농담이야, 농담."

그건 어린아이 같은 미소였다.

"말했잖아. 네가 그런 사람이 아니라는 건 알고 있다고."

"……오늘 처음 만난 사람을 잘도 그렇게까지 믿네. 그 마음인가 뭔가가 맞는다고 말이야."

아사달이 다시 고개를 숙이며 말했다.

"너니까 그런 거야. 아무리 마음이 맞는 사람이라도 네가 아니었다면 이렇게까지 믿지는 않아."

나는 말했다.

"남자는 관심 없다."
"응? 나도 그런데?"
"그러면 이상하게 말하는 건 그만하는 게 어때?"
"이상하게 말하다니? 어떤 거?"
자기가 닭살 돋는 말을 한다는 자각도 없는 거냐.
"……됐고."
나는 화제를 돌리기로 했다.
"사실 너한테 궁금한 게 있어서 왔다."
"그래? 내가 알고 있는 거라면 모두 대답해 줄게."
그럴 리가 없다는 건 경험을 통해 알고 있다. 그렇다고 말도 안 꺼내 볼 수는 없는 노릇이지만.
나는 아사달에게 물었다.
"원정이라는 게 뭐야?"
"먼저 마을 주변에 위협이 될 수 있는 요괴가 있는지 알아본 뒤, 본격적으로 상인들과 함께 인접 마을에 방문을 하는 걸 이야기해. 거기서 우리 마을에서는 구할 수 없는 물건들을 구입하거나, 우리 마을의 특산품을 팔거나 해서 수입을 내지. 그러면서 세상이 어떻게 돌아가고 있는지 정보를 수집하고, 보통은 마을에 돌아온 뒤 대제사장과 영주에게 보고를 해. 나는 영주에게만 쓰면 되지만. 어쨌든 원정은 중형 요괴들이 눈독을 들일 때가 많기 때문에, 백 명 중 열 명은 돌아오지 못할 경우가 많아. 나는 그런 피해자를 최소한으로 하기 위해서 원정에 함께하는 거고."
생각보다 자세한 설명에 나는 살짝 놀랐다.

"……그렇게 자세하게 알려 줘도 돼?"

"네가 물어봤잖아?"

그러게.

아니, 나도 모르게 설득될 뻔했네.

아사달이 자세히 대답해 준 건 원정이라는 게 이 세계에서는 일반 상식 같은 느낌이어서 그렇겠지. 세희와 가희도 알고 있는 눈치였고.

그래서 나는 다른 식으로 아사달을 시험해 보기로 했다.

"아까 중형 요괴라고 했는데, **이 마을에서는** 요괴에도 급이 있나 봐?"

아사달이 말했다.

"그래. 요괴는 소형, 중형, 대형으로 나누고 있어. 소형은 이제 막 태어났거나, 동물에서 요괴로 변화한지 얼마 안 된 탓에 몸집이 작고 요력도 약한 요괴를 말하지. 인간으로 치자면 어린아이라고 할까? 그래서 소형 요괴는 인간을 습격하는 일이 거의 없어. 오히려 피하지. 퇴치당할 공산이 크니까. 중형 요괴는 어느 정도 요력을 쌓은 요괴로, 크기는 보통 성인 남성의 다섯 배에서 열 배 정도야. 마을 밖에서 만나게 된다면 그야말로 재앙이지만, 안에서는 어느 정도 수월하게 맞설 수 있는 요괴지. 피해자는 생기겠지만 마을은 지킬 수 있어. 하지만 대형 요괴, 흔히 말하는 대요괴들은 그렇지 않아. 큰 것은 산맥과 같다 하고 작은 것도 낮은 산 정도는 돼. 대요괴가 가진 힘은……."

"아니, 됐어. 괜찮아. 그 정도면 돼."

나는 아사달의 긴 설명에 질려 손을 휘저었다. 대요괴에 대해 나보다 자세히 알고 있는 사람은 드물 테니까. 그보다 중요한 건 아사달이 도대체 무슨 생각이냐는 거다.

나는 이 마을에서는, 이라는 말로 슬쩍 떡밥을 던졌다.

원정을 설명할 때 말했듯이, 이 세계에서는 마을마다 교류가 있다. 그러면 그 방법이야 어쨌든, 요괴마다 급이 있다는 건 기본 상식일 것이다.

그런데 이 녀석은 뭐지? 왜 날 의심하지 않는 거지?

알 수 없는 녀석이 말했다.

"궁금한 거 아니었어?"

나는 본심을 숨기며 말했다.

"너무 자세하잖아."

"아, 미안. 지금이 아니면 언제 너한테 이런 이야기를 해 줄 수 있을지 몰라서 열을 올리고 말았네. 지루했지?"

아니, 흥미로웠다. 너에 대한 의심은 더욱 커졌지만.

"아니, 괜찮아."

"다행이다. 그러면 다른 궁금한 건 없어?"

그래서 나는 마지막으로 제정신이 박혀 있다면 제대로 대답해 주지 않을 만한 질문이자, 내가 아사달을 찾아온 이유를 말했다.

"응접실에서 들은 이야기인데. 이번 원정에서 마음에 걸리는 점이 있다는 건 뭐야? 지금 쓰고 있는 보고서하고 관계있어?"

이것이 내가 세희보다 아사달을 먼저 찾아온 이유다.

나는 알고 싶었다. 아사달의 주변에서 무슨 일이 일어나고 있는지. 그것을 통해 앞으로 일어날 일에 대한 예상을 해 보고 싶었다.

그것과 관련이 있어 보이는 것은 이번에 다녀온 원정이었다. 응접실에서 자기 입으로 신경 쓰이는 뭔가가 있었다고 아사달이 이야기했으니까.

하지민 상식적으로 생각해 봤을 때. 오늘 처음 만난 나한테 영주와 대제사장에게 들어가는 이야기를 해 줄 리 없겠지.

결론부터 말하자면, 내 예상은 완벽하게 빗나갔다.

"요즘 들어서 원정 중에 자식을 잃어서, 아마도 소형 요괴겠지, 자식을 잃어서 광분한 중형 요괴가 습격하는 일이 자주 일어나고 있거든. 이번 원정에서 피해자가 늘어난 까닭이 그것 때문이야. 그 요괴들의 공통점이 있다면 인간들이 자신들의 자식을 납치해 갔다는 소리를 하고 있었어. 우리들에게 자식을 내놓으라고 울부짖었지. 사실, 그런 일이 처음 있었던 건 아니야. 원정 전에도 그다지 힘이 강하지 않은, 그래, 막 중형급이 된 개의 요괴가 마을을 습격한 경우가 있었어. 잃어버린 새끼의 냄새가 이곳으로 이어져 있었다고. 마을을 지키기 위해 내 손으로 죽여야 했지만, 개의 요괴는 죽기 전에 나한테 말을 남겼지. 너희 인간이 힘이 약한 요괴를 납치해 가고 있다고. 도대체 무슨 생각이냐고. 왜 인간에게 해를 끼치지 않고 숨어 지내는 우리들을 가만히 놔두지 않느냐고. 인간이 요괴를 사냥하는 경우는 종종 있었지만 그건 어디까지나 방어적인 측면이었지, 원한을 살 만한 일은 아니었어. 이건 가볍게 넘길 일이 아닌 것 같더라고. 그래서 나는 영주한테 누군가가 힘이 약한 소형 요괴를 납치, 혹은 사냥해서 무슨 일을 꾸미고 있을지 모른다고 보고서에 적고 있어. 그리고 내일 부터 시작되는 원정에서, 개인적으로 소형 요괴를 습격한 인간에 대한 흔적을 찾아보고 싶다는 의견도 말이야. 내 생각이지만, 오늘 이 보고서를 받은 영주는 그 자리에서 내 의견을 무시할 가능성이 높아. 그래서 내일 있을 부족 회의에서 영주에게 재고를 바란다고 요청할 생각이야."

나는 놀랐다.

"너…… 그런 이야기를 나한테 해도 되는 거야?"

아사달이 고개를 들어 나를 바라보았다. 당황한 나와 달리 아사달은 잔잔한 호수 같은 분위기 속에서 내게 말했다.

"이게 네가 듣고 싶어 하던 이야기잖아?"

직감적으로 들켰다는 걸 알 수 있었다.

내가 세희보다 아사달을 먼저 찾아온 이유를.

……그런데도 이렇게 자세하게 모두 이야기해 줄 거라고는 상상도 못 했어.

나는 말했다.

"……이유는 묻지 않는 거야?"

"난 널 믿는다고 몇 번이나 말했어."

하지만 뭔가 마음에 걸린단 말이지.

조금 전에 했던 이야기도 있고.

그렇다면 그걸 물어볼까.

"날 믿는 다른 이유를 숨기고 있는 것 같아서."

지금까지 쉴 새 없이 움직이던 아사달의 손이 멈췄다.

"응. 있어."

"뭔데?"

아사달이 장난기 넘치는 소년의 얼굴로 나를 바라보며 말했다.

"그건 비밀로 할게. 그편이 재미있을 것 같거든."

역시 이 녀석은 세희의 오빠다.

"야."

아사달이 다시 고개를 숙이고 손을 움직이며 말했다.

"그보다 다른 건 없어? 세희가 몇 살까지 자다가 오줌을 쌌는지, 밤에 화장실을 못 갔는지, 싫어하는 음식은 뭔지, 언제까지 혼자 못 잤는지, 무서워하는 게 뭔지 같은 거도 대답해 줄 수 있는데."

……그, 그건 좀 궁금하긴 하네. 분명 대 세희 전용 병기로 쓸 수 있을 거다.

하지만 나는 유혹을 이겨 냈다.

이겨 내야만 했다.

"있는데."

"어떤 거?"

"넌 내가 뭘 바라고 있다 생각해?"

아사달이 말했다.

"세희에 대한 모든 지식."

……지금 내 심장이 멈춘 것 같은데?

핵심을 찔려 입을 다문 나 대신, 아사달이 말했다.

"반한 여자에 대해 알고 싶은 건 모든 남자의 공통점이잖아?"

"……뭐?"

이 자식이 지금 뭐라고 했냐.

어이없는 말에 굳어 버린 내게 아사달이 신경 쓰이는 눈웃음을 지으며 말했다.

"숨기지 않아도 돼. 네가 세희를 보고 첫 눈에 반한 건 이미 알고 있으니까."

갈수록 가관이기에 나는 잠시 아사달의 말을 들어주기로 했다.

"물론 너도 처음에는 인간의 왕이 될 가장 강력한 후보자가 어떤 사람인지 알고 싶었을 뿐이었겠지. 하지만 만나고 보니 그 후보자가 자신과 나이 차이도 별로 나지 않는 사랑스러운 여자아이였다는 거야. 완전한 이상형이었다는 뜻이지. 부정할 생각은 하지 마. 세희를 처음 본 순간 네가 가지고 있던 관심이 연정으로 변해 버린 건 그 자리에 있던 모두가 알 수 있었을 걸? 그래. 그렇게 뜨거운 시선으로 세희를 바라보는데 누가 모르겠어?"

내가 모르겠다.

"하지만 세희가 결혼하기에는 아직 어리니까, 2년 후는 어때? 괜찮지?"

"……."

"음…… 그렇게 기다리기 싫으면 1년으로 합의 보자. **나는 네가 우리 가문에 꼭 들어와 줬으면 하거든.** 세희도 싫어하지 않는 눈치였고."

뭐가 싫어하지 않는 눈치라는 거고 뭐가 좋다는 거냐, 이 망할 자식아.

나는 입에서 욕설이 튀어나오지 않도록 하기 위해 아무 말 없이 서재를 나섰다.

"부끄러워서 도망치는 거야?"

"아니다, 이 자식아."

더 이상 아사달의 헛소리를 들어주기는 힘들었으니까.

밖으로 나온 나는 문 앞에서 대기하고 있는 메이드 누님에게 세희를 만나 보고 싶다고 말했다.

별다른 이유는 없다. 세희를 만나서 이야기해 보고 어렸을 때는 어떤 성격이었는지 조금 더 자세히 알고 싶었을 뿐이니까.

아사달이 꺼낸 헛소리와는 전혀 관계없다.

정말이다.

애초에 내가 이 세계에 끌려온 것도 세희를 알고 싶기 위해서였고 말이야.

메이드 누님이 안내해 준 곳은 정원의 작은 서양식 정자였다. 가…… 가…… 가제…… 가제 뭐 그런 이름이었던 것 같은데 정확한 이름은 기억이 안 난다. 어쨌든 화사한 꽃들로 둘러싸여 있고, 옆에는 작은 연못이 있는 영화에서나 볼 법한 하얀색 건물이다.

대리석으로 만든 탁자 위에는 달콤해 보이는 과자와 뭔 맛으로 마시는지 모를 커피, 그리고 메이드 누님을 부를 때 쓰는 작은 종이 놓여 있었다.

세희는 그 옆의 의자에 앉아 책을 읽고 있었다.

신기하군. 내가 저 나이 또래였을 때, 책은 가장 멀리해야 할 해악이었는데.

거기까지 안내해 준 메이드 누님은 여기서부터는 혼자 가라는 듯이 뒤로 물러났다.

……괜찮겠지? 설마 내가 다가갔다고 세희가 종을 울리겠어? 그걸 듣고 나타난 덩치 좋은 아저씨들에게 잡혀서 고문실로 끌려가기야 하겠냐고.

나는 당당하게 세희의 정면을 향해 걸어갔다.

"……아!"

인기척을 느낀 세희가 고개를 들었다.

"안녕."

시선이 마주친 나는 손을 들어 간단하게 인사를 했고.

딸랑딸랑딸랑.

세희는 황급히 책을 닫고서는 주저 없이 종을 울렸다.

그 모습이 마치, 치한을 만난 어린아이가 호신용 경비 버저를 있는 힘껏 누른 것과 같이 보이는 건 기분 탓이 아니겠지.

나, 말 한마디 걸었다고 잡혀가는 거야?

……같은 생각을 하는 사이, 나를 안내해 준 메이드 누님과 다른 메이드 누님, 두 사람이 이쪽으로 다가왔다. 두 사람은 굳어 있는 나를 보고는 이해했다는 듯 허리를 살짝 숙여 인사하고서는 어디론가 사라졌다.

그 모습을 본 세희가 일어나서 내게 고개를 숙이며 인사했다.

"죄, 죄송해요. 성훈 오라버니께서 오실 줄을 몰라 준비를 해 두지 않았어요. 잠시만 기다려 주세요."

십년감수했다.

고문실로 안내해 주는 사신의 종소리인 줄 알았다고.

"괜찮아. 연락도 없이 갑자기 찾아온 건 나니까."

그러면 다음부터는 도착하기 백 미터 전에서부터 소리를 지르며 다가오시기 바랍니다.

내가 아는 세희라면 그렇게 나를 놀렸겠지만, 눈앞의 세희는 나에게 맞은편의 자리를 가리키며 말했다.

"앉으세요, 성훈 오라버니."

"어, 응."

세희는 내가 의자에 앉고 난 다음에 자리에 앉았다.

그리고 적막.

다시 나타난 메이드 누님들이 내 앞에 향기로운 차가 담긴 찻잔을 내려놓고 사라진 이후에도, 그 적막은 계속 되었다.

세희는 두 손을 아래로 내리고 내 눈치만 살피고 있고, 나는 나 나름대로 무슨 말로 대화를 시작해야 할지 필사적으로 고민하고 있거든.

그건 세희의 분위기가 응접실에서 처음 만났을 때와 조금 다른 것 때문일지도 모른다.

그때는 맹목적인 경계심을 가지고 있었다면, 지금은 모호한 호감 탓에 뭐라 말을 꺼내기 힘들어하는 느낌이랄까?

……자신감 과잉이 아니라, 진짜로. 아이들과 같이 지내다

보니 내게 보내는 호감 어린 시선에는 익숙해졌다고.

덕분에 아사달의 헛소리가 떠올라서 나는 고개를 가로저었다.

안 돼. 이상한 생각이 들려고 한다. 뭐라도 말을 꺼내야 해.

그런 내 시야에 조금 전까지 세희가 읽고 있었던 책이 들어왔다.

그래! 이거다!

"그러고 보니까……."

"예, 예!"

세희는 나를 야생의 호랑이라고 생각하는지, 화들짝 놀라서는 명백히 긴장한 티가 나는 높은 목소리로 대답했다.

덩달아 놀란 나도 잠깐 할 말을 잊어버리고 말았고, 다시금 둘 사이에 어색한 침묵이 고개를 들이밀었다.

"……."

"……."

양 볼이 새빨개진 세희가 몸을 움츠리고 고개를 꾸벅 숙이며 먼저 말했다.

"죄, 죄송해요……."

아차, 내가 너무 무신경했군.

"아니, 괜찮아. 조금 놀랐을 뿐이니까."

내가 이런 말을 하는 날이 올 줄은 몰랐지만, 일단 세희의 긴장을 풀어 줘야 할 것 같다.

"그건 그렇고 세희는 은근히 목소리가 크네?"

"흐아아아……."

긴장을 풀어 줄 생각이었지, 부끄럽게 만들 생각은 아니었는데. 귓불까지 붉어진 세희는 고개를 숙인 채 들 생각을 하지 않았다.

어렵다! 어려워! 이 나이 대의 여자아이는 너무나 어렵구나! 랑이와 치이와 페이와 아야와 바둑이가 얼마나 좋은…… 그래, 마음에 걸리는 부분은 하나씩 있지만 좋은 성격인지 알 수 있네.

어떻게 하면 등껍질 안에 들어간 거북이 머리 같은 세희를 다시 끄집어낼 수 있을까 생각하던 나는, 앞서 하려던 행동을 떠올렸다.

그래서 그대로 했다.

"읏차."

"앗?"

자리에서 일어나 손을 뻗은 나는, 손에 들어온 책의 표지를 확인해 보았다.

……최면 놀이? 이건 무슨 책이지?

"잠깐 읽어봐도 되지?"

나는 책이 너무 펴지지 않게 조심해서 첫 장을 열어 보려고 했다.

"자, 잠깐만요! 성훈 오라버니!"

하지만 그 전에 세희가 나를 급히 불렀다.

"응?"

나는 책을 든 채 세희를 향해 눈을 돌렸다.

세희는 새빨개진 얼굴로 내가 든 책에 시선을 고정한 채 두 손을 허우적거리며 말했다.

"오, 오라버니께 이런 식으로 추천하고 싶은 소설은 아니에요! 읽으시기 전에 마음의 준비가 필요하니까요!"

내가 어른 세희에게 많이 놀림받기는 했나 보다.

저 말이, '주인님께서는 이 책을 읽고 그 내용을 받아들일 수 있는 머리가 없으실 테니까, 다른 자리를 마련해 유아용 동화책을 추천해 드리겠습니다.'라고 자동 치환되는 걸 보니까.

"책 읽는 데 마음의 준비를 할 필요는 없잖아?"

"그, 그게……."

나는 말을 잇지 못하는 세희에게 보란 듯이 책을 펼쳤다.

새하얀 피부의 남자와 검은 피부의 남자가 알몸으로 난잡하게 얽혀 있는 그림이 있었다.

나는 책을 닫았다.

"……."

"……."

나는 책을 테이블 위에 놓고 한 손으로 눈가를 지그시 눌렀다.

"흐아아아……."

귓가에 세희가 수치심이 가득한 신음을 흘리는 소리가 들렸다. 자연스럽게 나도 한숨을 흘리고 싶었지만, 그건 세희를 두 번 죽이는 일이겠지.

나는 어른스러운 태도를 보이기로 했다.

"음…… 세희야."

"……예, 성훈 오라버니."

"그게 말이야……."

나는 최대한 말을 고르고 골라 입 밖으로 꺼냈다.

"나도 어렸을 때 이런 쪽으로 한창 호기심이 왕성했으니까 네가 관심을 가지는 건 이해를 해."

"……."

죽어 간다, 죽어 가.

"하지만…… 음…… 뭐라고 할까. 이런 건 현실에서 일어나는 일과는 조금, 아니, 많이 동떨어져 있으니까…… 이런 책은 일단 좀 더 많고, 다양한 교육을 받은 다음에 재미로 읽는 걸 추천한다."

하지만 이런 이야기는 해 줘야 한다. 숨긴다고 숨겨지는 것도 아니니까. 오히려 덮어놓고 숨기기만 했다가는 오히려 더 안 좋아지지.

어른으로서 할 이야기는 한 것 같고, 이제 남은 건 '이 책을 어떻게 할 것인가.'다.

내가 가져가서 찢어 버리는, 내 감정에 충실한 방법이 하나. 아사달에게 가져다주는 방법이 또 하나. 마지막으로 세희에게 돌려주는 방법이 있는데 말이야.

어느 게 좋을까?

"……아니에요."

고심에 고심을 거듭하고 있는 내게 개미만 한 세희의 목소리가 들려왔다.

"응?"

"이 책은 그렇게 평가 절하가 될 작품이 아니에요, 성훈 오라버니."

나는 세희를 향해 시선을 돌렸다.

조금 전까지 부끄러워하던 모습은 어디로 갔는지, 세희는 열의에 불타는 눈동자로 나를 바라보고 있었다.

흐음? 어리다고 해도 세희는 세희라는 건가?

나는 세희를 마주보며 말했다.

"무슨 말이야?"

"분명 아사달 오라버니께서……."

세희가 갑자기 입을 다물었다가 조심스럽게 말을 이었다.

"아사달 오라버니께서 추천한 이 책은 조금 수위가 높을지 몰라요."

조금이 아니거든? 그리고 지금 수위 가지고 문제 삼는 것도 아니고! 거기다 아사달이 추천했다고?

이놈의 집구석, 완전 난장판이구만!

그렇게 딴죽을 걸고 싶은 마음이 한가득이었지만 나는 잠시나마 세희의 반론을 들어주기로 했다.

세희의 모습에 왠지 모를 그리운 느낌이 들었거든.

"하지만 그건 어디까지나 독자가 이야기에 집중하는 것을 도와주기 위한 장치로, 작가가 의도해서 넣은 한 가지 무기에 불가해요. 이 작품은 **작가가 만들었**…… 아니, 작가가 만든 놀라운 창조 신화와 매력적인 등장인물이 나누는 재치 넘치는 대화. 그리고 앞을 예측할 수 없는 전개와 상상도 못할 마지막 반전이 대단한 작품이란 말이에요. 그렇기에 이 책을 단순한 음란 소설로 치부하시는 건 아무리 아사달 오라버니의 친구이신 성훈 오라버니라도 참을 수 없어요. 정 그렇게 평가하고 싶으시다면 먼저 다 읽어 보시고 난 뒤에 그렇게 해 주세요, 성훈 오라버니."

또랑또랑한 눈동자에 힘 있는 목소리로 말한 세희를 바라보며 나는 속으로 혀를 내둘렀다.

역시 세희는 세희구나. 취미 생활을 즐기는 데 진지하기 그지없어.

하지만, 야. 나한테 이런 걸 읽어보고 나서 평가하라고 하는 건 좀 아니지 않냐?

"그러면 읽어봐도 된다는 거야?"

나는 세희를 살짝 놀릴 속셈으로 말했지만.

"예."

세희는 흔들림 없이 대답했다. 수치심보다는 자기가 좋아하는 책이 단순한 야…… 아니, 음란 소설 취급을 당한 분노가 더 큰 것 같다.

"부디."

음…….

그렇다고는 해도 나는 이런 걸 다른 사람 앞에서 읽을 수 있을 정도로 정신이 견고하지 못하다.

어쩔 수 없군.

나는 이럴 때 자주 취하는 행동을 했다.

"……성훈 오라버니?"

뭐긴, 뭐야. 만세지.

나는 현실을 제대로 받아들이지 못했는지 눈을 동그랗게 뜬 세희에게 말했다.

"미안. 내가 잘못했다. 그런 책인지는 몰랐어. 그림만 보고 판단한 내가 실수했다. 그러니까 여기서 읽으라는 말은 하지 말아 줘. 이게 좋은 소설이라고 해도 나는 남자고, 이건 내가 이해하기 힘든 종류의 책이니까."

내가 먼저 사과를 해서 그럴까.

"흐, 흐아아아아아아앗!"

세희의 얼굴이 다시금 붉게 달아올랐다. 이제야 수치심이 분노를 이겼나 보다.

"죄, 죄, 죄송해요, 성훈 오라버니!"

그것도 대승을 했는지, 세희는 의자에서 일어나서는 꾸벅 허리를 숙이며 내게 사과했다.

덕분에 세희의 뒤쪽에 보이는 메이드 누님이 경악하는 모습을 볼 수 있었다. 그렇다면 내 뒤쪽에 있는 메이드 누님도 똑같은 표정이겠지.

"아니, 내가 잘……."

"제가 실례를 범했어요! 성훈 오라버니께서는 아직 어린 제가 올바르지 못한 성적 가치관과 윤리 의식을 가질 것을 걱정하셔서 제가 마음에 상처를 입지 않도록 조심스럽게 충고를 해 주셨는데, 저는 그것도 생각 못 하고 제가 좋아하는 작품이 비난을 받는다고 받아들였어요. 정말 죄송해요!"

……너, 아주 내 머릿속을 들여다보고 있구나?

"아, 알아주니까 고맙긴 한데 일단 고개부터 들어. 주위에서 이상하게 생각하겠다."

"……아."

그제야 정신이 든 세희가 고개를 들고 다시 의자에 앉았다. 처음보다 움츠러든 어깨와 아래로 내려간 시선을 보니, 책을 화제로 삼은 게 별로 좋지 않았다는 결론이 나는군.

……잠깐. 책이라고 하니 세희에게는 취미가 하나 있었지.

"아, 그러고 보니까."

자신이 한 행동 때문일까. 내 눈에는 지금의 세희가 겁에 질린 토끼처럼 보였다.

안 잡아먹습니다.

"혹시 글 쓰는 걸 좋아……."

"좋아해요!"

정답이었다.

"혹시 성훈 오라버니께서도 글을 쓰시나요?"

기대에 차 초롱초롱한 눈으로 바라보는 세희에게 미안하지만, 나는 비정한 현실을 전해야만 했다.

"아니."

글을 읽는 것도 힘들어하는 내가 글을 쓸 리가 없잖아? 어렸을 때 방학 숙제로 그림일기를 쓰는 것도 싫어했던 나다. 내가 글을 쓰려면, 천지가 개벽할 만한 일이 벌어져야 할걸?

예를 들어, 우리 가족들이 나를 남기고 떠난다거나.

하하하, 그런 일은 없겠지만.

"……그러셨군요."

한순간에 바람 빠진 풍선처럼 된 세희를 보고 있자니 웃음이 나오려고 한다. 어린애는 어린애네.

"그래도 글을 읽는 건 조금 좋아해."

세희가 살짝 고개를 든다.

"그래서 말인데, 혹시 지금 쓰고 있는 소설 같은 건 없어?"

세희는 잠시 고민을 한 뒤, 조심스럽게 말했다.

"……보여 드릴 만한 건 아니에요."

일단 방어부터 하는구나.

하지만 나는 기억하고 있다. 세희가 지금까지 몇 번이나 나에게 자신이 쓴 '나와 호랑이님'이라는 책을 읽히려고 했던 과거를.

그 말은 즉, 세희라면 분명히 자신의 글을 남에게 읽히고 싶어 할 것이라는 말과 같다.

그래서 나는 테이블 위에 손을 올려놓고 턱을 괴며 말했다.

"그래도 읽고 싶은데?"

세희는 머리 위에 눈이라도 쌓인 것처럼 고개를 붕붕 흔들었다.

"수준이 낮아 아사달 오라버니께도 못 보여 드리고 있는 글이에요."

"그러니까 나한테는 보여 줄 수 있겠네."

해석하자면, 아사달은 네가 동경하고 친애하는 친오라버니라서 못 보여 줄지 모르겠지만 나 같이 어디선가 갑자기 튀어나온 이상한 녀석에게는 보여 줘도 잃을 게 없다는 말이 된다.

어떠냐. 서당 개 삼년이면 풍월을 읊는다고, 나도 많이 늘었지?

다만, 내 말에 담긴 뜻을 아직 어린 세희가 이해할 수 있을까, 살짝 걱정을 했지만…….

세희의 표정을 보니까 그런 걱정은 무의미했던 것 같다.

고민하고 있다, 고민하고 있어. 고개를 숙이고 손가락을 꼼지락 대면서 열심히 고민하고 있다고.

나는 그 모습을 보는 게 왠지 모르게 즐거워 흐뭇한 미소를 지으며 세희의 대답을 기다렸다.

잠시 후.

세희가 고개를 들어 나를 바라보며 말했다.

"성훈 오라버니의 관심은 감사하지만, 역시 안 될 것 같아요."

"왜?"

세희가 살짝 눈을 내리깔며 부끄러움이 가득 담긴 목소리로 말했다.

"……역시 제가 쓴 글을 가장 먼저 읽어 주시는 건, 아사달 오라버니셨으면 하니까요."

나는 말없이 세희를 바라보았다.

"왜, 왜 그러세요, 성훈 오라버니."

내 시선이 꽤나 부담스러웠는지 세희가 시선을 어디에다 둬야 할지 고민하면서 볼을 살짝 붉힌다.

"별거 아니야. 응. 신경 쓰지 마."

"흐으으읏."

내 시선을 견디지 못한 세희가 고개를 푹 숙이며 자그마한 목소리로 말했다.

"지금 성훈 오라버니께서는 아사달 오라버니와 제가 사이가 좋아 보여서 보기 좋다는 생각을 하시고 계시죠?"

"정답."

내게 사과를 했을 때도 그렇고, 지금도 그렇고. 역시 세희는 세희구나. 상대가 무슨 생각을 하고 있을 건지 정확하게 짐작하고 있어.

뭐, 지금은 누구나 간단하게 예측할 수 있는 일이었지만.

……조금 시험해 볼까?

지금의 세희가 어느 정도인지 말이야.

매번 세희 때문에 고생이었으니까, 이 정도의 심술은 괜찮겠지?

"그러면 지금부터 내가 무슨 일을 할 것 같아? 힌트는, 지금 약간 장난을 치고 싶어졌다는 것."

정답은, '아사달과 함께 세희가 쓴 글을 읽는다.'다.

나는 즐거운 마음으로 세희의 대답을 기다렸다.

이런 맛에 어른 세희가 나한테 시험이라 치고 계속 문제를 내는 걸지도 모르겠네. 무엇보다 생각에 잠긴 세희의 표정이 미묘하지만 조금씩 변하는 게 볼 만 하다.

특히, 그 마지막이 경악이라는 점에서.

"성훈 오라버니."

"응?"

"……설마, 아니시겠죠? 그런 끔찍한 장난은 아니시겠죠?"

"무슨 장난인데?"

세희가 두려움 반, 걱정 반의반, 그리고 기대 반의반이 섞인 표정으로 나를 보며 말했다.

"아사달 오라버니와 함께…… 제 글을 읽어 보시려는 건 아니시겠죠?"

나는 집안에서 악평이 자자한, 방긋 웃는 미소를 세희에게 보여 주었다.

"정답."

세희가 몸서리를 쳤다.

"그, 그건 아니길 바랐는데요……."

"이런 말 알아?"

나는 말했다.

"인생은 마음대로 되는 일이 없다."

나는 자리에서 일어났다. 세희도 나를 따라 일어섰다.

나는 슬금슬금 뒤로 물러나면서 저택으로 향하는 길을 곁눈질했고, 세희는 그런 나를 바라보며 조금씩 거리를 좁히기 시작했다.

어떻게 내가 아사달에게 가기 전에 날 잡을 생각인 것 같지만…….

내가 아무리 몸이 둔해도 드레스를 입은 여자아이가 쫓아올 수 있을 정도는 아니다.

언제든지 뛰쳐나갈 준비가 되어 있는 상황에서, 세희가 말했다.

"성훈 오라버니."

"응?"

"아사달 오라버니께서 지금 어디 계시는지는 모르시지 않나요?"

"너 만나기 전에 서재에서 아사달하고 이야기하다 왔어. 지금도 거기 있겠지."

세희가 곤란해하며 말했다.

"……성훈 오라버니께서는 길을 모르실 것 같은데요."

"아니야. 알아. 아주 잘 기억하고 있어."

세희가 매우 곤란해하며 말했다.

"…………성훈 오라버니께서는 저를 괴롭히는 게 즐거우신 건가요?"

"괴롭히다니, 너무하잖아. 그냥 너와 친해지기 위한 일환이라고 생각해. 응. 친해지기 위한 일환."

왜, 글에는 글을 쓴 사람이 녹아 있다는 말도 있잖아.

나는 세희가 쓴 글을 통해, 지금의 세희가 어떤 아이인지 조금 더 알고 싶은 거다.

그런 생각을 하며 입가에 미소를 짓고 있자니, 세희의 분위기가 일순간 변했다.

그렇다고 어른 세희처럼 무표정으로 변했다거나, 화를 냈다는 게 아니다.

세희는 어떤 각오를 한 것처럼, 비장한 모습으로 내게 말했다.

"성훈 오라버니."

"왜, 세희야."

"성훈 오라버니께서 아사달 오라버니를 만나러 가신다면, 제 입장상 성훈 오라버니를 말릴 수 없어요."

내 생각에는 충분히 말릴 수 있을 입장이라고 생각하지만, 좋은 게 좋은 거다. 넘어가자.

"응."

"그러니 어떤가요? 저와 거래를 하시는 건."

흐음? 생각지도 못한 제안에 살짝 마음의 저울추가 흔들렸다.

아사달과 함께 글을 읽음으로써 세희를 부끄럽게 만들면서 성격을 알아보는 것도 좋지만, 거래라는 게 마음에 걸린다.

이 녀석이 지금 나에게 걸 대가가 무엇이 있지?

"어떤 거래?"

"협상은 먼저 테이블 앞에 앉는 것부터 시작이라고 아사달 오라버니께서 가르쳐 주셨어요."

그렇게 말한 세희는 먼저 자리에 앉았다.

세희의 시선이 나에서 벗어나, 조금 전까지 내가 앉아 있던 시선에 못 박힌 듯 떨어지지 않는다.

당연히 내가 자리에 앉아 줄 거라고 생각하고 있는 것 같다.

음.

"싫은데?"

"……예?"

나는 당황한 세희의 목소리를 뒤로하고 재빠르게 저택을 향해 달렸다!

"나는 꼭 너의 부끄러운 글을 꼭 읽어야겠다! 반드시 아사달과 함께 네 앞에서 소리 높여 읽어 주지! 우하하하핫!"

악마 같은 소리를 하며 달리는 내 뒤로 세희의 다급한 목소리가 들렸다.

"자, 잡아요!"

'거기 서!'도 아니고 잡으라니. 도대체 누가 날 잡을 수 있다는 거야? 지금 내 앞을 가로막고 있는 건 연약한 메이드 누님밖에 없는데?

그런 생각을 한 순간.

메이드 누님이 내 앞길을 가로막으며 치마를 걷어 올렸다.

아아, 남자의 본능이라는 것은 슬픈 것이라.

나는 달리는 것을 멈추지 않았지만 시선만은 한 곳에 멈추고 말았다.

조금 전까지 길고 긴 치마에 가려져 보이지 않았던, 메이드 누님의 허벅지에 말이지.

가터벨트를 하고 있는 메이드 누님의 허벅지는 뭐라 할 말이 없을 정도로…….

위험해 보였다.

가터벨트에 날카로운 단검이 꽂혀 있었으니까.

메이드 누님은 허벅지에서 단검을 뽑아 쌍수에 쥐고는 내 앞을 가로막았다.

햇빛을 받아 반짝이는 칼날이 참으로 위험하기 짝이 없구나. 특히 위치상 내 목과 같은 선에 있는 단검이 말이야.

나를 여기까지 안내해 주셨을 때의 친절한 모습은 도대체 어디로 갔는지, 메이드 누님의 표정은 싸늘하기 그지없었다.

나는 급히 제자리에 서려고 했지만, 관성의 법칙은 이 세계에도 존재했다!

"우, 우왓?!"

물리 법칙에 의해 내 목이 날아가려는 찰나!

메이드 누님이 단검을 역수로 잡고는 두 팔로 내 몸을 끌어안아 빙글 하고 돌았다.

단검은 속임수였나!

하지만 메이드 누님한테 푹신하고 좋은 향기가 나서 아무래도 상관없을지도?

……이런 상황에서도 이런 생각을 할 수 있다는 것 자체가 놀랍긴 하군.

"죄송합니다, 성훈 님. 세희 님의 명령은 무엇보다 우선이기에 실례를 범하고 말았습니다."

순간 누군가 떠오르는 익숙한 말투였다. 그렇다고 그 목소리마저 익숙하다는 건 아니지만. 얼굴도 그렇고, 품에 안겼을 때 느껴진 풍만한 가슴의 감촉이…… 험험!

"……괜찮습니다."

나는 메이드 누님에게서 떨어진 뒤, 어깨 너머로 저택을 바라보았다.

이내 메이드 누님이 그 앞을 가로막았지만.

"세희 님께서 기다리고 계십니다."

보내 줄 생각이 없는 것 같다. 하긴, 메이드 누님이 보기에 나는 아사달의 친구지 자신이 모셔야 할 주인은 아닐 테니까.

나는 군말 없이 돌아가 세희의 앞에 앉았다.

그런데 정작 나를 잡으라고 시킨 세희는 어느새 일어나 있는 상태였다.

"죄, 죄송해요, 성훈 오라버니."

아니, 다시금 허리를 꾸벅 숙였다.

당황스럽군.

"응?"

"어, 언니들이 그렇게까지 할 줄은 몰랐어요."

아, 칼을 뽑을 줄은 몰랐다는 거구나.

"……뭐, 괜찮아."

험한 취급을 당하는 건 이제 익숙하고, 단순히 나를 멈추게 만들려고 뽑은 거니까.

무엇보다 세희가 짐작할 수 없었다는 말을 했다는 게 더 마음에 걸리고.

세희가 몰랐다는 건, 이런 경우가 처음이라는 뜻일 거다. 그걸 알고 보니 나는 이제야 아사달이 한 말을 마음으로 이해할 수 있었다.

아사달이 원했던 건, 세희가 어른을 대하는 경험을 시키고 싶은 게 아니라, 자신을 어린아이 취급하는 어른을 만나게 해 주고 싶었던 거다.

가장 강력한 인간의 왕 후보자라는 건 그만큼 주위의 인정과 보호, 그리고 복종과 기대를 받고 있다는 뜻인가.

"하지만……."

세희는 자신의 말이 불러일으킨 상황에 당황한 건지, 나에게 미안한 건지 제대로 말도 못 하고 있지만.

그래서 난 세희에게 이리로 오라고 손짓을 했다.

세희의 뒤로 보이는 또 다른 메이드 누님의 표정이 험악해진 것 같지만 신경 쓰지 맙시다.

나는 조심스럽게 내 앞에 다가온 세희에게 손을 뻗었다.
"읏……."
세희는 움찔 몸을 떨며 눈을 감았고, 메이드 누님들의 시선이 칼날처럼 나를 찌른다.
그럼에도 나는 세희의 머리를 쓰다듬어 줬다.
"흐아아아앗?"
그러고 보니 내가 세희의 머리를 쓰다듬어 준 적이 있었던가? 비녀를 달아 주느라 머리를 만지작거린 적은 있었지만, 이런 식으로 쓰다듬어 준 적은 없었던 것 같은데.
……있었다면 그게 더 큰일이겠지.
"서, 서, 서, 성훈 오라버니?"
지금 큰일은 세희에게 일어난 것 같지만.
내가 머리를 쓰다듬어 줄 거라고는 상상도 못했는지 세희는 뻣뻣하게 굳어서는 입만 벙긋거리고 있다.
"왜."
"지, 지, 지금 뭘 하시는 거죠?"
보면 모르냐?
나는 그런 말 대신 누구를 따라 입꼬리를 쓰윽 올렸다. 머리를 쓰다듬는 건 계속하면서.
흐음…… 머릿결이 정말 비단결 같구나. 직접 비단을 만져 본 적은 없지만.
뭐랄까, 세희의 머리카락은 굵지 않다. 오히려 얇은 편이다. 하지만 그렇다고 영양 상태가 걱정될 정도로 얇은 건 아니다. 손에다 머리카락을 올려놓고 슬쩍 훑어 내리면 사르륵

하고 손가락 사이로 빠져나가는 느낌이 기분 좋네.

"흐아아아아아……."

세희의 얼굴은 당장이라도 폭발할 것 같이 되어 버렸지만.

"세희는 머리카락이 참 예쁘네."

"가, 가, 가, 감사해요!"

없는 정신으로 열심히 대답한 것 같다.

이제 슬슬 놓아줄까.

나는 세희의 머리에서 손을 뗐다.

"……아."

왜.

세희도 자기가 아쉬워하는 소리를 냈다는 것을 깨닫고는 두 손으로 입을 가렸다. 아마도 무의식적으로 튀어나온 게 아니었을까 싶다.

덕분에 난 히죽거릴 수 있었지만.

"왜, 더 쓰다듬어 줄까?"

세희가 두 손을 열심히 휘저었다.

"괘, 괜찮아요! 괜찮으니까요! 괜찮습니다!"

나는 아무 말 없이 흐뭇하게 세희를 바라보았다. 이내 내 시선을 눈치챈 세희가 살짝 입을 벌리더니, 이내 그 의미를 눈치챘는지 뚱해져서 자리로 돌아가 앉아서…….

휙, 고개를 돌렸다.

응, 이제 좀 자기 나이 또래의 아이 같은 느낌이 든다. 지금까지는 뭐랄까. 어른스러워 보이려고 애를 쓰는 느낌이 강해서.

그리고 난 그런 아이를 싫어한다.

어렸을 때나, 지금이나. 이건 내 본능 같은 걸지도 모르겠어.

나는 슬쩍 세희를 말로 찔러보았다.

"삐쳤어?"

"누, 누가 삐쳤다는 거죠?"

바로 반응이 온 걸 보니까 삐친 게 맞는 것 같다.

"삐치지 않았다고 하면…… 어린애 취급해서 화난 거야?"

"아사달 오라버니와 성훈 오라버니하고 비교했을 때, 저는 어린애가 맞아요."

삐쳤구만.

여기서 더 이 이야기를 해 봤자 세희의 속만 더욱 부글부글 끓게 만들 테니까 그만두자. 그 모습도 보고 싶기는 한데 위험 부담이 너무 커.

"그러면 더 쓰다듬어 줘도 돼?"

"……."

세희가 눈을 가늘게 뜨며 나를 보았다.

나는 어깨를 으쓱하며 그 시선에 답했다.

"놀리는 거 아니야. 내가 쓰다듬고 싶을 뿐이니까."

"조금 전에는 경황이 없어서 말씀 드리지 못했지만, 보는 눈이 많으니 그런 일은 삼가 주세요."

오호라~ 그렇다면 보는 사람이 없으면 된다는 건가?

내가 이런 얼빠진 생각이나 하고 있을 때, 세희가 차가운 목소리로 말했다.

"혹시라도 성훈 오라버니께서 제 머리를 쓰다듬었다는 사실이 밖에라도 새어 나가게 되면, 위험하니까요."

엣. 나 잡혀가는 거냐? 성추행으로 잡혀가는 거냐고. 그러고 보니 옛날에 뉴스에서, 서양 문화권에서는 남의 집 아이가 귀엽다고 함부로 머리를 쓰다듬어 주거나 하면 아동 성추행 혐의로 잡혀간다고 들은 기억이 있다.

……일부러 찾아본 건 아니다.

잠깐만. 그러면 조금 전에 메이드 누님들의 눈빛이 번쩍인 건 자신의 주인님인 세희에 대한 걱정이 아니라, 범죄자인 나를 어떻게 처리할지를 고민하는 거였나?

나는 늦게나마 두 손을 번쩍 들고 뒤로 두 걸음 물러나면서 세희에게 말했다.

"감옥에 가는 건 아니지?"

최대한 농담처럼 말하려고 했지만, 본심을 세희에게 들킨 것 같다.

세희가 고개를 가로젓고 조용히 말했다.

"이곳에서는 걱정하실 것 없어요, 성훈 오라버니. 다시 말씀드리지만, 밖으로 새어 나갔을 때의 이야기니까요."

마음의 평안과 함께 의문이 생겼다.

"밖으로 새어 나가면 어떻게 되는데?"

무슨 생각을 했는지 세희가 입술을 꽉 다물고 눈을 내리깔았다.

뭐야, 지금 세희의 머릿속에서는 내 목이 단두대에 잘리고 있기라도 한 건가? 아무리 그래도 그건 너무하지 않아? 어린애 머리를 쓰다듬었다고 내 머리가 날아가?

"야, 야. 이럴 때 입 다물면 불길한 기분만 든다고."

생각 같아서는 세희의 어깨를 붙잡고 앞뒤로 흔들면서 대답을 재촉하고 싶지만, 죄에 죄를 더할 수는 없지. 그나마 다행인 건 세희가 내 다급함을 느꼈다는 거다.

"죄, 죄송해요. 그게…… 안 좋은 생각이 들어서요."

"……뭔데?"

입을 다물고 절실한 눈동자로 바라보자 세희가 살짝 움츠린 몸을 뒤로 빼며 말했다.

"어, 어디까지나 제 생각이에요. 이건 알아 두셔야 해요, 성훈 오라버니."

나는 고개를 끄덕였고 세희가 말했다.

"먼저 성훈 오라버니께서 제 머리를 쓰다듬었다는 사실이 밖에 알려지게 되면, 하루도 안 돼서 온 마을 사람들이 알게 될 거예요."

너, 무슨 연예인이냐?

아니, 아니지. 단장과 부단장 아저씨 덕분에 경험했지만, 이곳에서 세희에 대해 모르는 건 영장 청구 없이 취조실에 끌려갈 만큼 수상한 일이니까.

그만큼 인간의 왕이 될 후보자인 세희는 사람들의 관심을 많이 받고 있다는 말이다.

"당연히 그 소문은 사하 영주의 귀에도 들어갈 테죠. 그러면 영주가 이곳을 방문해서 막무가내로 성훈 오라버니를 찾을 거예요."

"……잠깐만."

나는 세희의 말을 잠시 끊었다.

"왜 영주가 그런 이야기에 관심을 가지는데?"

세희가 시선을 피하며 말했다.

"영주는…… 야심이 많은 사람이거든요."

야심이 많은 것과 무슨 상관이냐고 물을 뻔했지만, 나는 급히 입을 다물었다.

물어보지도 알 수 있었으니까.

세희가 인간의 왕이 될 가능성이 가장 높은 것과 관련 있겠지.

아, 그래서 단장, 부단장 아저씨가 나를 수상하게 여겼을 때 그런 이야기를 했던 건가.

"그래, 그건 알았어. 그리고?"

영주가 나를 찾은 뒤 무슨 짓을 할 것이냐는 내 질문에.

"영주의 권한으로 성훈 오라버니를 즉결 심판한 뒤 사형…… 시킬지도 몰라요."

……응? 진짜 머리가 날아가게 생겼네?

"자, 잠깐. 그게 말이 돼? 겨우 머리 좀 쓰다듬었다고 사형이라고?"

아차, 실수했다.

나도 모르게 목소리가 높아져서 세희를 겁먹게 해 버렸어.

"……미안. 나도 모르게 흥분했다."

"괘, 괜찮아요. 제가 성훈 오라버니하고 같은 입장이었어도 똑같을 테니까요."

상황이 상황이지만, 그럼에도 이 말은 꼭 하고 싶다.

세상에! 저 지금 세희한테 위로받고 있어요!

"하지만 영주는 그런 성격이에요. 자신의 꿈을 이루는 데 모든 것을 이용하는, 사자같이 난폭하고 뱀처럼 교활한 인간이죠. 그는 제 주위에 남자가 있는 것을 용납하지 못해요. 아무리 아사달 오라버니의 친구분이시라 해도, 성훈 오라버니께서 제 머리를 쓰다듬었다는 사실이 알려진다면……."

"잠깐만, 잠깐만."

나는 급히 세희의 입을 닫게 만들고 떠오른 생각을 세희에게 말했다.

"어, 내가 제대로 이해하고 있는지 확인 좀 해 줘."

세희가 고개를 끄덕였다.

"일단 영주는 네가 인간의 왕이 될 거라고 생각하고 있고, 너를 이용해서 자신의 야심을 이루려고 하고 있다는 건 알겠어. 그런데 내가 네 머리를 쓰다듬은 거하고 내 목이 날아가는 거하고 도대체 무슨 관계가 있는 거야?"

세희가 살짝 고개를 돌려 내 시선을 피하며 말했다.

"……영주는 제가 다섯 살 때부터 지금까지 계속 청혼을 하고 있거든요."

남자로서 이해했다. 자기가 아내로 맞이하고 싶은 여자 근처에 사이좋아 보이는 남자가 있는 걸 용납하기는 힘들겠지.

하지만 사람으로서 이해 못 하겠다.

"……그 영주 나이가 몇이냐."

"……서른넷이요."

"……아사달은 뭐라고 하는데?"

"……지금까지 거절할 수 있었던 건 아사달 오라버니 덕분이었어요."

나는 잠시 하늘을 바라보았다.

이야…… 내가 로리콘, 로리콘 소리를 듣기는 했지만 이런 곳에서 진짜 로리콘을 보게 될 줄은 상상도 못 했다.

세희가 열두 살이니까, 스물두 살 차이라는 거 아니야? 아무리 야심에 가득 찬 놈이라고 해도 그건 좀 아니지 않을까?

그런 생각과 동시에, 의문이 생겼다.

세희에 대한 관심이 높은 곳이니만큼, 영주가 지금까지 계속 청혼을 해 왔다는 사실은 사람들도 알고 있을 거다.

"그건 좀 윤리적으로 문제가 있잖아. 당연히 반대하는 사람들도 있을 것 같은데."

세희는 고개를 흔들어 보이며 내게 이 세계의 윤리가 땅에 떨어졌다는 사실을 알려 주었다.

"처음에는 비난의 목소리가 있었지만, 영주는 제가 나이가 들 때까지……."

세희가 살짝 볼을 붉히며 말했다.

"손을 댈 생각이 없다고 선언했어요."

"……사람들이 그걸 믿어?"

"그는 아사달 오라버니보다 더 민심을 얻고 있으니까요."

이것이 이미지의 중요성인가!

"오히려 정열적이며 순수한 로맨티시스트라는 소리를 듣고 있어요."

그 이유야 어쨌든, 무슨 말을 했든 열두 살짜리 어린애와 결혼하고 싶어 하는 서른네 살 아저씨를 지지하다니.

미친 거 아니야?

지금까지 당해 온 게 있어서 그런 지 내 속에서 분노의 화염이 치솟아 올랐다.

나는! 내가 나이가 어린데도! 겉으로 보기에 나이 차가 일곱 살 정도 나는 것 때문에! 말도 못할 욕설을 듣고 모진 고생까지 했는데! 영주라는 새끼는, 뭐? 정열적이며 순수한 로맨티시스트? 로맨티시스트으으으?!

용서할 수 없어.

용납할 수 없다!

지금까지 내가 당한 수모와 고생, 영생을 살 정도로 먹은 욕설의 이름으로! 그 죗값을 물게 만들 거야!

……그럴 방법 같은 건 없지만.

그렇기에 나는 내가 할 수 있는 것을 하기로 했다.

"너도 참 고생이 많구나."

세희가 어깨를 추욱 내리며 한숨을 쉬었다. 어린아이가 내쉴 만한 한숨의 무게가 아니어서 내 어깨도 무거워진 기분이 든다.

그때.

저기 멀리 있는 내가 끌려왔던 대문 쪽에서 뭔가 소란스러운 소리가 들려왔다.

"응?"

무슨 일인가 싶어 그쪽을 바라보려고 할 때.

메이드 누님들의 표정이 굳었다. 그뿐만 아니라 세희가 몸을 움찔 떨고 내 뒤쪽으로 몸을 숨겼다.

정확히 말하면, 대문의 반대쪽으로.

"무슨 일이야?"

세희의 대답보다 먼저 문이 열리는 소리가 들렸다.

"세희 님. 자리를 옮기시지요."

메이드 누님의 목소리에 세희가 고개를 끄덕였다.

"성훈 오라버니. 자리를 옮기실까요? 아직 못 다한 이야기도 있으니까요."

세희의 권유를 거절할 정도로 눈치가 없지는 않다. 묻고 싶은 것도 있으니까 말이야.

"그럴까?"

"그러면 이쪽으로 오세요."

그렇게 세희는 메이드 누님을 앞장세우고 꽃길을 걸었다.

"아, 역시 여기 있었군."

그것도 잠시였지만.

길을 막아선 건 한 명의 남자였다. 메이드 누님이 길 옆으로 피했기에, 나는 손쉽게 이 불청객이 누구인지 알 수 있었다.

세희의 설명대로 사자의 갈기털 같은 머리카락과 야성적인 이목구비. 그리고 교활하게 빛나는 눈동자를 가지고 있었으니까.

한 눈에 봐도 선이 굵은 호남형의 미남이지만…….

로리콘이지.

그것도 갑자기 나타난 로리콘이다.

"어떻게 영주님께서……."

세희가 놀라는 모습을 보면 알 수 있어.

"그야 당연하지 않나. 내가 왔다는 사실을 알리면 내 귀여운 피앙세가 몸을 피할 게 분명할 테니, 뒷문으로 몰래 왔다는 거지."

즉, 조금 전에 있었던 대문에서의 소동은 눈속임이었다는 거다.

영주라는 놈이 그래도 되는 거야?

거기다 뭐? 피앙세? 잘도 그런 말을 한다? 안 부끄러워?

"내 작은 피앙세를 위해 선물을 마련해 두었네. 부디 거절하지 말아 주게나."

영주가 품속에 손을 집어넣었다. 뭘 꺼내나 싶었더니, 과장스럽게 자신의 몸을 더듬어 보고서 수심에 잠긴 목소리로 말했다.

"이런…… 내가 실수를 해 버리다니. 슬프게도 내 사랑에게 줄 선물을 깜빡하고 만 것 같아. 그래서 말인데, 조금 갑작스럽지만 어떤가? 내게 잠깐 시간을 내주는 것은?"

해석. 나는 지금 선물을 핑계 삼아 너를 내 집에 데리고 가려고 한다.

안 그래도 좋게 생각할 구석이 없는 놈이기에 내 시선이 조금 날카로워진 것 같다.

"……그런데 말이야."

영주가 나를 눈치챌 정도로.

"거기에 있는 남자. 처음 보는 것 같군?"

조금 전, 세희를 향한 영주의 시선이 뱀처럼 교활하고 끈적거리는 시선이었다고 한다면…….

지금 나를 향한 시선은 자신의 영역에 무단 침입한 떠돌이를 향한 사자의 시선과 너무나 닮았다.

세희도 그 사실을 깨달았는지 급히 한 발자국 앞으로 나서며 말을 하려고 했다.

"자기소개는 직접 할게, 세희야."

그 전에 세희의 어깨를 잡고서 그 앞으로 나갔지만.

"서, 성훈 오라버니?"

세희가 당황한 목소리로 부르는 소리가 들렸지만, 나는 뒤를 돌아보지 않았다.

사실 돌아볼 수 없었다.

"……호오."

나를 바라보는 영주의 시선을 받아 내야 하니까.

와, 사람을 눈빛으로 죽이려고 하네.

그래서 힘드냐고?

나를 너무 우습게 여기는 거 아니야? 이런 일이 한두 번 있었던 것도 아니라고. 5천 년 묵은 귀신과 속이 시꺼먼 호랑이 요괴, 무엇보다 성난 소꿉친구의 앞에서도 떳떳하게 서 있었던 나다. 겨우 진성 로리콘 새끼의 눈빛도 당해 내지 못할 것 같아?

허리춤에 달려 있는 검이 살짝 마음에 걸리기는 하지만.

"처음 뵙겠습니다."

절대로 검이 무서워서 말을 높인 게 아니다. 최대한 트집 잡을 거리를 주지 않기 위해서라고.

"저는 강성훈이라고 합니다."

"처음 듣는 이름이로군."
"영주님과 뵙는 것은 처음이니까요."
"그러면 이번이 마지막으로 보는 날이 되겠군."
그렇게 말하며 슬쩍 왼쪽 허리춤에 걸린 검 자루에 손을 얹었다. 순식간에 내 잔머리가 미친 듯이 돌아가며 결론을 냈다.
저건 허세다. 세희의 앞에서 세희와 친해 보이는 나에게 해를 끼쳐 봤자 얻는 것보다 잃는 것이 너무 커. 이자는 그런 짓을 하지 않을 거다.
그렇기에 나는 세희에게 경험으로 배운 화술을 마음껏 쓸 수 있었다.
그것도 이상할 정도로 매끄럽게.
"그러면 아사달에게도 영주님께서 더 이상 이곳에 왕래하실 일은 없겠다고 전해 드리겠습니다."
나는 입꼬리를 올린 영주를 향해 방긋 웃으며 말을 이었다.
"그러면 돌아가시는 길, 편안하시기 바랍니다."
"풋."
영주가 호탕하게 웃은 뒤 말을 이었다.
"성훈이라고 했지? 네놈, 간이 크구나?"
난생처음 보는 산만 한 호랑이 앞에서도 자기 할 말 다하고 도망쳤던 놈에 대한 평가로는 조금 박한 감이 없진 않다.
"칭찬 감사드립니다."
그건 그렇고, 세희야. 안 보이게 내 옷을 잡아당기는 건 그만하지 않을래? 그러다 옷 늘어난다?
"그래서 말이다. 원래라면 네놈의 무례를 법으로 다스려야겠지만, 이번만은 넘어가 주지."
넘어가 주겠다니 나도 고개 정도는 숙여 주자.
"감사합니다, 영주님."
"그러면 물러가라. 나는 세희와 단둘이서 담소를 나누고 싶으니까 말이지."
나는 고개를 들었다.
"그건 곤란합니다, 영주님."
나는 인상을 쓰는 영주에게 웃는 낯으로 말했다.
"아사달에게 세희를 부탁받은 이상, 그렇게 쉽게 물러날 수는 없음을 양해 부탁드립니다."
"……하."
영주가 허탈감이 가득한 소리를 냈다.
"이것 참 웃기는 군."
툭, 툭. 손가락으로 검 자루를 두드리며 영주가 말했다.
"내 사랑하는 피앙세를 위해 눈감아 주려고 했지만, 영주인 내가 영지 내의 귀족에 대해서 모를 거라고 생각하는 건 아니겠지?"
……어라? 지금 생각하지도 못한 단어가 나왔는데?
지금 귀족이라고 했지? 설마 이 세계는 신분 제도가 있었던 거야?
아니! 다들 알겠지만 나도 그런 가능성이 있을지도 모른다는 생각은 했어! 하지만 아사달도 그렇고 세희도 그렇고! 딱 봐도 신분이 높아 보이는 사람들이 나를 너무 편히 대해 줬잖아?! 거기다 메이드를 하고 있는 가희가 아사달과 세희를 격식 없이 대하고 있고!

그래서 신분 제도가 없다고 생각했던 거야!

"그래, 혹시 모르니 물어보지. 자네는 어디, 누구의 자제분이신가?"

……왜일까. 분명 화원 가운데에 있는데 어둡고 칙칙한 취조실의 공기에 둘러싸인 기분이 드는 건.

"왜 말을 못 하지?"

내가 쉽사리 대답을 하지 못하고 있자, 영주가 기분 나쁜 미소를 지으며 말했다.

"강성훈이라고 했지. 그거 아나? 평민이 귀족에게 모욕죄를 범하면, 귀족의 재량대로 즉결 심판이 가능하다는 것을?"

스릉, 하고 검집에서 검이 뽑히는 소리가 들렸다. 손가락 한 마디 정도였지만, 그것만으로도 내 등 뒤에 식은땀이 흘러내리게 만들기는 충분했다.

어떻게 이 위기를 벗어날 수 있을까 고민하던 찰나. 나는 저택에서 급한 걸음으로 다가오는 아사달을 볼 수 있었다.

……그런데 왜 나를 보고 갑자기 멈춰? 지금 왜 웃은 거야? 네 소중한 여동생이 지금 곤란해하고 있고, 네가 친우라 부른 녀석이 위기에 빠져 있는데 왜 강 건너 불구경하고 있냐고?

확실한 건, 저 망할 놈이 지금 나를 도와줄 생각이 없다는 거다. 기둥에 등을 기대고서 팔짱까지 낀 걸 보면 확실해.

무엇보다 나를 볼 때의 표정. 그 표정이 나를 시험할 때의 세희의 그것과 너무나 닮아 있었으니까.

빌어먹을.

저 놈을 반쯤 죽여 놓기 위해서라도 나는 이 위기에서 자력으로 벗어나야 한다.

하지만 어쩌지? 상식적으로 생각하면 지금이라도 용서를 빌거나, 저기서 놀고 있는 자식의 이름을 빌리거나 해서 위기를 모면하는 게 맞겠지.

하지만…….

나는 내 등 뒤에서 자신의 존재를 계속해서 자각시켜 주는 세희를 이 녀석과 단둘이 있도록 하고 싶지 않다. 세희는 이 녀석을 싫어하니까.

비록 이 녀석이 내가 아는 세희와 다르다고 해도.

내가 피한다고 한들 아사달이 가만히 있지 않을 거라 생각하면서도.

어른 세희의 충고가 있었음에도.

나는 이 자리에서 물러나고 싶지 않았다.

세희는 세희니까.

나는 내 가족의 손을 놓을 생각이 없다.

그렇다면 어떻게? 어떻게 하지?

그때.

떠오르는 기억이 있었다.

그건 아사달이 농담처럼 한 말.

"안타깝게도 영주님께 제 신분을 증명할 수단은 없습니다."

애초에 이쪽 세계의 사람도 아니고 말이야.

나는 뱀 같은 미소가 짙어지는 영주에게 말했다.

"하지만 제 신분을 보장해 줄 수 있는 사람은 알고 있지요."

"아사달 말인가? 웃기는군. 아무리 그가……."

"아닙니다."

나는 말했다.

"세희입니다."

영주가 입을 다물었고 세희의 옷을 당기는 힘이 사라졌다. 나는 살짝 옆으로 피해 세희와 나란히 서고서, 영주에게 말했다.

"아사달이 저에게 말했습니다. 저를 세희와 결혼시키고, 가문에 들어오게 만들고 싶다고 말이죠."

이 세계의 신분 제도가 어떻게 되어 있는지는 모른다. 그렇기에 이건 일종의 도박이다. 잘 기억은 나지 않지만, 신분이 다른 사람끼리 결혼할 경우 높은 사람의 신분에 종속되는 경우가 있다고 배웠던 기억이 있거든.

……혹시 그 반대였나?

하지만 영주가 내 목을 치지 않는 걸 보니 도박이 성공한 것 같다.

"……난 들어 본 적 없는 소리군."

"그야 그럴 겁니다."

나도 오늘 아사달에게서 들은 이야기니까.

그런데 왜 내 대답에 영주의 입가에 미소가 걸리는 거지? 그것도 음흉하고 사악해 보이는 미소가?

"자네, 배짱뿐만 아니라 머리도 꽤나 좋군. 이런 상황에서 만나지 않았다면, 마음에 들었을 거야. 교육을 시킨 뒤 내 측근으로 삼았을지도 모르지."

머리가 좋은 거하고는 좀 다르지 않을까. 내가 생각하기에는 생존 본능이 강한 것 같으니까.

"하지만 말이지. 어설퍼. 아직 어설프다."

"무엇이 말입니까?"

"만약 네 말이 사실이라 한들, 너와 세희는 식을 올리지 않았다."

힘내라, 내 생존 본능!

"즉, 네놈은 아직 아사달의 가문과는 어떠한 관계도 없다는 말이지."

내 생존 본능이 멋대로 포기한 것 같다. 너무 잔머리를 굴려서 과부하가 된 것 같아. 아무런 생각이 들지 않는다.

그리고 그때.

"……아니요."

세희가 내 앞에 나섰다.

"사하 영주님의 말씀대로 저는 아직 성훈 오라버니, 아니, **성훈 님**과 식을 올리지는 않았어요. 그래서 아직 성훈 님은 저희 가문에 이름을 올리지 못했죠."

세희가 살포시 등을 밀어주는 것 같군. 어디 좋은 돌 없나? 내 목을 올려놓기에 좋도록 움푹하게 파여 있는 게 좋겠어.

그리고 세희는 나를 죽였다.

"하지만 제 뱃속에는 성훈 님의 아이가 자리 잡고 있어요."

사회적으로.

"사하 영주님께서는 제 아이를 아버지 없는 자식으로 만들 생각이신가요?"

"뭐, 뭣?!"

나도 세희의 어이없는 말에 깜짝 놀랐지만, 등 뒤로 내 옷을 잡아당긴 세희의 손길에 정신을 차리고 표정 관리를 할 수 있었다.

영주가 나를 돌아본 게 그 직후였기에, 나는 세희에게 감사할 수 있었다.

"네, 네놈…… 세희에게 손을 댔다는 거냐?"

이성을 잃은 짐승의 얼굴을 하고 있는 영주에게는 아무리 나라고 해도 조금 겁에 질릴 수밖에 없었다.

하지만 나는 그것보다 내 옆에서 얼굴을 새빨갛게 물들이고서도 고개를 숙이지 않고 당당하게 서 있는 세희가 더 신경이 쓰였다.

세희가 왜 그런 거짓말을 했는지 모르면 내가 사람 새끼가 아니지.

세희는 나를 위해서 내 거짓말에 장단을 맞춰 준 거다. 부끄러움을 무릅쓰고서.

그렇다면 내가 여기서 할 일은 한 가지밖에 없다.

"그렇습니다."

나는 각오를 하고 경악하는 영주를 보며 말했다.

"세희와 했습니다. 끝까지. 만지고 키스하고 마음껏 안았습니다. 사흘 밤낮으로. 세희는 그 자그마한 몸으로 제 모든…… 아얏!"

갑작스러운 통증에 나는 옆을 바라보았다.

거기에는 눈가에 눈물을 글썽이며 나를 올려다보고 있는

세희가 있었다.

표정만 봐도 세희가 무슨 말을 하고 싶어 하는지 알 수 있었다.

그렇게까지 말한 건 없잖아요!

……미, 미안. 나도 모르게 그만.

저 기분 나쁜 로리콘 영주의 경악으로 일그러지는 표정을 보고 있자니 흥이 올라서, 예전에 어른 세희가 보던 만화 영화에서 나오던 대사를 따라하고 말았다.

"미, 믿을 수 없다."

그 사이 영주가 어느 정도 정신을 차린 것 같다.

"믿을 수 없다! 믿을까 보냐! 어떤 인간이 아직 자라나고 있는 소녀의 몸에 손을 대겠는가!"

이 영주, 의외로 정상인인가 보네. 그 말은 즉, 영주가 말한 세희가 자랄 때까지 손을 대지 않겠다는 말을 진심으로 받아들이지 못한 나에게 정신적인 문제가 있다는 뜻인 것 같은데…….

에, 에이이잇! 그게 지금 중요한 게 아니다!

상식인 영주가 의심을 하고 있는 상황이니 만큼, 나는 그 의심을 깨뜨려 줘야 한다!

나는 올해 여름부터 지금까지의 과거를 떠올리며 영주에게 말했다.

"제가 댑니다."

아마도 내 말에는 우주의 창조와 같은 설득력이 있지 않았을까. 세희까지 움찔 몸을 떨고서 아주 살짝 거리를 벌린 걸 보면 알 수 있어.

오해하지 말아 줬으면 하지만, 영주가 이를 악무는 모습을 볼 수 있었으니까 어쩔 수 없지.

적어도 의심이 풀린 건 확실…….

"증거를……."

……하지가 않군.

"증거를 보여라!"

완전히 이성을 잃은 눈치다. 저 뒤에서 아사달이 움직이려고 하는 모습을 보니 알 것 같다.

하지만 나는 세희가 내린 영주에 대한 평가를 믿는다.

세희는 영주가 교활하고 난폭하다고 했다. 난폭하기만 한 성격이라면 이 자리에서 무슨 일이 일어나도 이상할 게 없겠지. 하지만 세희는 영주가 또한 교활하다고 했다. 그렇기에 내가 납득할 만한 증거를 보이면, 일단은 이 자리에서 물러나서 다른 계획을 세울 가능성이 충분히 높다.

물론 그 전에 핑계부터 대 봐야겠지만.

"아무리 영주님이라고 하셔도……."

"듣고 싶지 않다."

영주가 검 자루를 손에 쥐었다. 손에 잔뜩 힘이 들어가 있는 것이 아무래도 이번에는 진심인 것 같다.

"증거를 보이지 않을 경우, 나는 네놈이 그 잘난 혓바닥으로 나를 능욕한 것으로 알고 이 자리에서 목을 쳐 버리겠다."

살기가 가득한 시선을 받는 것은 익숙해지지가 않네.

"나는 알고 있다. 먼 옛날부터 세희를 봐 온 나는 알고 있다. 네놈이 거짓말을 했다 한들, 아무리 너를 살리기 위해서라도 자신의 신체를 함부로 하지 않는 여자라는 것을. 그럴 바에는 다른 묘수를 찾아낼 영특한 여자라는 것을!"

그냥 넘어갈 수는 없을 것 같다. 그래서 나는 어떻게 할지 확인하기 위해 세희를 바라보았다.

만약 세희가 거부한다면 나는 내 목이 날아가도 아무 짓도 하지 않을 거다. 그때는 그 자리에 엎드려 빌면서 살려 달라고 빌어야지. 어쩔 수 있나.

하지만.

새하얀 피부가 홍당무보다 붉어져 있던 세희는, 각오에 찬 눈동자로 나를 올려다보며 살며시 고개를 끄덕였다.

"직접 보시기 전까지 믿지 않으시겠다면, 알겠습니다."

나는 세희의 허리를 안아 들었다.

랑이보다 조금 무거울지도 모르겠군. 옷 때문인가? 아니면 나이 때문일까.

하지만 두 손으로 껴안기에는 충분했다.

자, 이 정도면 충분하겠지?

아니면 목에 키스라도 할까?

……라고 생각하며 영주의 눈치를 살피려고 할 때.

"읍?"

"으음……."

내 입술에 겹치는 따스한 감촉이 있었다.

그건 너무나 작지만 부드럽고, 따스하며, 촉촉하고, 향긋한 차의 향과 함께 달콤한 맛이 났다.

그것이 세희의 작은 입술이라는 것을 깨닫는 데는 조금 시간이 걸리고 말았다.

"……말도 안 돼."

영주가 검 자루에서 손을 놓을 정도의 시간이.

또한, 멀리서 아사달이 흐뭇한 미소를 짓고 있다는 것을 깨달을 정도의 시간이.

아니, 이러고 있을 때가 아니지. 이 정도면 충분하잖아.

나는 두 눈을 감은 채 떨리는 손으로 내 목에 깍지를 끼고 입을 맞춘 세희가 놀라지 않도록, 조심스럽게 둘 사이의 거리를 벌렸다.

세희도 내 마음을 알았는지 목에 두른 손을 풀고 내게서 떨어졌다. 나는 세희를 조심스럽게 땅에 내려놓은 뒤, 영주에게 말했다.

"……이제 됐습니까."

"……."

영주는 넋이 나간 것처럼 아무 말도 하지 못했다.

잠깐 동안.

"……그렇군."

나를 향한 두 눈에는 불길이 솟구치고 있었지만, 조금 전처럼 거친 언사와 행동을 할 생각은 없는 것 같이 보였다.

"생각을 바꿔야겠어, 이건."

그래서 더 무섭다. 이 인간이 무슨 짓을 할지 모를 것 같거든.

이제 어떻게 해야 할까 고민하던 찰나.

"그러면 영주님. 자신의 지아비를 위해 수치심을 무릅쓴 제 동생을 위해서 잠시 자리를 옮기시는 것은 어떻겠습니까? 마침, 영주님께서 방문해 주신 덕분에 직접 드릴 말씀이 있으니 말이죠."

지금까지의 상황을 모두 지켜보며 꼼짝도 하지 않았던 망할 녀석이 이제야 나와 영주 사이에 끼어들었다.

"……그러도록 하지."

영주가 뒤로 돌아서는 순간.

나는 마음 깊은 곳에서부터 안도의 한숨이 올라오는 것을 느낄 수 있었다.

"아, 잊을 뻔했군."

하지만 내쉬지 않은 것은, 지금까지의 경험 덕분이다.

"내 소개가 아직이었어."

고개만 돌려 나를 바라본 영주가 말했다.

"알고 있겠지만, 내 이름은 사하다. 기억해 두도록."

……왜 너를 죽일 사람의 이름을 기억해 두라고 하는 것처럼 들리는 걸까. 그런 내 걱정을 뒤로 하고, 영주는 아사달의 안내를 받고 저택으로 향했다.

영주가 더 이상 보이지 않게 되었을 때.

"흐아아아……."

세희가 쓰러졌다.

"우왓?!"

나는 급히 주저앉아서 세희를 부축했지만, 그것도 잠시.

"세희 님은 저희가 모시겠습니다."

어느새 다가온 메이드 누님 중 한 명이 내게서 세희를 빼앗듯이 받아 들었다.

그러면서 눈치챘는데, 나를 향한 메이드 누님의 시선에 숨기지 못한 혐오감이 깃들어 있었다.

이, 익숙하니까요. 이런 시선은 익숙하니까 조금도 마음의 상처가 되지 않습니다.

진짜예요.

"이런 말씀을 올리는 것은 외람됩니다만, 성훈 님께서는 돌아가시는 것이 좋을 것 같으니 제가 안내해 드리도록 하겠습니다."

……아, 알 것 같다. 이건 그거군.

격리다.

네 번째 이야기

"대단해요, 성훈 오빠!"

문을 박차고 들어온 것은 내 예상과는 다른 사람이었다. 나는 휴가임에도 불구하고 정의를 실현하기 위해 단장과 부단장 아저씨들이 올 줄 알았거든.

그다음에는 그대로 감옥에 끌려가서 쇠창살을 사이에 두고 세희에게 온갖 질타와 멸시를 당한 뒤 멍석에 말려서 쫓겨나는 게, 내가 생각한 미래였다.

하지만 생기 넘치는 두 눈동자를 반짝반짝이는 가희가 국자를 들고 왔다는 점이 놀라서, 나는 제대로 대답하지 못했다.

"으, 응?"

가희는 내 반응을 신경 안 썼다.

"그 변태 영주를 무찔렀다면서요?!"

순진무구함이 가득한 눈동자로 동경하듯이 바라보자니 내 안의 죄책감이 커지는군.

"아니, 그런 게 아니……."

"그 변태 영주, 틈만 나면 세희를 만나러 와서 귀찮게 굴었는데 속 시원하네요! 잘했어요, 성훈 오빠!"

그 과정을 알면 가희도 나를 혐오감 넘치는 눈으로 보지 않을까.

그런 생각을 하면서도 "이렇게? 이렇게죠?!"라고 말하며 허공에다 국자를 휘두르는 가희를 보고 있자니, 진실을 알려줘야 한다는 사명감이 들었다.

사람을 속이는 건 나쁜 짓이니까. 비록, 그 뒤에 어떤 끔찍한 결과가 기다리고 있다 한들.

"잠깐만, 가희야. 그런 게 아니야."

"예?"

국자를 휘두르다가 그대로 멈춰 선 가희가 이내 짝, 하고 박수를 쳤다.

이건 그거다. 내 말을 오해한 게 분명해.

"그러면 설마 영주가 찍 소리도 못 하게 한 건가요?!"

으아아아~! 더 말하기 힘들어지고 있어!

"정말 대단해요! 역시 아사달 오빠의 친구! 그 변태 영주가 또 한 말발 하거든요!"

……그렇게 보이지 않았던 건 내 주위에 세희와 가희가 있기 때문일까.

아니면 실질적인 위험이 너무 컸기 때문일지도 모르겠다. 여기서 나에 대한 평가가 더 높아지는 것도 위험하지만 말이야.

나는 가희가 더 이상 오해를 하는 것을 막기 위해 두 어깨위에 손을 올려놓았다.

"가희야."

"옛?"

살짝 놀란 가희가 두 눈을 깜빡이며 나를 올려다보았다.

"사실은 그렇게 좋은 이야기가 아니야."

"그러면요?"

나는 가희에게 정원에서 있었던 일을 모두 다 이야기했다. 어차피 숨길 수도 없는 일이다. 세희와 가희는 친한 것 같고, 아사달이 직접 보기도 했으니까.

그렇게 의외로 조용히 진실을 듣고 있던 가희는.

"와……."

왜인지는 모르겠지만 감탄했다.

"그런 방법이 있었네요. 몰랐어요."

보통은 이런 방법 같은 건 떠올리지 못할 테니까.

나야 지금까지 해 온 짓거리가 있으니까 숨 쉬는 것처럼 쉽게 말이 나온 거지만.

……다음부터는 이런 방법에 의존하지 말자. 지금까지는 운 좋게 일이 잘 풀려 왔지만, 언젠가는 큰일이 날 수도 있으니까. 포기하지 않고, 익숙한 방법으로 도피하지 않으면 분명 더 좋은 생각이 날 수 있을 거야.

내가 자기반성을 하고 있는 동안, 어째선지 가희가 의자를 가지고 와서 나를 그 위에 앉혔다.

가희가 말했다.

"그래서 첫 키스는 어땠어요?"

나는 그 당돌한 질문에 당황했다.

"뭐, 뭐?"
"앗!"
가희가 두 손으로 입을 가리고 살금살금 내 눈치를 살피며 말했다.
"오빠는 아닐 수도 있다는 걸 깜빡했어요, 헤헷."
지금 그게 문제가 아닐 텐데.
나는 가희가 간과한 사실을 입에 담았다.
"그게 아니라…… 넌 화 안 내?"
"예?"
내 말을 이해 못 했는지 가희가 고개를 왼쪽 오른쪽으로 갸웃거리다가 어깨를 으쓱거렸다.
"제가 왜 성훈 오빠한테 화를 내요?"
가희의 말을 '내가 당한 것도 아닌데 왜 화를 내야 하는가.'라고 받아들여야 하는지 잠깐 고민해 봤지만…….
그건 아니겠지. 어른 가희라면 모를까.
"그게 그 상황을 벗어나기 위한 거짓말이었지만, 어쨌든 세희한테 그……."
나쁜 소문이나 안 좋은 이미지 같은 게 생길 것 같고, 좋아하지도 않는 사람하고 입맞춤까지 해야 했잖아.
이 말을 하는 게 꺼려져 잠시 말을 고르고 있는 사이, 가희가 먼저 손뼉을 쳤다.
"아! 알겠어요!"
가희에 대해서는 잘 모르지만, 이 녀석도 어렸을 때부터 세희만큼 머리가 좋았나?

"역시 첫 키스는 밝은 달이 뜬 화원에서 바람에 실려 오는 달콤한 음악 소리에 맞춰 춤을 추다가 둘의 눈이 마주쳤을 때 해야 하는 거였죠?!"

아니었다.

나는 자신의 감수성에 취해서 제자리에서 한 손으로 치마를 들어 올리고 빙글 도는 가희에게 말했다.

"아니, 그게 아니라!"

나는 내가 생각했던 것을 그대로 가희에게 이야기해 줬다. 이 녀석이 또 이상하게 받아들이는 것보다는 그게 나아.

"헤헤헷."

그런데 내 이야기를 모두 들은 가희의 태도가 이상하다. 한 손으로 입을 가리고 히죽히죽 웃으며 내 옆구리를 팔꿈치로 쿡쿡 찌른다.

하지 마. 반사적으로 '죄송합니다. 잘못했습니다. 다시는 안 그럴게요.' 같은 말을 할 것 같으니까.

"왜 그래?"

"성훈 오빠는 부끄럽지도 않아요?"

조금 전에 있었던 일만으로도 삿갓을 쓰고 일평생을 살아야 할 정도로 부끄러운 사람한테 무슨 소리야?

무슨 소리냐고 눈빛과 표정으로 묻자 가희가 말했다.

"아니면 의외로 대담한 성격인가요?"

몸짓 대신 말로 하자.

"내가 한 말 못 들었어?"

"들었는데요?"

"그런데 왜 이야기가 그렇게 되는데?"
"응? 제가 잘못 이해했어요?"
나는 고개를 끄덕였고 가희는 말했다.
"성훈 오빠가 그런 말을 한 건 세희가 걱정돼서죠?"
"그래."
"그리고 그걸 저한테 말했고요."
"응."
가희의 눈매가 초승달처럼 휘었다.
"그러면 단순히 성훈 오빠가 세희를 이만큼 사랑한다는 자랑이 되잖아요?"
"잠깐만, 잠깐만. 어째서 그렇게 이야기가 되는지 모르겠는데."
나는 가희에게 손바닥을 보여 잠깐 기다리라는 뜻을 보이고 생각을 정리해 보았다.
응. 아무리 생각해 봐도 가희가 왜 내 말을 그런 식으로 받아들였는지 모르겠다.
만약, 정말로 만약에 그런 식으로 받아들일 만한 이유가 있다면 한 가지밖에 없지만…… 그렇게 여길 만한 일도 있었지만…….
그건 정말 말이 안 되는 경우였다. 그래도 그것밖에는 생각이 안 났기에 나는 가희에게 사실을 확인해 보기 위해 슬쩍 운을 떼었다.
"아니, 말했잖아. 그건 그 상황을 벗어나기 위해 한 말이었다고. 애초에 나하고 세희는 그런 관계가……."

가장 중요한 말이 나오기 전에.

"성훈 오빠."

살짝 차가워진 가희의 목소리에 나는 입을 다물었다. 조금 전까지 보였던 밝고 활기찬 어린아이의 표정은 어디로 갔는지, 그 자리를 대신한 것은 차갑고 표독하기 그지없었다.

그 순간적인 변화에 섬뜩함을 느꼈을 때, 가희가 말했다.

"세희는 착한 아이예요. 어디서 굴러온지도 모르는 저를 친구처럼 허물없이 대해 줄 정도로 말이죠. 신수 기린의 축복을 받으며 태어난, 고귀한 신분이기도 하면서요. 그건 성훈 오빠도 아시죠?"

나는 가희의 어린아이 같지 않은 압박감에 고개를 끄덕였다.

"하지만 마음에도 없는 남자를 위해 자신의 입술을, 그것도 첫 키스를 할 정도로 착한 건 아니에요. 세희라면 다른 방법을 생각해서 성훈 오빠를 도와줬겠죠. 세희는 저보다 훨씬, 심지어 아사달 오빠보다도 머리가 좋을 테니까요."

그러고 보니 영주도 그런 말을 했었지.

"……그, 그래?"

"하지만 세희는 세희가 보기에는 아마 빈틈투성이로 보였던 성훈 오빠의 방법을 따라 줬어요. 왜 그랬을 것 같아요?"

가희는 대답을 기다렸지만 나는 정답이 생각나지 않았다. 생각나는 것은 가능성이 낮은 대답뿐.

하지만 가희는 그런 대답이라도 듣지 않고서는 아무 말도 안 할 거라는 태도를 고수하고 있었다.

그래서 나는 말했다.

"……세희가 나를 마음에 들어 해서?"

"후우……."

깊은 한숨을 쉬는 가희를 보고 있자니 내가 괜한 말을 했다는 생각밖에 들지 않는다. 그냥 다른 걸 말할 걸 그랬나?

"정확히 말하면 마음에 든 성훈 오빠의 기를 살려 주기 위해서죠."

……진짜냐.

"성훈 오빠는 둔감하다는 소리 많이 들어 봤죠?"

아픈 곳을 찌르지 마!

"내가 보기에는 다른 이유가 있을 것 같은데. 오히려 네가 너무 급하게 단정 짓는 거 아니야?"

나는 뚱해진 가희에게 객관적이며 논리적인 근거를 들며 말했다.

"애초에 세희하고 나는 오늘 처음 만났어."

"성훈 오빠는 첫눈에 반한다는 말, 모르세요?"

그 첫눈에 반한다는 말 때문에 내 인생이 변했지.

하지만 첫눈에 반하는 것도 다 이유가 있는 법이다.

"그러려면 그럴 만한 이유가 있어야지."

"이유가 있었잖아요?"

나는 생각해 보았다.

아무것도 없었다.

"앗, 지금 아무것도 없었다고 생각하고 있죠?"

"사실이잖아."

"어디가 사실인데요?"

모든 게.

나는 한마디도 지지 않으려고 하는 가희에게 말했다.

"난 잘 모르겠으니까, 네가 말해 봐. 세희가 나한테 반할 만한 이유가 어디 있어?"

"응? 제가 언제 세희가 성훈 오빠한테 반했나고 했나요? 마음에 들어 한다고 했지."

……야.

"네가 말했잖아! 첫눈에 반한다는 말 모르냐고."

"첫눈에 반하기도 하는데, 첫인상이 좋아서 마음에 들 수도 있다는 뜻이었죠."

만약 가희가 우리 집 아이였다면, 날름거린 혀가 제자리로 돌아갔을 때 꿀밤을 먹여 줬을 거다.

"……성훈 오빠. 은근히 자아도취 기질이 있는 거 아니에요?"

동정심을 가득 담아 올려다보는 가희 덕분에 내 주먹이 부들부들 떨린다. 한 대만. 한 대만 때리게 해 줘! 딱 한 대만!

그나마 그러지 않고 참을 수 있었던 건, 가희의 입가에 장난기 가득한 미소가 감돌고 있었기 때문이지.

"아니다, 이 녀석아."

그래서 나는 가희의 머리를 두 손으로 헝클어 주었다.

"자, 잠깐만요, 성훈 오빠! 머리! 머리 망가진다고요!"

머리만 망가지는 정도에서 끝나지 않고 머리에 쓰고 있는 헤드 드레스까지 떨어졌다. 그제야 만족한 나는 두 손을 놓고 살짝 뒤로 물러났다.

"아, 정말! 엉망이 됐잖아요!"

가희가 살짝 짜증을 내며 몸을 앞으로 숙여 헤드 드레스를 주운 뒤 먼지를 털어 냈다.

저거, 나 보라고 하는 짓이지.

모자는 여전히 갓 빤 것처럼 새하얗거든. 기분이 상해 보이는 건 사실이지만.

가희의 기분을 풀어 주자.

"괜찮아. 그래도 예쁘니까."

"……."

가희는 머리를 쓱쓱 쓰다듬고 모자를 쓰면서도 의심에 가득 찬 눈으로 바라보는 것을 멈추지 않았다.

나는 말했다.

"진짜야."

"……."

"메이드복이 잘 어울려서 정말 예뻐 보인다니까."

입고 있는 옷을 함께 칭찬해서 그럴까. 가희가 반응을 보였다.

"……진짜죠?"

"응."

"헤헤헷."

가희의 기분이 풀어졌다!

"그렇죠? 아사달 오빠도 저는 메이드복이 정말 잘 어울린다고 했다니까요? 이건 비밀인데요, 아사달 오빠가 절 몇 번이나 칭찬해 주시니까 세희가 메이드복을 몰래 빌려 입어 본 적 있었어요!"

……아, 그런 거였군.

옷 때문이 아닌, 옷과 관련된 추억 때문에 기분이 풀린 건가. 모로 가도 서울만 가면 되는 거지만.

덕분에 나도 내 페이스를 되찾은 것 같고, 가희가 찾아온 이류를 물어볼까.

"아, 그런데 그 이야기하려고 온 거였어?"

"그 이야기라니요?"

"영주 말이야."

내 말에 가희는 고개를 갸웃거리다가.

"아……."

뭔가 중요한 걸 잊어버린 것처럼 사색이 되었다. 특히 자기가 들고 있는 국자를 바라보고서. 자연히 내 시선도 국자를 향했다.

휙!

가희가 두 손을 등 뒤로 숨기며 말했다.

"그, 그러고 보니 성훈 오빠! 슬슬 식사 준비 다 됐을 거예요! 빨리 가죠! 이러다가 아사달 오빠가 기다리겠어요!"

아, 이 녀석. 까맣게 잊어버리고 있었구나. 왜 국자를 들고 왔나 했더니, 주방에서 요리를 돕다가 그대로 온 거였네.

"알았어, 가자."

"예!"

그리고 나와 가희는 한 발자국도 움직이지 않았다.

"왜 그래?"

"전 성훈 오빠를 따라갈게요."

가희가 친절하게 몸을 옆으로 비켜섰다.
"아니, 난 식당이 어디 있는지 모르는데?"
"……윽."
신음을 흘린 가희는 등 뒤가 신경 쓰인다는 듯이 고개를 돌리려다 말고, 안절부절못하다가 또 고개를 돌리려다 만다.
……국자냐. 국자가 신경 쓰이는 거냐.
이제 와서?
에휴. 어쩔 수 없지.
"알았어. 먼저 갈 테니까, 뒤에서 어디로 가야 하는지 말해 줘."
"알겠어요!"
나는 가희를 지나쳐 복도로 나갔다.
……음. 내 감으로는 오른쪽으로 가면 될 것 같군.
"아, 반대쪽이에요."
나는 왼쪽으로 걸어갔다.

내 방을 안내해 줬을 때 들은 것처럼, 식당은 그리 멀지 않았다. 걸어서 2분 정도 걸린 것 같으니까.
우리 집하고 비교하면 천지 차이지만, 그건 식당의 크기 또한 그러했다.
여긴 도대체 우리 집 안방의 몇 배나 되려나. 식당은 직사각형 모양새였는데, 가운데에 수십 명은 앉을 수 있어 보이는 기다란 식탁이 있었다.
앉아 있는 건 아사달 혼자뿐이었지만.
"조금 늦었네."

나는 뒤를 돌아보았다.

화들짝 놀란 가희가 뒷걸음질을 치며 말했다.

"그러면 저는 세희하고 같이 밥 먹으러 가 볼게요~"

그리고 뒤도 안 돌아보고 달려갔다.

도망치다니, 이 녀석.

"미안."

어쩔 수 없이 나는 어른답게 모든 걸 내 탓으로 돌리고 식당 안으로 들어가 아사달의 맞은편에 앉았다.

"이야기하기 불편하지 않겠어? 요리가 나올 때까지는 조금 시간이 걸릴 텐데."

그때까지 이야기나 하자 이거지? 마침 잘 됐다. 나도 아사달에게 할 말이 많으니까.

책에 대한 이야기라든가, 정원에서의 일이라든가, 영주에 대한 일이라든가, 세희에 대한 일이라든가.

아니, 책에 대한 이야기는 나중으로 미루자. 세희가 극찬을 한 걸 보면, 아사달도 무슨 생각이 있었겠지.

그리고 이야기하기 불편한 게 내 탓이야? 식탁이 쓸데없이 큰 탓이지.

"그렇다고 옆에 앉을까."

"나는 그편이 좋아."

"내가 싫다."

이렇게 넓고 자리가 많은 식탁에서 남자와 나란히 앉는 취미는 없습니다요.

"그래? 조금 아쉬운데."

빈말이 아닌지 아사달이 씁쓸한 표정을 지었다. 그와 반대로 나는 등골이 서늘해졌지만.

"친구끼리 옆에 앉아서 식사를 하는 걸, 조금 동경하고 있었거든."

그렇게 말하는 아사달의 시선은 직사각형 식탁의 짧은 쪽을 향해 있었다. 잘은 기억 안 나는데, 아마도 저기가 상석이겠지.

아, 그런 건가. 아사달은 언제나 저기에 앉았다는 거구나. 언제나 저런 자리에서 밥을 먹으면 조금 쓸쓸할 법도 하네.

그렇다한들 자리를 옮길 생각은 없지만.

"친구 사이라고 해도 그렇게 앉는 경우는 없어."

"사람이 많으면 다르잖아?"

나는 손가락을 들어 나와 아사달을 번갈아 가리킨 뒤 주위를 둘러봤다. 아사달이 깊은 한숨을 내쉬었다.

"역시 너와 세희가 열심히 노력해 주는 수밖에 없겠네."

잠깐, 잠깐, 잠깐, 이 자식이 지금 무슨 말을 하는 거야?! 정원에서는 구경만 하고 있던 녀석이 잘도 그런 말을 한다?

순간 욱해서 뭐라고 한마디 하려다가, 나는 아사달의 시선을 눈치채고 입을 다물었다.

겉으로 티는 안 나지만 저 사람 좋아 보이는 미소 뒤에 숨겨진 음흉한 시선은, 세희를 통해 너무나 익숙해진 것이었으니까.

나는 마음을 다스리고 아사달에게 말했다.

"그러고 보니, 괜찮아?"

"응? 무슨 말이야?"

알면서 모르는 척은.

"세희 말이야, 세희."

나는 일부러 주위를 두리번거린 뒤 말했다.

"정원에서의 일 때문에 여기 없는 거라면, 내가 자리를 피하는 게 맞을 것 같은데."

하하핫, 하고 아사달이 웃었다.

"괜찮아. 너 때문에 그런 거 아니니까."

"그러면?"

"충격이 커서 그래."

"뭐가 나 때문이 아니라는 거냐."

"그런가?"

아사달은 사람 좋은 웃음을 터트린 뒤 말했다.

"이해해 줘. 감수성이 풍부한 나이니까. 첫 키스가 그런 식이었으니, 잠시 혼자 있고 싶을 만도 하지 않겠어?"

나는 웃을 수 없었다.

아사달의 말 중에서 마음에 걸리는 게 있었거든. 아사달은 세희와 첫 키스를 한 사람이 누구인지가 아니라, 어떻게, 라는 점에 중점을 두었다.

그리고 그건, 세희가 나를 위해 영주의 앞에서 키스를 한 이유와 닿아 있다는 기분이 들었다.

"너, 세희한테 무슨 말을 한 거야?"

그래서 나는 아사달을 추궁했다.

"네가 농담으로 받아들인 말을 그대로 했어."

아사달이 나한테 무슨 농담을 했는지를 생각해 보았다.

답이 바로 나왔다.

"……결혼?"

아사달이 순진무구한 어린아이처럼 해맑게 웃었다.

"응."

"잠깐만, 그걸 언제 말했는데?"

"가희가 너한테 방을 안내해 줄때."

자기 가문에 끌어들이고 싶다는 말을, 세희에게 먼저 했다는 거다.

……왜 세희가 정원에서 나를 보는 시선이 그랬는지 얼추 이해가 되는군.

"음…… 몰랐어?"

"알겠냐!"

아사달이 뻔뻔하게 웃는 낯으로 말했다.

"말했잖아. 세희도 널 싫어하지 않는 눈치였다고."

나도 뻔뻔하게 화난 낯으로 말했다.

"그렇게 말하면 당연히 사람 대 사람으로서 싫어하지 않는 눈치였다고 받아들이지!"

"으음~ 잘 모르겠는데. 난 분명 그전까지 결혼에 대한 이야기를 하고 있었잖아? 그러면 당연히 결혼 상대로서 싫지 않다고 받아들여야 하는 거 아니야?"

"누가 열두 살짜리 동생을 오늘 처음 본 사람한테 시집보내겠다는 말을 진심이라고 생각하겠냐고."

아사달이 손가락을 들어 자신을 가리켰다.

아사달의 옆에 앉을 걸 그랬네. 그러면 저 손가락을 뒤로 꺾을 수 있었을 테니까. 그럴 수 없으니 말로 꺾어 버리자.

"그전에, 세희가 나를 마음에 들어 하는지도 확실하지 않잖아. 그 녀석, 널 많이 따르니까 어쩔 수 없이 그렇게 말한 거 아니야?"

아사달이 씁쓸한 미소를 지으며 말했다.

"세희가 날 많이 따르긴 하지만, 평생을 같이 할 결혼 상대를 마음대로 정하게 놔둘 정도로 줏대 없는 아이는 아니야."

아사달의 한쪽 입꼬리가 쓰윽 올라갔다.

"그리고 가희가 이야기 안 했어? 가희의 성격상 당연히 너한테 세희가 널 마음에 들어 한다는 이야기를 할 줄 알았는데?"

"……그건 또 어떻게 알았냐."

"내 동생이니까."

문뜩 든 생각이 있었다.

"혹시 가희를 보낸 게 너야?"

"응."

그건 즉, 이 자리를 가지기 전에 이미 준비를 다 해 놨다는 말이 된다. 그 철저한 계획성에 어이가 없어서 말을 잃고 있자, 아사달이 입을 열었다.

"세희도 네가 꽤 마음에 든 것 같아. 나처럼 자신을 허물없이 대해 주는 사람은 처음이라서 가슴이 뛰었다는데?"

아사달의 말에 랑이가 떠오른다. 단순히 자신을 보고 겁에 질리지 않았다는 것 때문에 반해 버렸다는 랑이가 말이야.

하지만.

나는 랑이와 세희는 경우가 다르다고 스스로를 설득하며 말했다.

"……겨우 그런 것 때문에 결혼 상대로 괜찮다는 건 좀 아니잖아."

"그래?"

아사달이 말했다.

"세희는 기린의……."

아사달은 복잡한 심정이 가득 담긴 한숨을 쉰 뒤 말을 이었다.

"축복을 받고 태어난 덕분에 나와 가희를 제외하면 어려서부터 자신을 신처럼 떠받드는 사람, 혹은 자신을 이용하려는 사람. 그 두 종류의 사람들 사이에서 자랐어. 그런데 자신을 평범한 아이로 대해 주는 어른이 나타났는데 호감이 안 생기는 것도 이상하지 않아?"

"그건 어디까지나 호감이겠지. 그런 거로 결혼을 생각해?"

"세희는 똑똑하거든."

아사달이 어딘가 슬픈 표정을 지으며 말을 이었다.

"나보다."

두 번째다. 나는 그 의미를 나중에 생각해 보기로 마음먹고 아사달에게 말했다.

"그래서?"

"네가 아니면 자신을 인간의 왕이 될 가능성이 가장 큰 후보자, 혹은 인간의 왕이 아닌 세희로 대해 줄 사람이 없다고 결론지었겠지."

"그건 너무 성급한 거 아니야?"

"12년 동안 없었으면 앞으로도 없을 거라고 생각할 수 있지 않겠어? 그렇다고 나하고 결혼할 수도 없는 거잖아?"

아사달이 웃으며 말했다.

"거기다 믿고 의지하고 있는 오라버니가 추천하고 있는 배필이기도 하지. 이 정도면 충분하지 않을까?"

지금 가장 큰 이유를 말한 것 같은 기분이 들지만, 동시에 이 녀석이 논점을 흐리려 한다는 느낌을 지울 수가 없다.

하지만 어울려 줄 수밖에 없다. 결국 이 일은 세희와 이야기를 해 봐야 하는 일이니까.

"야, 인마."

"너무 화내지 마. 덕분에 영주하고 별일 없었잖아?"

아사달이 매를 번다.

"넌 그게 별일 없던 거로 보여?"

"누구 한 명 죽거나 다치지도 않았고, 영주는 세희를 아내로 삼는 걸 포기했고, 너는 내 바람대로 세희와 결혼하게 될 거고. 아, 이렇게 보니까 별일 없던 게 아니네."

아사달이 빙긋 미소 지었다.

"정말 잘된 일이니까."

역시 이 녀석은 세희의 친오빠다. 비록 그 방식은 다르지만 사람의 속을 긁는 데 천부적인 재주가 있어.

"애초에 네가 도와줬으면 그런 일도 없었을 거다."

감정을 가득 실은 힐난에 아사달은 웃음으로 답했다.

"미안. 도와주고 싶긴 했는데 솔직히 보고 싶었거든. 네가 어떻게 대처할지."

덕분에 내 마음 속에서 끓어오르던 감정이 거짓말같이 차갑게 식었다.

"……왜?"

"사랑스러운 여동생의 곁에 있는 남자가 어느 정도의 능력이 있는지, 확인해 보고 싶은 게 이상한 걸까?"

이 녀석의 머릿속에는 이미 내가 세희와 식을 올린 후인가? 뭔가 좀 숨기는 게 있는 느낌이 들지만…… 그걸 언급해 봤자, '세희가 네 옆에 있었잖아?' 같은 말이나 들을 테지.

그렇다면 공격이다.

"그래서, 이제 생각이 달라졌냐?"

"응? 왜?"

이 녀석은 정원에서 내가 무슨 짓을 했는지 기억에 없나 보다.

"그…… 내가 한 짓이 그렇게 좋은 건 아니잖아. 아니, 애초에 내가 그 자리에 나서지 않았다면……."

"그랬다면 내가 도착하기 전에 세희가 영주의 저택에 끌려갔겠지."

"그래도 세희에 대한 안 좋은 소문이 도는 것보단 낫지 않겠어?"

세희가 임신했다는 소문이라고 말할 수 없었던 건 죄책감 때문이었다.

"다시 돌아오지 못하는 것보다는 나아."

"……뭐?"

깜짝 놀란 내게 아사달이 말했다.

"만약 그 사람이 세희를 납치했다면, 내가 원정 때문에 집을 자주 비우는 상황에서는 세희의 안전을 보장할 수 없다. 그렇기에 자신의 자칭 약혼녀는 자신이 지키겠다. 그런 이유를 들면서 세희를 돌려보내지 않았을 거야."

한 가지 의문이 들었다.

"내가 원정을 나갔을 때 초대를 가장한 납치를 하지 않는 건, 가문의 주인이 없을 때 그 일원을 자신의 집에 초대하는 건 세간의 시선에 나쁘기 때문이야. 아직 그 정도의 선은 지키고 있다는 말이지."

말하기도 전에 아사달이 대답해 줬지만.

"그게 선을 지키는 거면, 선을 안 지키는 건 뭔데?"

아사달이 말했다.

"남몰래 힘이 약한 요괴를 사냥, 혹은 납치하고 있다는 것 정도일까?"

깜짝 놀란 나는 몇 번이나 이 녀석에게 했던 말을 또 할 뻔했지만, 똑같은 대답이 나올 것 같아서 질문을 바꿨다.

"확실해?"

"확실해. 서재에서 이야기했지? 다음 원정에서 개인적으로 조사를 해 보겠다는 내용을 보고서에 쓰고 있었다고."

정원에서 아사달이 한 말 때문에 알 수 있었다. 아사달이 이미 영주에게 보고서에 적힌 이야기를 구두로 했다는 것을.

"그런데 거절했다?"

아사달이 고개를 끄덕였다.

"겨우 그런 이유로 영주를 의심하는 거야?"

"물론, 그럴 리가 없지. 문제는 영주가 직접 조사를 나서겠다고 정한 거야."

"그게 왜?"

"영주는 자신에게 이득이 되지 않는 일에는 절대 관심을 보이지 않는 사람이거든."

아사달이 말했다.

"인간이 요괴를, 요괴가 인간을 증오하는 것은 당연한 일이야. 힘이 강한 인간이 힘이 약한 요괴를 사냥해도 이상할 게 없어. 힘이 강한 요괴가 힘이 약한 인간을 사냥하는 것도. 그건 이 세상의 상식이거든."

그 목소리는 싸늘했지만, 왜인지 모르게 슬프게 느껴졌다.

"그러면 크게 신경 쓸 일이 아니잖아?"

"서재에서 말했잖아?"

아.

"이렇게 대규모로 일어난 적은 없다는 걸."

그러면 이상하게 여길 만도 하다. 무엇보다 그로 인해 원정에서 입는 피해가 커졌다고도 했으니까.

"만약 이번 일을 영주가 저지르지 않았다면, 조사할 가치도 없는 일이라고 딱 잘라 말하거나, 내 마음대로 하라며 제안을 받아들였을 거야. 하지만 직접 나서서 조사를 한다는 건 나를 이 사건에서 배제하고 싶어 한다는 뜻이야. 내 의심을 살 것을 각오하고 말이지."

"……야."

"영주가 무엇을 꾸미고 있는지는 몰라. 하지만 의심받을 것을 각오했다는 말은, 그것보다 자신의 계획을 방해를 받고 싶지 않다는 말이 돼. 무엇보다 세희의 옆에 너라는 변수가 나타났음에도 불구하고 영주는 내가 조사를 하겠다는 이야기에 더 관심을 보였어. 그 말은 두 가지 가능성이 있다는 거지. 하나는 그 계획을 이룰 경우 세희가 필요 없어지게 되거나. 다른 하나는 네 존재가 의미 없이지거나."

"……잠깐만."

"그래서 나는 내일 부족 회의에서 이 안건에 대해 언급할 예정이고. 물론 영주라고 하지는 않겠지만, 그때 영주에게 붙은 사람들이 얼마나 있는지 직접 내 눈으로 확인해 봐야 할 것 같거든. 상황에 따라서는 원정을 가는 척하면서, 조용히 돌아와 영주의 목을 칠 가능성도 있어."

아사달의 말이 끝날 기미를 보이지 않기에 나는 손을 들어 막았다.

"잠깐 기다리라고."

"걱정 마. 내가 하고 싶은 말은 이게 끝이었으니까."

그렇게 말을 끝낸 아사달은 하고 싶은 말이 있으면 해 보라는 듯 입을 다물고 내게 친애의 정이 넘치는 시선을 보내왔다.

아이고, 부담스러워라.

그리고 기분 나빠라.

"너 말이야. 도대체 무슨 생각이야?"

알다시피, 사람이 누군가에게 말을 하는 건 자신이 바라는 반응을 이끌어 내기 위함이다. 하지만 나는 지금 아사달이 내게 무엇을 바라는지 알 수가 없었다.

"아니, 그냥 확실하게 말하자. 너, 도대체 나한테 바라는 게 뭐냐?"

이제 알았다. 아사달의 눈웃음이 누구와 닮았는지.

아사달의 눈웃음은 가희의 그것과 닮았다. 아사달이 자신의 본심을 숨기기 위한 눈웃음을 짓고 나서야 알다니…….

잠시 자기반성을 시간을 가질 틈도 없이 아사달이 말했다.

"너를 보니까 어떻게 자랐는지 알 것 같네."

"시비 거냐?"

"아니, 미안. 이건 다른 이야기였어."

이 자식이 화제를 돌리려나 싶었지만, 그런 건 아니었다.

"나는 네가 내가 알고 있는 모든 걸 알아줬으면 해."

"왜."

"그래야 내가 어쩔 수 없는 일이 생기면 네 도움을 받을 수 있으니까."

이건 진심이다. 나는 그렇게 느꼈다.

그렇기에 이상하다.

내가 이 녀석에게 도움을 줄 수 있을까?

자기 비하하는 게 아니고 아사달을 과대평가 하는 것도 아니다. 그저 사실대로 이야기한 거다.

짧은 시간이었지만, 그래도 이 녀석이 세희의 오빠답게 비상한 머리를 가지고 있다는 것 정도는 눈치챌 수 있었으니까.

"거기다 이건 너하고도 관련 있는 일이잖아? 안 그래, 처남?"

하지만 이 자식은 태평하게 이딴 소리나 하고 있다.

다시 한 번 무슨 생각인지 알아보기 위해 그 잘생긴 얼굴을 찔러볼까 생각을 했을 때.

끼이이익, 하는 소리와 함께 문이 열렸다.
자연스럽게 시선을 돌리니, 메이드 누님 두 분이 카트를 밀고 식당 안으로 들어오고 있었다.
"일단 이야기는 나중에 할까? 나, 배고픈데."
왠지 모르게 저 표정을 보니까 메이드 누님들이 음식을 가지고 오는 시간까지 계산해서 이야기를 했다는 생각까지 드네.
내가 너무 시달려서 그런 걸까?
"……마음대로 해."
하지만 배고픈 건 배고픈 거다. 이미 점심 시간이 훨씬 지났다고.
나와 아사달이 있는 곳까지 카트를 끌고 온 메이드 누님은 각각 섭시를 앞에 내려놓았다.
그런데 조금 이상하다?
아사달 앞에는 한 눈에 봐도 부드러워 보이는 빵과 싱싱한 샐러드, 그리고 연노랑색의 냄새 좋은 스프가 놓여 있는 반면…….
내 앞에는 목탄 같은 빵과 갈기갈기 찢겨져 있는 채소, 그리고 지옥의 화염 같은 스프가 있는 거지?
이건 괴롭힘인가? 음습한 괴롭힘이야? 알고 보니 아사달은 시스콘이었던 건가? 정원에서 있었던 일에 대한 복수를 이런 식으로 하는 거야?
그런 생각을 하면서 나는 아사달을 바라보았다. 아사달은 정말로 곤란해하는 표정을 짓고 있었다.
아사달이 내 시선을 마주보지 못하고 슬쩍 시선을 돌리며 말했다.

"음…… 그게 말이야."

"그게 말이야, 뭐."

"우리 집에 머물게 된 너를 위해서 가희가 솜씨를 발휘하고 싶다고 했거든."

내가 착각했군. 가희가 국자를 숨기려고 했던 건 요리를 도운 게 아니라, 요리를 만든 것을 숨기고 싶어서 그런 거였다.

하긴, 이런 결과가 나왔다면 숨기고 싶을 만하다.

"나는 말렸어."

나는 대답 대신 음식을 가지고 온 메이드 누님을 바라보았다. 메이드 누님이 시선을 피하며 말했다.

"저도 말렸습니다."

나는 내 앞에 놓인 음식이라는 이름의 무언가를 보았다.

"……이거, 먹어도 되는 거지?"

아사달이 말했다.

"……보장은 못 해."

음식 귀한 줄 알고 가리는 게 없는 나지만, 이것 앞에서는 고민을 할 수밖에 없었다.

일단 빵.

빵을 손에 들자 손에 검댕이 묻었다. 혹시나 몰라 반으로 자르니 속까지 새까맣다. 이야, 이거 목탄 아니야? 그림도 그릴 수 있겠는데?

다음으로 샐러드.

샐러드 자체는 괜찮았다. 갈기갈기 찢겨져 있다 한들 일단 먹을 수 있는 채소니까. 하지만 그 위에 뿌린 소스가 문제다.

정성스럽게 뿌린 소스는, 새까맣고 뭔가 괴상한 냄새가 났다. 3일 굶은 사람도 거르겠다 싶을 정도로 괴상한 냄새가.

마지막으로 스프.

오! 용암! 불타는 용암! 지옥의 용암이 이곳에 있도다!

분명 그릇에 옮겨 담고서 시간이 지났을 것임에도 불구하고, 스프는 보글보글 소리가 날 것 같이 거품을 일으키며 끓고 있었다. 거기다 스프에서 올라오는 냄새 때문에 눈이 아파.

나는 다시 고개를 들어 아사달을 보았다.

"혹시 몰라서 제대로 된 식사도 준비해 놨는데."

아사달의 말에 메이드 누님의 시선이 카트 두 번째 칸에 닿았다. 나는 그거로 바꿔 달라는 말이 목구멍까지 올라왔지만, 있는 힘껏 억눌렀다.

"……아니. 그래도 한 번 먹어 봐야지."

"……난 말렸어."

불안하지만, 가희의 정성이 있으니까 최소한 한 입은 먹어 보자. 그래, 스프면 조금 낫겠지. 일단 씹을 필요는 없으니까.

나는 스프를 한 숟가락 뜨고, 입에 넣은 뒤, 최대한 맛을 느끼기 전에 목구멍 너머로 삼켰다.

커다란 강 너머에, 아이들이 내게 손을 흔들고 있었다. 언제까지 그곳에 있을 거냐며, 빨리 이쪽으로 오라며 보채고 있다.

당연하겠지만, 나는 앞뒤 생각하지 않고 강을 건너 아이들에게 다가가기 위해 앞으로 발걸음을 내딛었다.

하지만 누군가 뒤에서 내 손을 잡았다. 그 손이 너무나 차갑고, 또한 곱다는 생각과 동시에, 나는 정신을 잃었다.

"헉!"

지금 뭐였지? 내가 지금 뭘 본 거야? 뭔가 강이 보였던 것 같은데?

"괜찮아?"

"괜찮으십니까?"

아니, 지금 그게 문제가 아니지.

나는 손을 들어 아사달과 메이드 누님에게 내가 아직 살아 있음을 증명한 뒤, 급하게 물을 마시고는 크게 숨을 내쉬었다.

"후우……."

혹시 썩은 고기를 먹어 본 사람이 있을지 모르겠네. 나는 한 번 있다. 고기라고 하면 보통 분홍빛을 생각하겠지만, 썩은 고기는 그 색이 푸르스름하게 변한다. 나도 그것을 보고 이건 아니다 싶었지만, 중요한 단백질 보충 수단을 포기할 수 없어 구워서 한 입 먹어 봤다.

혀가 아리는 동시에 뇌에서 즉각적인 신호를 보내왔지. 이건 먹어서는 안 되는 것이라고. 그때의 나는 그 경고 신호를 받아들였다. 지금의 나는 그 경고 신호를 거부하게 되면 어떻게 되는지를 몸으로 경험한 느낌이다.

"다른 거로 준비해 주세요."

그렇게 나는, 냥이가 가희에게 요리를 시키지 않는 이유를 몸으로 깨달을 수 있었다.

나는 식사를 마치고서 일단 내 방으로 돌아갔다. 아사달과 하고 싶은 이야기가 조금 더 있었지만, 정작 그 녀석은 내일 부족 회의를 위해 준비할 게 있다고 도망쳤거든.

덕분에 나는 지금 내 방 침대에 누워 있다. 오전에 있었던 일 때문에 지치기도 했고, 밥도 먹었겠다 잠시 낮잠을 자고 싶다는 생각이 한가득이다.

그럴 수 없었던 건, 가희가 요리한 음식을 먹고 본 아이들 때문이겠지. 지금 내가 할 수 있는 건 생각을 정리하는 것 정도밖에 없지만.

나는 천천히 생각해 보았다.

이런 건 시간이 지나면 다 까먹게 되어 있거든. 집에서처럼 종이에다 적으면서 정리하고 싶은 마음이 한가득이지만, 그걸 남들이 보면 또 곤란해질 수가 있으니 안 된다.

결국 나는 내 돌머리를 있는 힘껏 돌릴 수밖에 없었다.

똑똑.

그래선지, 머리가 터지기 일보 직전에 들린 노크 소리가 그렇게 반가울 수가 없었다.

"누구세요~"

나는 침대에서 내려와서 손님을 맞이할 준비를 했다. 메이드 누님이려나? 아니면 아사달? 그것도 아니면 다시는 요리를 할 생각을 하지 말라고 못 박아 둬야 할 가희?

하지만 내 예상과는 다르게 메이드 누님이 열어 준 문을 통해 방 안으로 들어온 것은…….

"시, 실례하겠어요, 성훈 오라버니."

세희였다.

……지금 가장 피하고 싶은 사람이 와 버렸군.

그런 내 생각이 겉으로 드러나서일까.

"나, 나중에 다시 올까요?"

세희가 움찔 몸을 떨고서는 뒤로 물러났다.

내 참, 나는 바보냐. 내가 세희를 피하고 싶은 것보다 세희가 나를 피하고 싶은 마음이 몇 배는 강할 텐데.

나는 고개를 저었다.

"아니, 괜찮아. 조금 놀랐을 뿐이니까."

나는 손을 흔들며 세희에게 말했다.

"들어와."

"예……."

세희가 방 안으로 들어오자 메이드 누님이 바깥에서 문을 닫았다.

쿵.

실제로는 탁, 정도의 소리였겠지만 나와 세희에게는 그렇게 들린 느낌이다. 방 안에 단둘밖에 없으니까 말이야.

그것도 세희의 혼삿길을 막는 거짓말을 한 뒤다.

……먼저 소파에서 일어나서 사과부터 하는 게 맞겠지? 아니, 그 정도로는 너무 약하니까 엎드려 빌자.

그런 생각을 하고 있을 때, 이미 세희는 내 앞에 앉았다.

"……."

"……."

사과하자.

"세희야."

"성훈 오라버니."

누가 먼저라고 할 것도 없이 서로의 말이 겹쳤다. 이런 경우도 드물기에, 나와 세희는 몸을 움찔 떨고 서로가 서로의 입이 열리기를 기다렸다.

"……."

"……."

그래요. 이럴 때는 거짓말 같이 침묵이 오가는 게 약속이었죠. 왜인가요, 신 님. 제게 그 이유를 설명해 주세요.

……성의 누나의 말투를 떠올리며 잠깐 현실 도피를 해 봤지만, 세희는 아무 말도 하지 않았다. 그렇다고 내가 여기서 뭔가 말을 하면 또 다시 겹칠 것 같단 말이지?

"……아."

그래서 나는 손을 들었다.

"먼저 이야기해."

세희가 고개를 끄덕였다.

"예."

세희가 자리에서 일어나서 꾸벅 허리를 숙여 왔다.

"죄송해요, 성훈 오라버니. 성훈 오라버니께 폐를 끼치고 말았어요."

어?

"잠깐만. 사과는 내가 해야 하는 거지. 일단 고개 들어."

나는 당황해서 세희를 말렸지만, 세희는 내 말을 듣지 않았다.

"아니에요. 성훈 오라버니께서는 저를 사하 영주에게서 지키기 위해서 당신께서 하실 수 있는 최선을 다하셨을 뿐이에요. 하지만 저는 **제 욕심 때문에** 성훈 오라버니의 호의에 몸을 기대고 아무것도 하지 않은데다가, 마지막에는 기절까지…… 이번 일은 제가 사과해야 할 일이에요."

왜일까. 이 막무가내식 사과가 익숙하게끔 느껴지는 건.

그럴 수밖에 없는 게, 아이들은 자기가 무슨 일에 잘못을 저질렀다고 받아들이면 어른들보다 반성을 깊이 한다. 마치, 우리 집 아이들처럼.

……그때는 설득이고 뭐고, 잘 안 먹히지.

"아니야."

그렇다고 여기서 넙죽 세희의 사과를 받아들이고, 모든 잘못이 세희에게 있으며, 나는 호의를 베풀었을 뿐이라는 입장을 고수하면…….

'흐흐흣, 우리 가게에서 도둑질을 했으니 몸으로 받아 내야겠어.'라고 협박하는 사장과 다를 게 없지.

……최저 시급도 안 주고 일시키는 거 이야기하는 거다.

"분명 내가 호의를 가지고 영주를 막아선 건 맞지만, 그 방법이 옳고 그른가를 따져 봤을 때 그건 잘못한 게 맞아. 그러니까 일단 고개 들고, 다시 앉아."

세희는 내 말대로 고개를 들었지만, 앉지는 않았다.

"그건 그렇긴 해요."

"……응?"

"그때 성훈 오라버니께서 보였던 언행은 잘못된 것들이 많았어요. 그 상황에서는 아사달 오라버니께서 오실 때까지 사하 영주의 발을 잡아 두는 것만으로 충분했는데, 성훈 오라버니께서는 자신의 목숨이 위험해질 수도 있다는 것을 염두에 두지 않고 행동하셨으니까요."

"……어."

"몇 번이나 괜찮으니 뒤로 물러나라고 옷을 잡아당겼는데도 제 의견을 무시한 건 정말 잘못하신 행동이었어요. 물론, 남자로서 듬직하고 멋있어 보이긴 했지만요."

그게 그런 뜻이었구나.

"하지만 제가 성훈 오라버니의 주장을 돕기 위해 나선 다음에 사하 영주를 도발하는 행동은…… 도대체 성훈 오라버니께서 무슨 생각을 하시고 그런 말을 한 건지 저는 이해할 수가 없었어요. 성난 사자의 갈기를 잡아 뜯는 것도 그보다 위험하지는 않을 걸요?"

"그, 그렇지."

"그때 성훈 오라버니께서 하실 수 있었던 최선책은 성훈 오라버니를 시험하기 위해서 강 건너 불구경을 하고 있었던 아사달 오라버니께 도움을 요청하는 일이었어요. 그때는 이미 아사달 오라버니께서도 성훈 오라버니께서 눈앞에 닥친 문제를 어떻게 해결하는지 확인하신 후였고, 그랬다면 사하 영주의 신경을 분산시킬 수 있는 데다가, 성훈 오라버니께서도 위험을 감수하지 않아도 되셨을 테니까요."

"그래……."

"하지만 사하 영주를 몰아세웠던 그 기발한 발상은 정말 대단하신 것 같아요. 아마 저는 그런 생각은 할 수 없을 거예요. 그건 아사달 오라버니도 마찬가지였겠죠. 성훈 오라버니께서 하신 말씀을 듣고, 전 왜 아사달 오라버니께서 성훈 오라버니를 친구로 삼고, 제게……."

그렇게 열변을 토하던 세희가 갑자기 입을 다물었다.

참고로, 이때까지 나는 두 손을 앞으로 공손히 모으고 고개를 끄덕이며 마음속으로 나 자신의 멍청함에 대해 후회하고 있었다.

"죄, 죄송해요!"

세희가 허리를 꾸벅 숙이며 사과하는 것보다 먼저, 내가 먼저 허리를 숙였다.

"제가 죄송합니다. 멍청한 머리로 나서서 죄송합니다."

"제가 너무 주제 없이 굴었죠?! 죄송해요, 성훈 오라버니. 이럴 생각이 아니었는데!"

"아닙니다. 죄송하실 것 없습니다. 제가 잘못했습니다. 다음부터는 낄 데 안 낄 데 구분하겠습니다. 하하하, 저 같은 인간 미만의 구더기가 뭘 그렇게 잘났다고……."

"성훈 오라버니이이이!"

어느새 내 옆에 다가온 세희가 내 팔을 잡고 앞뒤로 흔들었다.

장난은 그만 칠까. 애초에 나는 어른 세희에게 단련되어서 이런 일 가지고는 침울해질 수도 없게 됐으니까.

"미안, 농담이었어."

"……흐읏."

세희가 살짝 눈물이 맺힌 눈으로 나를 올려다보며 신음을 흘렸다. 하지만 그것도 잠시고 이내 나를 바라보는 눈동자에 원망의 빛이 어렸다.

"정말이죠! 전 성훈 오라버니께서 상심하신 줄 알고 얼마나 걱정했는데요! 성훈 오라버니의 기분을 풀어 드릴 방법을 몇 개나 생각했는지 아세요?"

궁금해졌다.

"몇 개나 생각했는데?"

"열다섯 가지요!"

그 짧은 시간에? 거참, 머리도 좋다. 그 전에 내 기분을 풀 수 있는 방법이 열다섯 가지나 있다는 게 놀랍지만.

"많이도 생각했네."

하나면 되는데 말이야.

"그만큼 걱정됐으니까요."

세희가 팔짱을 끼고 휙, 하고 고개를 돌렸다. 자기가 삐친 걸 알아 달라는 건가.

그래서 나는 다시금 소파에 앉아, 옆자리를 툭툭 두드렸다. 그제야 이쪽을 본 세희는,

"……."

슬쩍 자리를 옮겨 내 맞은편에 앉았다.

아, 그렇지. 나도 모르게 습관적으로 우리 집 아이들을 대할 때처럼 해 버렸구나.

"……그렇게 어린애 취급하지 말아 주세요."

그걸 또 언급당하니 마음이 아프네.
"미안."
살짝 고개 숙여 사과한 내게, 세희가 살짝 떨리는 목소리로 말했다.
"성훈 오라버니께서도 이제는 아시잖아요."
뭘?
그렇게 말하지 않을 수 있었던 건, 말이 뇌를 거쳐 나오는 훈련을 조금이나마 쌓았기 때문일 거다.
어린애 취급하지 말아 달라는 말과, 지금은 알고 있다. 이 두 가지를 연관 지으면, 떠오르는 게 있으니까.
나는 세희에게 말했다.
"음…… 그래서 말인데."
세희가 고개를 끄덕였다.
"아사달한테 들었어."
나는 세희의 표정을 살피면서 말했다.
"너는 그래도 괜찮아?"
주어를 빼고 말한 내게 세희는 얼굴을 붉히고 고개를 숙인 채 대답했다.
"……예."
아사달과 함께 점심을 먹을 때 생각했던 것 같이, 여기서 확실하게 하고 넘어가야겠구나.
"그, 이런 말을 하기는 좀 그렇지만. 내가 알기로 네가 나를 마음에 들어 하는 건, 내가 너를 평범하게 대해 준다는 거하고, 아사달이 나를 네 결혼 상대로 정해 줬기 때문이잖아?

하지만 결혼이라는 건…….”

나는 기시감을 느껴 잠시 입을 다물었다. 그 기시감의 정체가 무엇인지 깨달은 나는, 고개를 가로저었다.

“아니, 그게 아니라.”

에레나에게 한 번 저지른 실수를 또 하고 싶지는 않으니까.

“정말 괜찮은 거지?”

세희가 고개를 들어 나를 바라보았다. 여전히 피부가 붉게 달아올라 있고, 내게 시선을 맞추기 힘들어하는 눈치였지만…….

그럼에도 세희는 나를 똑바로 바라보며 말했다.

“예.”

만약 내가 진성 로리콘이라면, 이럴 때 주먹을 쥐고 벌떡 일어나 환호성을 질렀겠지만…… 그럴 생각이 들지 않는 걸 보니 나도 아직은 사람인가 보다.

애초에 나는 세희의 과거를 알아보려고 온 거지, 어린 세희의 마음을 빼앗기 위해서 온 게 아니다.

이걸 어쩌면 좋지?

“성훈 오라버니께서는…….”

나는 고개를 끄덕이는 것으로 세희에게 집중하고 있다는 뜻을 전했다.

“별것 아니라고 생각하시겠지만, 저는 아니에요.”

나는 묵묵히 세희의 이야기를 듣기로 했다.

“기린의 축복, 아니, 저주라고 해도 되겠죠. 기린의 저주를 타고 난 저는 어렸을 때부터 이미 인간의 왕이 된 것과 다름없는 대우를 받고 자랐어요. 부모님을 일찍 여의었기에, 저를 평범한 아이 취급해 주는 사람은 아사달오라버니와 가희밖에 없었죠. 누구 하나 제 눈치를 살피지 않는 사람이 없었고, 저를 이용하려고 접근하지 않는 사람이 없었어요. 또 누군가는 저를 신성시 여겨 숭배하기까지 하고요."

세희의 얼굴에 살짝 그늘이 진다.

"문제는 제가 보통의 아이들과는 많이 다르다는 점이었죠. 그저 어른들이 저를 많이 아껴 준다고 생각할 수 있었다면, 그것으로 좋았을 테니까요. 하지만 저는……."

세희가 두 손을 꼼지락거리며 부끄러워하는 눈치로 말했다.

"그…… 저기…… 제 입으로 이런 말을 하기는 조금 그렇지만, 어렸을 때부터 천재…… 라는 소리를 들었거든요."

나는 고개를 끄덕였다.

큼지막하게.

몇 번이나.

근엄한 표정으로.

그렇지. 세희가 천재가 아니면 세상에 누가 천재겠어? 여름 방학이 시작됐을 때, 가을에 일어날 일을 예상하고 요술을 걸어 두는 녀석인데.

"자, 잠깐만요. 성훈 오라버니, 전 지금 진지한 이야기를 하고 있어요. 그렇게 놀리시지 말아 주세요."

세희가 두 손으로 얼굴을 가리기에 나는 세희를 놀리는 것을 그만두었다.

"……흐으으. 성훈 오라버니는 장난꾸러기라는 소리를 많이 들어 보셨죠?"

"응."

유치원의 악마, 지옥의 망나니, 피임을 해야 하는 이유를 증명하는 자, 같은 소리를 더 많이 듣긴 했지만.

"……저보다 어른이시면서."

"그런다고 본성이 어디 가는 건 아니지."

"……그렇죠."

내 말에 세희가 뭔가를 깨달은 것 같긴 한데, 나는 잘 모르겠다.

"아사달 오라버니께서도 그러셨으니까요."

알 것 같군.

"어렸을 때부터 아사달 오라버니만은 저를 당신의 동생으로 돌봐 주셨어요. 동생이 머리가 좋고, 동생이 기린의 축복을 받고, 동생이 인간의 왕이 될 것 같고. 그 무엇보다 언제나 동생이 먼저였죠. 그리고 그건 지금까지 그래요."

세희가 나를 바라보며 말했다.

"성훈 오라버니께서도 그래요. 저를 평범한 소녀인 세희로 봐 주세요. 그래서 지금처럼 장난을 치시고, 저에게 말을 놓고, 제 눈치를 살피지 않고, 저를 지켜 주셨죠. 성훈 오라버니는 정말 신기한 분이세요."

세희의 검은 눈동자에 아련한 빛이 감돈다. 하지만 나는 그 너머에 있는 의심의 빛을 놓치지 않았다.

……아니, 의심이 아니다. 내가 어른 세희에게 이리저리 굴려진 과거가 있어서 의심이라고 생각한 거지, 오히려 호기심에 더 가까울 거다.

"그래요. 성훈 오라버니는 정말 신기하신 분이에요. 왜인지 모르겠지만, 제가 성훈 오라버니를 처음 뵈었을 때부터 타인 같이 느껴지지 않았거든요. 제가 모르는 어디선가 성훈 오라버니를 만나고, 이야기하고, 즐겁게 지낸 듯한 기분이 들었으니까요. 성훈 오라버니라면 언제까지나 즐겁게 이야기 하고 같은 시간을 공유할 수 있을 거라는 깊은 확신이 들 정도로요."

조금 놀랐다.

세희의 말대로라면, 인연이라는 것이 차원이 달라도 이어진다는 말과 같은 거였으니까. 이걸 위해서 세희는 나를 이곳에 보내기 전에 자신과의 인연을 좀 더 견고히 하기를 원했던 걸지도 모르겠네.

아니, 지금 이런 생각이나 할 때가 아니지.

나는 눈앞의 세희에게 집중했다. 다행이도 내가 생각에 잠겨 있는 동안, 세희도 뭔가 입을 여는 데 결심이 필요했는지 어깨가 살짝 흔들릴 정도로 우물쭈물하며 말을 잇지 못하고 있었다.

"그, 그래서요."

용기를 낸 것 같다.

"응."

"저는……."

고개를 푸욱 숙이고 귀까지 붉어진 세희가 힘겹게 말을 이었다.

"성훈 오라버니가…… 아니, 성훈 님이…… 좋아…… 졌어요…… 아니요…… 전…… 성훈 님을…… 좋아해요."

나는 세희의 고백에 느낀 내 순수한 마음을 입에 담았다.

"무거워……."

"……하으읏?!"

덕분에 세희의 얼굴이 새파랗게 질리는 진기한 모습을 볼 수 있었다. 거기다 눈물이 글썽글썽 맺히려는 표정도 그렇고.

이럴 의도는 아니었는데 말이야.

나는 급히 말했다.

"아, 잠깐만. 오해하지 마. 그런 뜻 아니니까. 싫다는 거 아니야. 진짜로."

내 말에 세희가 눈물을 뚝 그쳤다.

그것만이라도 안도의 한숨을 쉬었겠지만…….

이 녀석, 나를 보는 시선이 날카로워졌다.

설마, 내가 무슨 뜻으로 무겁다고 말했는지 눈치챈 건 아니겠지?

에이, 세희가 어른 세희처럼 마음을 읽는 요술을 쓸 수 있는 것도 아니고, 나를 어렸을 때부터 지켜본 것도 아닌데 그건 말이 안 되지.

"설마 지금 '무겁다'라고 하신 이유가, **제가 아직 어리니까** 이런 식의 진지한 고백은 받기 힘들다는 의미였나요?"

천재라는 건 말도 안 되는 생물이었다.

"……어, 응."

세희의 등 뒤로 검은 기운이 물씬물씬 풍기는 환상이 보인 나는 급히 말을 이었다.

"그, 그냥 좋아한다는 말만 해도 되니까! 왜, **어린애들은 쉽게 반하고 그러잖아?** 그런 의미였어! 네 고백이 싫다는 건 아니었고!"

세희가 일어났다.

아, 역시 세희는 세희구나. 나를 내려다보는 시선이 너무 익숙해.

"성훈 오라버니."

야, 아까는 성훈 님이라며.

그런 딴죽을 걸 수 없을 정도로 세희의 목소리에는 냉기가 가득 넘쳤다.

"응?"

"기분이 안 좋아져서 저는 이만 물러날게요."

무엇 때문에 기분이 안 좋아졌냐고 물을 만한 용기는 내게 없었다. 물을 필요도 없었고.

"아니, 잠깐만……."

"그러면 즐거운 시간 보내세요."

세희는 내 말을 듣지 않고 휙, 하고 몸을 돌려 내 방에서 나갔다.

어…… 음…….

그래! 좋게 생각하자! 나를 어려워하던 세희가, 비록 화를 내는 것이라 한들 자신의 감정을 솔직하게 드러낼 정도로 사이가 좋아졌다고!

하하하. 이렇게 세희와 친분을 쌓았으니, 무슨 일이 일어날지 좀 더 확실하고 명확하게 알 수 있지 않겠어? 정말 다행이다.

……다행은 바둑이뿔.

"에휴."

나는 머리를 부여잡고 소파에 몸을 맡겼다.

다섯 번째 이야기

"들었어요, 성훈 오빠!"

연체동물처럼 소파에서 뒹굴며 자신의 잘못을 반성하고 대처법을 찾고 있던 내게 손님이 찾아왔다.

나는 소파에서 몸을 일으켜서 성나 있는 귀여운 손님을 맞이했다.

"무슨 이야기를?"

내 옆에 털썩 앉은 가희가 고개를 휙! 돌려 찌릿찌릿한 시선으로 나를 올려다보며 말했다.

"어떻게 성훈 오빠는 여자 마음을 그렇게 모를 수 있어요?!"

"……그러게 말이다."

매번 비슷한 일이 있을 때마다 반성하고 반성하고 또 반성해도 성별이 달라서 그런가, 알 수가 없더라고요.

"세희가 얼마나 화났는지 아세요? 어렸을 때부터 봐 왔지만 그렇게 화난 모습은 처음 봤단 말이에요!"

죄책감을 느끼면서도 한편으로는 호기심이 들었다.

"……어떻게 화났는데?"

"침대 위에 엎어져서 두 손발로 시트를 팡팡 쳤다고요!"

어, 그거 꽤나 귀엽게 화났구나.

우리 집에서는 화가 나면 일단 손이 나가거나, 집을 나가거나, 정신이 나가는 경우가 많아서 그렇게 느껴지는 거겠지만.

"어떻게 하실 거예요?!"

허리춤에 두 손을 대고 또랑또랑한 눈동자로 명백한 항의의 시선을 보내는 가희를 보고 있자니, 귀여운 내 동생, 치이가 떠올랐다.

하지만 세희에게 한 실수를 여기서 또 할 수는 없지.

혼자서 생각해 본 결과, 세희가 진심으로 화가 난 건 아무래도 자신을 어린애 취급했기 때문인 것 같단 말이야. 열두 살이면 유년기와 청년기의 미묘한 사이를 걷는 나이니까. 어떨 때는 아이 취급해 주는 게 맞고, 어떨 때는 같은 나이 또래로 대하는 게 맞는 미묘한 나이 말이다.

그러니 지금은 가희를 같은 나이 또래의 여자아이처럼 대하는 게 맞겠지.

"……어떻게 하는 게 좋을까?"

고등학교 때까지 나래와의 사이에 진전이 없었다는 것을 보면 아시겠지만, 제가 이런 놈입니다.

"그걸 왜 저한테 물으세요?!"

당연히 가희에게 혼나고 말았다.

나는 허둥지둥하면서 변명과 같은 사실을 말했다.

"그게, 네가 세희하고 알고 지낸 지 오래됐고, 세희가 어떤 성격인지도 나보다 더 잘 알 테고, 그러면 어떻게 해야지 세희의 화를 풀어 줄 수 있을 지 잘 알……."

나는 가희의 시선이 점점 날카로워지는 것을 보고 입을 다물었다.

저, 뭔가 잘못 말했습니까?

"물론 그렇긴 해요."

나는 지금까지의 경험을 살려 긴장을 풀지 않았다.

"하지만 세희는 성훈 오빠 때문에 화났잖아요? 그러면 성훈 오빠가 세희의 화를 풀어 줄 방법을 생각하는 게 맞죠. 그게 잘 되든, 잘 안 되든 말이에요."

정론이다.

하지만 이럴 때 내가 생각할 수 있는 방법은, 창문을 열어 주오~ 수준이란 말이야.

그래서 나는 세간에 알려진 평범한 방법을 가희에게 제시해 보았다.

"……꽃을 선물하는 건 어떨까?"

"세희는 꽃을 꺾는 걸 안 좋아해요."

꽃도 생명입니다.

"……싹싹 비는 건?"

"일단 만나 주지도 않을 걸요?"

생각보다 심각하군.

"으으음…… 그렇다고 아사달에게 부탁할 수도 없을 테고."

"아사달 오빠라면 이럴걸요?"

가희가 말을 하다가 말고, 눈웃음을 지었다. 아사달이 잘 짓는 눈웃음을 말이야.

“세희가 너한테 화가 났다는 건 그만큼 마음을 열었다는 증거니까, 잘 해 봐. 기대하고 있을게.”

“풉!”

눈웃음도 그렇고, 말투도 그렇고, 목소리까지 비슷해서 웃을 수밖에 없었다. 그 녀석이라면 진짜 그렇게 말할 것 같기도 하고.

“성훈 오빠. 지금 웃을 때예요?”

“……미안.”

나는 다른 방법을 가희에게 검증받기로 했다.

“그러면 책을 선물하는 건 어때?”

“이 마을에 세희가 읽어 보지 않은 책은 없어요. 책벌레니까요.”

“으으으음…….”

여자아이가 화가 났을 때 어떻게 해야 하는지에 대한 방법 같은 건 잘 모른다. 애초에 나래는 내게 화가 나도 싹싹 빌면 용서해 주고, 아이들의 경우에는 말할 필요도 없겠지.

“에휴…….”

고민하는 나를 보며 가희가 귀엽게 한숨을 내쉬었다. 그건 체념같이 들릴 수 있겠지만, 내 귀에는 하늘에서 내려온 튼튼한 동아줄같이 보였다.

“어쩔 수 없네요. 힌트 정도는 드릴게요, 성훈 오빠.”

나는 가희의 두 손을 맞잡으며 말했다.

"고마워! 덕분에 살았다!"

얼굴이 붉어진 가희가 줄다리기를 하는 것처럼 몸을 뒤로 빼며 말했다.

"소, 손은 왜 잡아요?! 저한테는 아사달 오빠밖에 없단 말이에요!"

"아, 미안."

그렇다고 바로 놓았다가는 가희가 뒤로 벌러덩 넘어질 게 뻔히…….

"안 놓으면 말 안 해 줄 거예요?"

뻔히 보이지만 그냥 놨다.

"꺅?"

내 예상대로 가희가 뒤로 넘어졌다. 물론, 넘어져 봤자 소파이기 때문에 다치지는 않았지만…….

가희의 치마가 짧은 게 문제였지.

신사답게 못 본 척했지만.

가희가 잽싸게 일어나 앉아서 치마를 누르고 앙칼진 눈초리로 나를 바라보며 말했다.

"……봤죠."

잡아떼자.

"넘어지는 거?"

"그거 말고요!"

"그러면 뭐?"

"으……."

가희가 의심의 시선을 보내기에, 나도 오랜만에 순진무구

한 어린아이 같은 눈동자로 대응해 봤다.

"……."

가희가 못 볼 걸 봤다는 듯 인상을 찌푸리며 고개를 돌려 혀를 길게 뺐다. 어린아이다운 순수하고 솔직한 반응이지만, 상대방의 마음도 좀 생각해 주면 안 되겠니? 그렇게 안 어울려?

"됐어요."

그래도 날 믿어 주기로 한 것 같지만.

아, 참고로 레이스가 잔뜩 달린 흰색 팬티였습니다.

"……무슨 생각 하고 있어요?"

내심 찔린 나는 화제를 돌리기로 했다.

"네가 말해 줄 힌트가 어떤 것일까~ 하는 생각."

"아닌 것 같은데요."

거짓말에는 재능이 없기에 나는 솔직하게 말했다.

"응, 아니야. 잠깐 딴생각했어."

나는 일어나려는 가희를 붙잡아서 다시 자리에 앉히고 조심스럽게 머리를 쓰다듬어 주었다.

"착하다, 착해~ 가희는 착하다~ 나한테 세희의 화를 풀 방법을 알려 줄 만큼 착하다~"

"헤헤헷. 제가 좀 착하긴 해요."

쉬운 녀석이다.

"아사달 오빠도 자주 말해 주는걸요. 가희는 정말 착한 아이라고. 오빠도 잘 도와주고, 세희하고 잘 놀아 주고, 스스로 할 일도 찾아서 하고, 솔직하고 착한 마음씨를 가지고 있다고요.

정말, 그때마다 얼마나 기쁜지 성훈 오빠는 모를걸요? 거기다 아사달 오빠가 칭찬해 주는 게 너무너무 기뻐서 나도 모르게 껴안으면요, 상냥하게 머리를 쓰다듬어 주시는 거 있죠?"

"그, 그래."

정말 아사달을 좋아하는구나, 넌.

가만히 놔두다가는 아사달 찬양 2절을 들을 것 같기에 나는 잽싸게 입을 열었다.

"그래서 착한 가희가 알고 있는 힌트는 뭐야?"

"그게 말이죠!"

가희가 말했다.

"내일이 적월제인 걸 노려요!"

……이제 슬슬 적월제가 뭔지 좀 물어봐야겠군. 나는 가희의 의심을 사지 않기 위해 조심스럽게 말했다.

"음…… 가희야. 너도 아사달에게 들어서 알겠지만, 난 여기 출신이 아니어서 말이야."

"응? 그래도 적월제를 모른다고요?"

"응. 내가 정말 멀리서 왔거든. 내가 살던 곳에서는 적월제라는 게 없었어."

거짓말이 아니라서 그런가, 나를 바라보던 가희가 고개를 끄덕였다.

"그러면 설명해 드릴게요."

휴. 대충 넘어간 것 같네.

나는 긴장을 풀고 가희의 이야기에 귀를 기울였다.

"적월제는요, 1년에 딱 한 번, 달이 피처럼 붉어지는 날을 기념해서 열리는 축제에요. 그래서 내일은 모두 신나게 축제를 즐기는 거죠!"

궁금하군.

나는 가희에게 의심을 사지 않기 위해 최대한 머리를 굴려서 말했다.

"아, 내 고향에도 비슷한 날이 있었어."

빨간 날이라고.

"그렇죠?"

내 말에 가희가 환한 미소를 지으며 고개를 끄덕였다. 그러면 본론으로 넘어갈까.

"그런데 혹시 왜 달이 붉어지는 날이 정해져 있는지 알아?"

가희가 눈을 동그랗게 뜨면서 말했다.

"저도 모르는데요?"

"그, 그러냐."

깊이 물어 보지 말까 싶었지만, 그래도 그 현상에 뭔가 이유가 있는 건지 확인해 보고 싶은 마음이 컸다.

"아사달은 알고 있을까?"

가희가 눈웃음을 짓고는 검지를 좌우로 흔들며 말했다.

"성훈 오빠. 너무 아사달 오빠를 대단한 사람 취급하면 안 되죠. 아사달 오빠도 사람이에요, 사람."

……나도 모르게 아사달을 상당히 높게 평가하고 있었던 것 같네. 그 녀석을 보면 어른 세희가 떠올라서 그런가.

주의하자.

"아, 그렇구나. 덕분에 잘 알았어."

나는 기대에 찬 눈으로 올려다보는 가희에게 선물을 해 주기로 했다.

"아사달한테도 말해 줘야겠네. 가희가 내가 모르는 걸 가르쳐 줬다고."

"헤헤헷, 꼭 그럴 필요는 없어요. 그렇게 말하면 꼭 제가 성훈 오빠를 통해서 아사달 오빠한테 잘 보이려는 것 같잖아요?"

말은 그렇게 하면서도 표정은 솔직하구나, 가희야.

"아, 그런데."

나는 다시 화제를 돌리기로 했다.

"내일이 적월제인 거하고 세희의 화를 풀어 주는 거하고 무슨 관계가 있는 거야?"

"그게 말이죠."

가희가 지금부터는 비밀이라는 듯 입에 손을 대고는 내게 손짓을 했다. 나는 허리를 숙였고, 가희가 작은 목소리로 말했다.

"세희는 적월제에 참가해 본 적이 없거든요. 아사달 오빠가 위험하다고 허락을 안 해 줘서요. 그러니까 성훈 오빠가 몰래 세희를 데리고……."

"아, 그건 안 돼."

"에에엣?!"

단번에 거절할 거라고는 생각도 못했는지 가희가 깜짝 놀라하며 허리를 뒤로 제쳤다.

"왜요? 왜요? 왜요?"

조금만 생각해 보면 간단하게 알 수 있는 걸 뭘 그렇게 물어보냐.

자고로 축제라는 건 인파에 치이기 마련이고, 그런 곳에서는 아무리 만반의 준비를 하더라도 돌발 상황이 벌어질 수 있다.

애초에 지금까지 세희가 적월제를 즐기지 못한 건, 아사달도 나와 같은 생각을 했기 때문일 거고.

그런데 내가 세희를 몰래 데리고 나가서 논다?

나는 내 주제를 안다. 내가 반인반선이라고 하지만, 실상은 평범한 청소년에 불가하다. 선술도 쓸 줄 모르고, 싸우는 법도 모른다.

무슨 일이 일어날지 모르는 거다.

나는 내 생각을 가희에게 전했다.

"하지만 감쪽같이 변장을 하면……."

"그래도 안 돼. 만약 세희가 적월제에 참가를 한다면, 아사달에게 이야기하고 허락을 받은 뒤 경비 인원을 충분히 배치한 뒤야."

"……그래서야 제대로 놀 수가 없잖아요, 성훈 오빠. 길가에서 꼬치구이도 못 사 먹고, 공연도 못 보고, 무엇보다 분위기에 녹아들 수 없다고요!"

훈훈한 가족 분위기에 휩쓸려 이대로도 괜찮겠네~ 같은 생각을 했다가 인생 말아먹을 뻔한 사람에게 이런 이야기가 통할 리 없다.

"세희의 기분을 풀어 주는 것도 중요하지만 안전이 더 중요해."

나는 가희의 입이 한 뼘은 나온 것을 눈치챘다. 그리고 이럴 때만 빠르게 돌아가는 내 잔머리가 그 이유를 알아챘다.

오호라, 이 녀석.

"왜, 너도 같이 가고 싶었냐?"

움찔 어깨를 떤 가희가 슬금슬금 내 눈치를 보더니 귀엽게 웃으며 혀를 내밀었다.

"헤헤헷, 들켰나요?"

저 혀를 쭈욱 잡아당긴 다음에 그 위에서 레몬을 쥐어짜 주고 싶다.

"왜, 아사달이 너도 못 나가게 해?"

그럴 가능성이 꽤 높다. 가희는 아사달과 세희의 가족 같은 존재니까, 인질 가치가 있을 테니까.

하지만 가희는 고개를 가로저었다.

"그런 건 아니에요. 물론 호위는 필요하지만요."

"그러면 왜?"

가희가 새치름하게 말했다.

"세희만 놔두고 어떻게 저만 놀다 와요?"

기특하죠?

말은 하지 않았지만 마음의 소리가 들리는 것 같군. 그래서 나는 가희의 머리를 쓰다듬어 주며 말했다.

"신경 써 줘서 고맙다."

"응? 왜 성훈 오빠가 고맙다고 하는 거예요?"

……그러게.

어른 세희가 떠올라서 나도 모르게 말해 버리고 말았지만,

여기에서는 나보다 가희가 세희와의 인연이 깊다. 이런 식으로 칭찬받을 일은 아니었지.

이걸 어떻게 말해야 하나 싶었는데…….

"후, 후, 후."

가희가 살짝 음흉한 표정을 지으며 내 옆구리를 팔꿈치로 쿡쿡 찔렀다.

아, 좀. 하지 마. 옆구리는 약하다고. 주로 정신적으로 말이지.

나는 팔꿈치를 잡아 가희의 허리에 붙이고서 물었다.

"왜."

"성훈 오빠, 벌써 세희를 자기 여자 취급하는 건 이르지 않아요? 그렇게 세희가 마음에 들어요?"

그런 식으로 받아들일 거라고는 상상도 못 했습니다.

"그런 거 아니야."

가희의 미소가 더욱 짙어진다.

"에잇, 에잇, 에잇."

내 옆구리를 쿡쿡 찌르는 힘도 그렇고.

"솔직하게 말해 봐요. 세희의 어떤 점이 그렇게 마음에 들었어요? 역시 얼굴이죠? 저도 예쁘긴 하지만 세희는 정말 예쁘니까요. 무엇보다 아사달 오빠하고 닮았……."

"그러니까 그런 게 아니라니까 그러네."

나는 살짝 가희의 머리에 꿀밤을 먹였다. 힘이라고는 주지 않고, 그저 살짝 댄 정도였다.

"아얏!"

그리고 가희는 두 손으로 머리를 감싸며 뒤로 발라당 쓰러졌다.

허벅지로 치마를 꽉 잡은 채로.

왼쪽으로 한 번, 오른쪽으로 한 번, 다시 왼쪽으로 한 번. 몸을 웅크린 채 좌우로 바동대던 가희가 벌떡 일어나서 내게 말했다.

"머리가 쪼개지는 줄 알았잖아요!"

네가 태어난 지 한 시간도 안 된 신생아라면 그럴 가능성이 아주 조금이나마 있겠지. 신생아의 경우 뼈가 단단하지 않아서 조심해야 하거든.

"엄살은."

"……엄살 아닌데."

가희가 머리를 몇 번이나 매만진 뒤 퉁명스럽게 말했다. 그 연기력은 예나 지금이나 대단하구나. 이런 걸 재능이라고 하는 건가.

가희는 연기를 계속할 생각인지 아무 말도 하지 않고 흥흥, 거리며 자기가 화났다는 것을 내게 과시했다.

"그건 그렇고."

"성훈 오빠. 지금 '그건 그렇고'로 넘어갈 일이 아닌데요."

가희가 헤드 드레스를 벗고 정수리를 내게 들이밀며 말했다.

"봐요! 혹이 났잖아요!"

잘 안 보여서 조금 가까이 다가가 봤다.

음.

"가희는 머리에서 좋은 냄새가 나네."

샤샤샤샥.

가희가 마치 바…… 아니, 놀란 고양이처럼 잽싸게 뒤로 물러났다. 그런데 왜 그렇게 부끄러워하냐.

"저한테는 아사달 오빠밖에 없다니까요!"

또 오해했구나.

"아니, 그냥 좋은 냄새가 난다고. 난 있는 사실을 그대로 말했을 뿐이야."

"그런 게 더 위험해요! 다음부터는 생각을 하고 말해 주세요!"

나는 고개를 끄덕이고 생각하는 사람이 되어 진지한 표정을 지은 뒤 가희에게 말했다.

"열심히 생각해 봤는데, 역시 네 머리에서는 좋은 냄새가 났다."

"……."

그래도 눈치는 빠르네.

내가 자신을 놀리고 있다는 걸 깨달은 가희가 볼을 부풀렸다. 더 이상 가희를 화나게 만들면 안 될 것 같으니 사과하자.

"거짓말은 안 했다?"

내 방식대로.

"……됐어요."

"아, 그것보다."

"지금 그렇게 넘어가면 안 되죠!"

나는 두 손으로 구렁이가 담을 넘어가는 장면을 연상할 수 있는 움직임을 취한 뒤 말했다.

"다시 넘어가서."

가희가 만사 귀찮아졌다는 듯이 깊은 한숨을 내쉰 뒤 말했다.

"……아사달 오빠가 장난꾸러기였으면 성훈 오빠 같았을 것 같아요."

"고맙다."

칭찬인지 욕인지는 모르겠지만, 적어도 화는 풀린 것 같다.

"그래서 궁금한 게 있는데."

이제야 고개를 끄덕여 주는구나.

"적월제가 열리면 어떻게 놀아?"

"저도 언니들한테 듣기만 한 건데 괜찮아요?"

언니들이라는 건 메이드 누님들을 말하는 거겠지.

나는 고개를 끄덕였고 가희가 적월제에 대한 대략적인 흐름을 말해 줬다.

먼저 달이 떠오르기 시작할 때, 영주가 적월제의 시작을 선포한다. 그때부터 상인들이 본격적으로 장사를 시작하고, 온갖 시름을 잊은 채 먹고 마시고 즐긴다.

물론, 병사들은 그럴 수 없지만.

술과 음식과 노래와 춤으로 분위기가 점점 고조된 뒤. 달빛만이 하늘에 가득한 시간이 되면, 대제사장이 마을 광장에서 제사를 지낸다고 한다.

제사라고 해도 대단한 건 아니고, 어린 양을 잡아 제단에서 불에 태워 연기를 하늘로 올리는 것이라 한다.

"그리고 여기서부터가 가장 중요한 건데요! 제사가 끝나면 연인들이 제단을 중심으로 춤을 춰요!"

그러면 하늘이 연인의 사랑을 굽어 살펴 준다는 전설이 있다고 했다. 그 전설이 실제로 효력이 있을지 모르겠지만…….

눈동자를 반짝반짝이는 가희 앞에서 꿈을 깨는 소리를 입에 담을 정도로 나는 멍청하지 않다.

아마, 지금 가희의 머릿속에서는 아사달과 손을 잡고 춤을 추고 있는 자신의 모습이 그려지고 있겠지. 가희가 적월제에 참여하고 싶은 것도 그런 이유겠고.

"그리고?"

현실로 돌아온 가희가 말했다.

"그게 공식적인 행사의 끝이에요. 그 뒤에는 각자 밤을 새면서 놀거나, 연인과의 즐거운 한때를 보내거나 그래요."

적월제가 열리고 나서 10개월 후에는 산파가 바쁘겠군.

"성훈 오빠? 왜 그래요?"

"아니, 아무것도 아니야."

나는 고개를 젓는 것으로 잡념을 털어 냈다.

"그런데 적월제에 갈 것도 아니면서 왜 물어본 거죠?"

왜긴 왜야. 안전상의 이유로 참가하지는 못한다고 해도, 세희의 기분을 풀어 줄 방법을 찾을 수는 있을 것 같아서 그랬지.

그리고 내 바람대로 한 가지 방법을 찾을 수 있었다. 실현 가능성이 있는지 여부는 가희에게 물어봐야겠지만.

그래서 나는 물어보았다.

내 이야기를 모두 들은 가희는 잠시 생각에 잠기더니 살며시 고개를 끄덕였다.

"아마…… 가능할 것 같아요. 아사달 오빠한테 부탁을 해야 하지만요."

그건 다행이군. 이것 말고는 세희의 기분을 풀어 줄 다른 방법이 생각 안 났거든. 꼬옥 껴안은 다음에 사랑한다고 말하면 웬만한 일은 용서해 주는 우리 집 아이들도 아니니까 말이야.

"아, 그런데 아사달 오빠는 그때 시간이 안 나요."

계획의 근간이 흔들리고 있다!

"왜?"

"아사달 오빠가 제사를 지내야 하니까요. 오빠는 친구면서 그것도 몰라요?"

조금 전에 가희가 말하길, 제사는 대제사장이 지낸다고 했다. 그렇다는 건 아사달이 대제사장이라는 거야?

……그러고 보니 집무실 겸 도서관 같은 서재에서 아사달이 이렇게 말했지.

'나는 영주에게만 쓰면 되지만.'

……그게 자기가 대제사장이라는 뜻이었구나. 그래서 영주하고 대등하게 대화도 하고, 영주가 마음대로 움직이지 못한 이유였구나.

하하하.

그걸 내가 어떻게 알아!

"……말 안 해 줬거든. 덕분에 상상도 못했다."

"하긴, 아사달 오빠가 대제사장 같지는 않죠. 근엄하고 용맹하기보다는 친근한 인상이니까요."

가희가 이해한다는 듯이 고개를 끄덕거렸다.

"하지만 그게 중요한 게 아니죠!"

그렇다. 지금 중요한 건 세희의 기분을 풀어 줄 방법이다.

"그러면 어떻게 하지……."

다시 머리를 돌려 보고 있을 때.

지이이이이~ 하는 소리가 들릴 것 같이 가희가 나를 바라보고 있었다.

"왜."

"그러고 보니 이상해서요."

"뭐가?"

"애초에 아사달 오빠가 아니라 성훈 오빠가 직접 하면 되는 거잖아요?"

그야 당연한 거 아닌가?

"나보다는 아사달이 함께인 게 더 세희한테……."

지이이이이~가 찌릿찌릿으로 변했다.

아니, 정말로 찌릿찌릿했다.

"아프잖아!"

나는 가희의 손가락에게서 내 손등을 구했다. 얼마나 세게 꼬집었는지 붉게 부풀어 올랐네.

조금이라도 아픔이 가시라고 후~후~ 불고 있는 나를 가희가 한심하다는 듯이 바라보며 말했다.

"엄살이 왜 그렇게 심해요?"

……아, 그래. 조금 전에 내가 꿀밤을 때린 거에 대한 복수라는 거지? 이번에는 어른답게 넘어가 주마.

이유가 궁금하니까.

"그것보다 왜 꼬집은 거야?"

"성훈 오빠가 너무너무 멍청한 소리를 해서 그렇죠."

뭐가 멍청하다는 거냐.

"세희가 가장 기뻐할 만한 일이잖아."

"세희가 아사달 오빠를 좋아하긴 하지만 그래 봤자 친오빠예요. 친! 오! 빠!"

가희가 무슨 말을 하고 싶어 하는 지 알 것 같았다.

"아니, 그래도 말이야…… 나는 안 돼. 배운 적도, 경험도 없으니까."

"그래요?"

갑자기 가희의 눈동자는 불타올랐다.

"그러면 배우면 되죠!"

그렇게 말한 가희는 내가 뭐라고 말할 시간도 주지 않고 소파에서 폴짝 뛰어내린 다음, 복도를 향해 달려 나갔다.

……어, 이거 상당히 귀찮은 일이 벌어질 것 같네. 나는 장소만 마련해 주고 슬쩍 뒤로 빠지려고 했는데 말이야.

하지만 내 예상과는 다르게 메이드 누님과 함께 돌아온 가희는 나를 귀찮게 만들지 않았다.

나를 힘들게 만들었지.

다음 날 아침.

"으어어어어……."

나는 좀비 같은 소리를 내며 자리에서 일어났다. 어제의 특훈 때문에 몸 이곳저곳이 아프다. 가뜩이나 운동을 안 하는 녀석이 평소에 안 쓰는 근육을 혹사시켰으니 당연하겠지.

다행인 건 알이 배지는 않았다는 것 정도일까. 하지만 저녁도 방에서 먹고, 잠들기 전까지 방에서 계속 특훈을 한 대가가 근육통 정도면…….

뭐, 그렇게 나쁘지는 않은 건가.

나쁜 건 오늘도 특훈을 계속해야 한다는 거지만. 어제 가희가 말했거든.

'예상외로 빨리 배우셨지만 그래도 세희를 리드하기에는 모자라요! 내일도 계속하죠!'

흐아아아…… 오늘도 하루 종일 시달리겠구나. 다행인 건 가희 말대로 **배우는 속도가 이상할 정도로 빠르다는 점이다.**

뭐, 좋은 게 좋은 거지만.

나는 속으로 한숨을 내쉬며 메이드 누님의 안내를 받아 도착한 욕탕에서 몸을 씻었다.

……불행 중 다행인 건, 내가 다 씻고 옷을 갈아입고 나왔을 때 아사달과 마주쳤다는 걸까.

"아, 벌써 끝났어?"

아쉬움이 가득 담긴 목소리와 표정에 나는 슬쩍 거리를 벌리며 말했다.

"그래."

"네가 씻으러 갔다는 소리를 듣고 바로 왔는데 늦었구나."

……왜?

"다시 들어갈래?"

…………내가 왜?

"바다 건너에 있는 나라에서는 알몸의 교제라는 말도 있다던데 어때? 너한테 할 이야기도 있고."

"아니, 두 번 씻고 싶은 생각은 없으니까. 할 이야기가 있으면 씻고 나서 하든가, 지금 해라."

"그래? 아쉽네."

이런 일 가지고 진지하게 슬퍼하지 마라. 네 뒤에 어린 사슴의 눈망울에 눈물이 차오르는 환상이 보이는 것 같으니까.

하지만 그건 한순간이었다.

"그러면 씻고 갈 테니까, 방에서 기다려 줘."

……정말, 이 자식은 이상하게 말한다니까.

"아니, 내가 갈 테니까 다 씻고 불러라."

"그러면 나야 편하긴 한데……."

"그 편이 나한테도 좋아."

이상한 게 연상되지 않고 말이지.

"그래?"

나는 고개를 끄덕인 뒤 내 방으로 돌아갔다.

혼자서 어제 배운 것들을 복습하고 있자니, 노크 소리와 함께 메이드 누님의 목소리가 들려왔다.

"성훈 님, 아사달 님께서 부르십니다."

나는 메이드 누님을 따라 아사달의 서재로 향했다. 씻자마자 서재라니, 부지런한 건지 할 일이 많은 건지 잘 모르겠다.

아사달은 어제와 같이 의자에 앉아서는 뭔가 가득 적힌 서류를 정리하고 있었다.

"왔어?"

"그래."

나는 아사달의 앞에 앉았다.

"그래서 할 이야기라는 건 뭐야?"

"혹시 기억하고 있어? 어제 점심 먹을 때 내가 했던 말."

"어."

대충은 기억하고 있다.

어젯밤. 당장이라도 꿈나라로 떠나고 싶어 하는 몸을 달래고 달래서 하루 동안 있었던 일을 겨우 뇌에 쑤셔 넣을 수 있었으니까.

"그러면 부족 회의에 대한 것도 기억하고 있지?"

나는 고개를 끄덕였다.

분명 그때, 아사달은 내일 부족 회의에서 영주…… 아니, 누군가가 힘이 약한 요괴들을 남몰래 사냥이나 납치를 하고 있다는 정보를 언급한다고 했었다. 그리고 반응을 보아 영주에게 붙은 사람이 얼마나 있는지 알아본다고 했고.

"그래서?"

아사달이 꽃같이 웃었다.

"너도 같이 가자."

세상에는 꽃을 피우는 식충 식물도 있죠.

"……나 같은 어중이떠중이가 그런 곳에 왜 가. 거기 꽤 중요한 자리 아니야? 영주하고 대제사장 사이에 끼어서 등 터지는 꼴이 나고 싶지는 않아."

"그건 괜찮아. 내가 지켜 줄 테니까."

이 녀석, 기분 나쁜 말을 하면서도 내가 자신이 대제사장이라는 걸 알게 됐다는 것에 대해서는 가볍게 넘어가고 있다.

"무엇보다 세희를 임신시킨 너를 지금 당장 해코지할 만큼 간이 크거나 멍청한 사람은 없으니까."

더더욱 가고 싶지 않아졌다.

"뭐가 지금 당장이야. 나중에는 한다는 거잖아."

"내가 세희도 아니고 미래의 일까지 장담할 수는 없잖아?"

다시 한 번 듣게 된 아사달의 씁쓸해하는 목소리가 신경 쓰인다.

이 녀석, 혹시 세희에게 열등감이라도 가지고 있나?

……아니, 그런 것 같지는 않은데. 그랬으면 조금 더 티가 났을 거다. 그러면 뭐지?

하지만 나는 귀에 들려온 아사달의 목소리에 잠시 그 생각을 접어야 했다.

"무엇보다 너를 이번 부족 회의에서 소개를 시켜야지, 세희에 대한 안 좋은 소문이 도는 걸 빨리 막을 수 있어. 그것 때문에 이번에는 세희도 같이 가게 됐고."

죄책감이 들어서 말이야.

"……알았어."

"좋아."

아사달이 웃는 낯으로 말했다.

"그러면 밥 먹으러 가자. 전투를 벌이기 전에 배를 든든히 채워 놓는 건 전술의 기본이니까."

나는 한숨을 참고 고개를 끄덕였다.

뭐, 좋게 생각하자. 부족 회의에 다녀올 동안은 특훈을 하지 않아도 되니까.

다만.

"……."

"……."

아직도 화가 풀리지 않은 세희와의 아침은 정신적으로 힘들었다. 이럴 때는 아사달이 나서서 분위기를 환기해 주거나 해야겠지만…….

"……."

아사달은 아사달 나름대로 식사를 하면서 서류를 읽는다는, 식사 예절과는 거리가 먼 자세를 취하고 있거든. 그렇다면 가희라도 있으면 좋았겠지만…….

가희는 일단 명목상 메이드입니다. 분위기가 안 좋은 걸 보고 슬쩍 부엌으로 피했죠.

덕분에 아침은 어색하고 조용한 가운데서 먹어야 했다.

부족 회의가 열리는 영주관으로 향하는 마차에 타고서 그 사실을 언급해 봤지만,

"아, 미안. 알고는 있었지만 준비가 미흡한 게 있나 확인해 보는 데 집중하고 싶었거든."

아사달은 그렇게 변명했다. 변명이라고 하기도 뭐한 게, 흔들리는 마차 내에서도 외눈 안경을 쓴 채 서류를 계속해서

읽어보고 있었으니까.

그래도 가만히 있자니 심심해져서, 나는 슬쩍 아사달에게 말을 걸었다.

"그런데 부족 회의에서는 무슨 의제를 가지고 회의를 하는 거야?"

아사달은 서류에서 눈을 떼지 않았다.

"보통은 요괴들의 움직임에 대한 거나, 예산 관련 문제, 백성들의 건의 사항, 세희가 언제 기린의 시험을 치룰 것인지 정도? 그 외에도 잡다한 것들을 의논하곤 해. 이번에는 조금 다르겠지만."

너 때문에 말이지.

하지만 그것보다 신경 쓰이는 부분이 있다.

"세희가 시험을 치르는 걸 부족 회의에서 결정한다고?"

한순간이었지만 서류를 바라보고 있던 아사달의 눈매가 살짝 일그러졌다.

"응."

"그래도 되는 거야?"

세희가 결정해야 하는 일 아닌가?

"괜찮아. 그 사람들이 뭐라고 하든, 그 건에 대한 결정권은 세희에게 있으니까."

아사달의 입 꼬리가 삐뚤어졌다.

"세희나 나나, 받는 압박은 장난 아니지만."

"……고생이겠네."

"괜찮아. 여동생은 오빠가 지켜야 하는 거 아니겠어?"

그러면서 아사달은 슬쩍 시선을 돌려 나를 보았다.

"물론, 이번에는 너한테 조금 의지할 생각이야."

"그러냐……."

그보다 문제는 그 지켜 줘야 할 대상이 뿔이 났다는 거지. 세희가 다른 마차에 탄 게 다행이다. 같이 탔으면 영주관에 도착할 때까지 가시방석에 앉은 기분이었을 테니까.

으, 제발. 내 계획이 잘 풀렸으면 좋겠다.

"아, 거의 다 왔어."

아사달이 서류에서 눈을 떼지 않고 말한 직후.

"이제 곧 영주관입니다, 아사달 님."

마부 아저씨의 목소리가 밖에서 들려왔다. 나는 자연스레 아사달을 바라보게 되었다. 아사달은 그제야 내게 시선을 돌렸다. 지금껏 볼 수 없었던 남자다운 진지한 표정을 짓고 있었다.

"그럼 가 볼까?"

"그래."

나는 아사달의 뒤를 따라 마차에서 내렸다. 세희도 다른 마차에서 내리는 중에 나와 눈이 마주쳤다.

"……."

바로 시선을 피했지만.

그래도 목적지가 같은 곳이다. 덕분에 나와 아사달과 세희는 일렬로 걸어가게 되었다.

영주관은 아사달의 저택보다 조금 더 큰 것 같았다. 하지만 다른 게 있다면, 아름답게 가꿔진 아사달의 저택과는 다르게 살벌한 분위기라는 걸까?

일단 정원의 한쪽에는 내 키보다 큰 수풀로 이루어진 미로 같은 게 보였거든. 안내인을 따라 걸은 복도에도 그림이나 예술품 보다는 갑옷이나 동물의 박제 같은 게 걸려 있고 말이야.

덕분에 살짝 긴장 된다.

"……."

내 옆에서 느껴지는 강렬한 시선 때문에 그런 것 같다는 생각도 들지만.

지금부터라도 조심하자. 사춘기 여자아이의 심기를 잘못 건드리면 큰일이 난다는 걸 알았으니까.

"하하핫, 세희야. 평소보다 긴장을 많이 한 것 같은데, 괜찮아?"

그런데 아사달은 세희의 날카로운 시선을 나와 조금 다르게 받아들인 것 같다.

"예, 아사달 오라버니."

……내가 잘못 생각한 거였군.

나도 모르게 세희는 이런 일에 긴장을 안 할 거라고 받아들이고 있었던 것 같다.

"……성훈 오라버니께서 아무 말씀도 안 하시는 바람에 저도 평소보다 긴장을 하게 되는 것 같네요."

아파. 아프다고. 세희가 슬쩍 던진 견제구가 몸통에 직격으로 꽂혀 버린 기분이다.

"그게……."

여기서 네가 아직도 화가 나 있는 것 같다, 라고 말했다가는 세희의 화를 더 돋우겠지.

그렇다면 반 정도는 사실대로 말하자.

"미안. 조금 긴장하는 바람에 신경을 못 썼네."

"읏."

내 말에 세희가 옅은 신음을 흘렸다.

"……그런 말을 통해 저한테 연민을 사시는 동시에 죄책감을 주시려는 거 다 알아요, 성훈 오라버니."

"……내가 너냐."

아차. 생각이 바로 입으로 나와 버렸다. 덕분에 세희의 안색이 살짝 안 좋아졌고, 나는 허둥댈 수밖에 없었다.

뭐라고 하지? 어떻게 하지? 잘못 말했다고 해야 하나? 아니면 지금이라도 허리 숙여 사과할까?

"하하핫."

남의 속도 모르고 이 녀석은 왜 웃는 거야?

"자."

아니, 아사달은 웃는 것으로 끝나지 않았다.

"어?"

"앗?"

나와 세희의 손을 잡은 다음에, 잡아당겨 서로의 손을 겹쳐 줬으니까.

손을 빼려고 했지만, 이 자식. 힘이 장사다!

"야!"

"오라버니!"

나와 세희의 항의에도 아사달은 미소를 지우지 않고 말했다.

"긴장한 사람들끼리 서로 의지하는 게 좋지 않겠어?"

세희가 손에 힘을 주며 말했다.

"그렇지…… 아니, 아니에요. 아사달 오라버니의 말씀대로 할게요."

하지만 이내 고개를 저으며 말을 삼켰다. 아사달은 그 모습을 보고 아주 잠낀 슬픈 표정을 지었지만, 말 그대로 아주 잠깐이었다. 나는 확실히 봤지만.

그 증거로 아사달이 내게 윙크를 했거든. 세희한테 비밀로 해 달라는 뜻인 건 알겠지만, 그렇다고 남정네한테 윙크를 받고 기분이 좋을 리가 있을까.

나는 답례로 인상을 찌푸렸다.

"……그렇게 싫으신가요, 성훈 오라버니? 저하고 손을 잡고 있는 게?"

덕분에 세희의 오해를 샀다.

"아니, 그게 아니라……."

"불쾌하시면 놓으셔도 되요."

말만 그렇게 하는 게 아니라 세희는 손에서 힘을 뺐다. 나만 손에 힘을 빼면 서로 손을 놓게 되겠지.

……아무리 내가 여자 마음을 모른다고 해서 이럴 때 손을 놓는 바보는 아니다.

"싫어."

나는 세희가 아프지 않을 정도로 손에 힘을 넣고 고개를 휙 돌려 버렸다.

세희가 어떤 표정을 짓는지 알고 싶지 않아서가 아니라, 내가 어떤 표정을 짓고 있는지 보여 주고 싶지 않았거든.

"풋."

원인 제공자 놈이 웃어 버리니 화가 나는군.

하지만 그 울분과 분노는 목적지에 도착하는 순간 싹 사라졌다.

동시에 왜 아사달이 그렇게 열심히 부족 회의에 대해 준비했는지 알 것 같았다.

부족 회의가 열리는 방 안에는 커다란 원탁이 가장 눈에 띄었다. 그 원탁에는 열 명 정도 되는 사람들이 빙 둘러앉았는데, 가장 먼저 눈에 들어온 사람은 역시 사하 영주였다.

원탁이지만 사하 영주가 앉아 있는 자리가 상석으로 느껴질 만큼 압도적인 존재감을 보이고 있었으니까. 그건 아마도 등 뒤에 두른 황금색 모피 때문이거나, 그 아래에 입은 은빛으로 빛나는 갑옷 때문일지도 모르겠다.

사하 영주가 눈에 뜨인다고 해서, 다른 사람들이 별것 아닌 것처럼 느껴진다는 소리는 아니다. 다들 나한테는 아저씨뻘인데, 모두 젊었을 때 한 고생한 것처럼 얼굴이나 몸에 흉터 하나 없는 사람이 없었고, 근육질의 몸에 맹수 같은 눈매를 하고 있었으니까.

말 그대로 다들 역전의 용사 같은 느낌이랄까. 기백이 대단하다.

그 때문인지 내 손을 잡고 있는 세희의 손바닥이 살짝 축축해지는 게 느껴진다.

……나?

나는 오히려 험악한 인상의 사람들을 보니 거의 없던 긴장이 사라져 버렸다. 애초에 나는 어머니 뱃속에 겁을 놓고 태어난 자식 같은 놈이잖아?

저 아저씨들이 내 목을 조르면 또 달라지겠지만.

"늦었군."

사하 영주가 삐딱하니 자세를 고치면서 한 말에 아사달은 웃는 얼굴로 응대했다.

"죄송합니다, 영주님. 아시다시피 저희 저택은 이곳에서 멀어서 말이죠."

"그렇다면 이참에 영주관으로 거처를 옮기는 건 어떤가? 빈 방은 셀 수 없을 정도로 많으니까."

"영주님의 권유에 따르고 싶은 마음은 한가득이지만, 아무래도 저희 저택의 화원이 제 취향이라서 말이죠."

"흥. 풀 쪼가리야 기르면 되는 것이다."

"민생을 돌보시는 것만으로 힘든 영주님께 어찌 그런 폐를 끼치겠습니까? 영주님의 마음은 감사합니다만, 안타깝게도 거절할 수밖에 없군요."

"……."

"……."

날카롭게 바라보는 영주와 눈웃음을 짓고 있는 아사달의 눈싸움이 끝날 생각을 하지 않는다. 아직 자리에 앉지도 않았는데 시작부터 이러니, 끔찍하군.

그나마 다행이라고 할 만한 건, 그 둘의 신경전 때문에 세희가 조금이나마 내게 몸을 기대고 있다는 걸까. 그래서 세희가 몸을 살짝 떨고 있다는 걸 알 수 있었다.

지금이 바로 기회닷!

"아, 죄송합니다."

방 안에 있는 모든 이들의 시선이 한 번에 나한테 집중되었다. 다시 말하면, 아사달과 영주까지 나를 보고 있다는 거지.

"조금 먼 길…… 체감상 먼 길이라고 하죠. 먼 길을 와서 세희가 지친 것 같은데, 일단 이야기는 자리에 앉고 나서 하시는 게 어떻겠습니까? 마침 저도 다리가 아파서요, 하하…… 하."

우와, 무서워. 네까짓 놈이 뭔데 영주와 아사달의 대화를 멈추게 만드냐고 시선으로 항의하고 있다. 세희도 나를 올려다보는 시선에 걱정을 가득 담았고.

"또 네놈이냐."

분노라고 할지, 증오심이라고 할지. 어쨌든 나에게 안 좋은 감정이 가득 담긴 영주의 목소리에 나는 몸을 앞으로 숙이는 것으로 답했다.

"다시 뵙습니다, 사하 영주님."

"네놈의 얼굴만 봐도 화가 치밀어 오르는군."

아무리 화가 난다고 해서 원탁을 뛰어넘어 내 멱살을 잡지는 않겠지?

영주는 이 자리를 난장판으로 만들기보다는 팔짱을 끼기로 했나 보다.

"자리에 앉도록."

"감사합니다."

그런데 어디에 앉아야 하나? 나는 다시금 주위를 둘러보았다. 응? 저건 뭐야? 원탁과 그 주위에 앉은 사람들 때문에 보이지 않았던 의자가 눈에 들어왔다. 원탁과 일직선상에 있는 그 의자는 판타지 영화에서나 볼 법한 디자인이었다.

한마디로 높으신 분이 앉으실 만한 자리군. 평소에는 영주가 저 자리에 앉나?

그런 생각을 하고 있을 때, 세희가 나를 지나쳐 앞으로 걸어가 그 의자에 앉았다.

아, 네 전용석이었구나.

하지만 아직 어린 세희가 그 의자에 앉자, 권위가 느껴지기 보다는…….

슬퍼 보였다.

세희의 표정이 굳어 있기 때문일까, 아니면 눈을 내리 깔고 있어서 그럴까. 그것도 아니라면 자신의 두 손을 마주 잡고 있기 때문일까.

아니, 혼자 있기 때문일지도 모르겠다.

아사달은 원탁에 앉았으니까.

자연스럽게 아사달의 옆에도 내가 앉을 자리가 났고, 험악한 아저씨와 무서운 영주가 나에게 눈치를 줬다. 앉게 해 달라고 말을 꺼낸 놈이 왜 멀뚱히 서 있냐는 무언의 항의겠지.

그래서 나는 앞으로 걸어갔다.

"……네놈?!"

세희의 옆으로.

"성훈…… 님?"

옆에 다가온 나를 보고 세희는 놀란 눈치였지만, 나는 빙긋 미소 지었다.

"역시 내…… 제가 있을 곳은 여기일 것 같아서…… 요."

어색하긴 해도 자리가 자리이니 만큼 세희에게도 존댓말을 쓰는 게 맞겠지.

"그 자리가 어떤 자리인지 알지도 못하는 것이!"

그런다고 해서 영주가 화를 안 낸다는 건 아니지만.

"세희 님의 옆자리 아닙니까?"

내 대답에 아사달은 만족한 듯한 미소를 지었고, 영주의 얼굴은 새빨개졌다.

……단순히 세희가 혼자 앉아 있는 게 싫어서 옆에 섰을 뿐인데, 왠지 내 미래가 어둡게 된 기분이다. 자는 사이에 암살이라도 당하는 거 아니야?

지금이라도 원탁의 빈자리로 가야 할까 고민하고 있던 찰나.

아사달이 말했다.

"사하 영주님. 만약 성훈이 세희를 대신해 저 자리에 앉았다면 백 번 천 번 벌을 내려야 하겠습니다만, 그런 것도 아니지 않습니까? 그저 성훈은 제 동생의 지아비로서 같이 있어 주려는 마음뿐일 겁니다."

그렇지? 라고 묻는 듯이 아사달이 바라보기에 나는 고개를 끄덕이며 말했다.

"그렇습니다."

그 사이에 화가 가라앉았는지 영주의 얼굴색이 원래대로 돌아왔다.

"그보다. 이곳에는 네놈의 얼굴을 아는 자는 많지 않을 터.

자신에 대해 소개하는 것이 먼저 아닌가?"

그렇게 나오셨다 이거냐.

"실례했습니다."

나는 허리를 꾸벅 숙이며 나를 탐탁지 않아 하는 시선으로 바라보는 모두에게 말했다.

"아사달 님께서 이미 말씀해 주셨지만, 저는 세희 님의 가족이 될 사람으로, 이름은 강성훈이라고 합니다."

거짓말은 아니다?

내 소개에 아저씨들이 자기들끼리 수군거리기 시작했다.

"저 놈이 그 망나니……."

"저 놈을 그냥……."

"세희 님께 그 더러운……."

"천인공노할 놈……."

반응이 좋은 사람은 한 명도 없군. 가시 발판에 서 있는 느낌이다. 따끔따끔하네.

"……응?"

그런 내 손을 살짝 잡아 오는 손길이 있었다.

따듯하고, 작고, 부드러운 손의 주인은 세희였다. 걱정 어린 눈빛으로 나를 올려다보고 있는 세희에게 나는 미소를 보여 줬다.

괜찮아. 이 정도는 아무것도 아니다. 이래 봬도 수라장 속에서 살아가고 있는 놈이니까.

그때.

쿵.

영주가 발을 굴려서 좌중을 조용하게 만들었다.

"조용히."

……나하고는 안 맞는 녀석이지만 순간적으로 좌중을 압도하는 기백은 인정할 수밖에 없었다.

무섭네.

"감사합니다, 영주님. 언제 개최를 선언해야 할지 고민이었거든요."

그리고 그 사이에 끼어든 아사달도 아사달이다.

영주가 아무런 대답도 없자 아사달은 어색한 미소를 지은 뒤, 이곳에 모인 사람들을 향해 말했다.

"자. 그러면 지금부터 제42회 부족 회의를 시작하겠습니다."

부족 회의의 막이 열렸다.

눈꺼풀이 닫힐 것 같다. 만약 자리에 앉아 있었다면 그대로 꾸벅꾸벅 졸았을지도 모르겠어. 대충 한 시간 정도 지난 것 같은데, 그동안 계속 나온 이야기가 너무 어렵고 이해하기 힘든 것들이었거든.

인상은 험악한 아저씨들이 치수가 어떠니, 관개 공사가 필요하다느니, 문화 시설을 활성화시켜야 한다는 소리에, 재경이 어쩌니 같은 말을 해 대는데…….

솔직히 안 어울려. 지금 당장이라도 회의 같은 건 때려치우고 나가서 주먹다짐을 해도 이상할 것 같지 않은 사람들이 저런 심도 있는 토론을 하는 게 말이야.

그래, 토론이다.

멱살을 잡고 싸우면서 네놈을 묵사발 내면 내가 옳은 거고, 반대여도 내가 옳은 거다, 같은 소리를 하는 게 아니라 정말로 제대로 된 토론을 하고 있다.

상대방의 주장을 논리정연하게 반박하면서, 자신의 주장을 받아들이게 만들면서 조금이라도 더 예산을 타려고 하는 그 모습은 내 상상 밖이었다.

역시 돈이 최고인가.

돈을 위해서라면 성질 정도는 죽일 수 있는 게 어른인 것인가.

하지만 지루해. 어려운 이야기만 계속 오고 가니까 졸려. 살짝 눈이나 감고 있을까?

"그러면 마지막으로 영주님의 재고를 요청하는 사안이 있습니다."

그때, 아사달이 내 관심을 끄는 화제를 꺼냈다.

……마, 마지막이라고 해서 그런 게 아니거든?

"영주님께 보고드렸던 것 같이, 요즘 들어 자신의 서식지에서 벗어나지 않는 소형 요괴를 인간이 사냥, 혹은 납치하는 경우가 비정상적으로 늘어났습니다. 이 때문에 중형 요괴들이 난폭해지는 경향이 늘고 있으므로, 이 사건을 제가 전담해서 조사할 수 있도록 허락해 주셨으면 합니다."

영주가 눈살을 찌푸렸다.

"그 건에 대해서는 어제 결론을 내렸을 텐데? 대제사장이자 마을 최고의 전사인 아사달, 자네가 직접 나설 만한 일은 아니라고."

"제 생각에는 다릅니다."

그렇게 말한 아사달은 마차 안에서 계속해서 읽고 있었던 서류를 영주에게 보였다.

"보시다시피 요즘 들어 소형 요괴의 개체수가 크게 줄어든 대신, 원정 시에 중형 요괴의 습격을 받는 경우가 두 배로 늘어났습니다. 그것뿐만이 아니라, 마을을 향한 중형 요괴의 습격 수 또한 열 번이 넘어갑니다. 다행이 피해는 크지 않지만, 이 일을 간과하고 넘어갈 경우 대요괴가 나설 가능성도 없지 않을 것이라 추정됩니다."

"헛소리."

영주가 아사달이 내민 서류를 쳐다보지도 않으며 주장을 일축했다.

"지금까지 자신의 영토를 침범하지 않는 이상, 대요괴가 움직인 경우는 없다."

"하지만 소형 요괴와 중형 요괴가 대요괴에게 보호를 요청할 가능성도 있습니다."

"그 또한 헛소리다. 자고로 요괴란 힘을 숭상하는 존재다. 자신의 힘을 키울 수 있다면 같은 요괴 또한 잡아먹는 것이 요괴란 말이다. 그런데 요괴가 요괴에게 보호를 요청해? 아사달, 자네의 총명함도 이제 빛이 바란 것 같군. 아니면, 혹시 내가 모르는 사이에 요괴와 내통이라도 하고 있는 것 아닌가?"

영주의 말에 웃음소리가 터져 나왔다. 아사달의 표정은 조금도 변하지 않았지만, 세희는 어떨까?

나는 슬쩍 세희를 훔쳐보았다.

……저기요, 아저씨들. 다 좋은데 지금 세희의 눈빛이 변했거든요? 아저씨들을 다 씹어 먹을 것 같은 눈빛이에요. 괜찮겠어요? 이 녀석, 원한은 갚을 때까지 잊지 않는 성격인데.

그걸 눈치챈 건지, 아니면 슬슬 적당하다고 생각했는지 영주가 말했다.

"그만."

한순간에 조용해졌다.

……음. 이거 조금 심각할지도 모르겠어. 처음에는 영주의 박력에 사람들이 밀렸나 싶었는데, 두 번째는 확실히 달랐다.

내 눈에는 나와 아사달과 세희를 제외한 사람들이 모두 영주의 편처럼 보일 정도로.

영주가 말했다.

"말했지 않나. 자네가 그렇게 걱정된다고 하니 내가 직접 나서겠다고. 아사달, 설마 나를 못 믿는 건가?"

이건 나라도 알 수 있었다. 저건 영주의 최후통첩이다. 이에 어떻게 아사달이 대응할까 궁금해졌을 때.

아사달이 봄날의 꽃 같은 미소를 지었다.

"그럴 리가 있겠습니까. 그저 저는 영주님께서 직접 나서시기보다는 제 선에서 일을 마치고 싶을 뿐입니다. 요괴에 대한 일은 대제사장인 저와 닿아 있고 말이죠."

그에 화답하듯 영주가 뱀 같은 미소를 지었다.

"자네는 이 일을 벌인 자가 인간이라고 하지 않았나? 그렇다면 이번 일은 내가 담당하는 게 이상하지 않겠지. 백성들을 다스리는 것은 나의 의무이자 권리이니까 말이야."

둘 다 웃는 낯이지만 분위기만은 그렇지 않았다. 팽팽한 긴장감 속에, 영주가 어깨를 으쓱거리며 말했다.

"이래서야 끝이 없겠군. 어떤가? 다수결로 결정하는 것은?"

"다수결…… 말씀이십니까."

아사달은 조용히 주위를 둘러보았다. 내가 보기에 그중에서 아사달에게 호의적인 시선을 보내는 사람은 단 한 명도 없었다. 아니, 몇 몇은 있었지만 아사달의 시선을 받고는 슬쩍 고개를 돌렸다.

그렇기에 아사달은 나를 보았을 때, 씁쓸한 미소를 지었던 것 같다.

"그러실 필요까지는 없습니다, 영주님. 이번 일은 영주님께 맡기기로 하죠."

"고맙군, 아사달. 이런 일로 논쟁을 벌일 필요는 없을 테니까. 자네는 이것이 마지막이라고 했지만, 사실 우리에게는 더 중요한 안건이 있지 않나?"

"……."

아사달이 입을 다물자 영주가 몸을 돌려 이쪽을, 정확히 말하면 세희를 바라보며 말했다.

"기린의 시험을 치룰 시기를 정하는 안건 말이지."

세희의 어깨가 움찔 떨리는 것과 동시에 아사달이 살짝 인상을 썼다.

"……그 건에 대해서는 이미 저번 부족 회의에서 결론을 내린 것으로 알고 있습니다, 영주님."

"그때로부터 벌써 한 달이나 지났지. 세희는 자네와 비교해도 뒤떨어지지 않을 정도로 총명하니, 한 달은 길고 긴 시간일 것이야. 우리 같은 범인으로서는 믿기지 않을 정도의 성장을 보였을지 어떻게 알겠는가?"

"그래 보여도 아직 어린애입니다."

"남자의 씨앗이 뱃속에 자리 잡고 있는 어린애라…… 그게 말이 된다 생각하나?"

갑자기 위가 아프다.

아사달은 표정 하나 바뀌지 않았지만.

"오히려 제가 묻고 싶습니다, 영주님. 제 동생은 자신이 왕이 될 자라는 것을 익히 알면서도 한순간의 감정에 의해 사내를 안고, 그 씨를 배었습니다. 미래를 생각한 것이라 여길 수 없죠. 그런데 영주님께서는 한순간에 자신의 인생을 망가뜨릴 수 있는 불장난을 저지른 제 동생을 어른으로 생각하실 수 있겠습니까?"

야, 너 세희 오빠잖아. 사실이 어쨌든 간에 꼭 그런 식으로 말해야겠냐?

나는 걱정이 돼서 세희를 바라보았는데…….

어느새 세희는 애정이 가득한 시선으로 나를 바라보며 조심스럽게 자신의 배를 쓰다듬고 있었다.

이 녀석 왜 이래? 뭐 잘못 먹었나? 조금 전까지만 해도 나한테 화내고 있었으면서 왜…….

아.

세희의 행동이 어떤 의미가 깨달았을 때, 나는 깜짝 놀라고 말았다.

와, 상상도 못 했네. 아사달의 주장에 힘을 실어 주기 위해서 자신의 행동을 후회하지 않는다는 행동을 보인 거였어.

맹목적인 사랑에 빠진 어린애처럼.

내가 속으로 혀를 내두르고 있을 때, 아사달은 혀를 움직였다.

"무엇보다 제가 듣기로, 제 동생은 임신 초기입니다. 아기가 들어서는 데 있어 가장 중요한 시기라는 말이죠. 그런데 영주님께서는 제 동생에게 기린의 시험을 받으라 하실 겁니까?"

와, 아사달. 그렇게 보지 않았는데 인성 공격까지 하네.

여기에는 영주도 할 말이 없는지…….

"그런 소리를 들으니 오히려 더욱 더 시험을 치렀으면 하는군."

우와아아아…….

입이 떡 벌어졌다. 지금 저 새끼, 기린의 시험을 받다가 낙태가 되면 좋겠다고 말한 거잖아.

실제로 세희와 나 사이에 아무런 일도 없었다고 한들, 저딴 소리를 들었는데 가만히 있을 정도로 난 냉정하지 못하다.

"영……."

"영주님."

하지만 내 목소리는 세희에게 잡아먹혔다.

"아무리 영주님이라고 하신들, 지금의 언사는 한 명의 여인으로서, 그리고 훗날 한 아이의 어머니가 될 사람으로서 넘어갈 수 없네요. 지금 하신 말씀은 기억해 두겠습니다."

냉기가 풀풀 날리는 세희의 말에 영주는 난처한 표정을 지으며 말했다.

"이런, 그런 의도는 아니었는데 말이야. 내 딴에는 뱃속에 아이가 있으면 아무리 기린이라 해도 조금은 이쪽 사정을 봐주지 않을까 하는 심정에서 말한 거네. 하지만 기분이 나빴다면 사과하지."

영주가 자리에서 일어나 고개를 숙이며 말을 이었다.

"미안하네. 사과의 뜻이라고 하기에는 조금 그렇지만, 이번에는 여기까지 이야기하도록 하지."

무서운 눈으로 영주를 노려보던 세희는 이내 낮은 한숨을 쉰 뒤 시선을 내리깔며 말했다.

"……사과를 받아들이죠."

세희도 더 이상 영주에게 뭐라 할 수 없었나 보다.

아니면 단순히 힘이 빠져서일지도 모른다.

담대하게 이야기에 끼어들었던 후폭풍 때문인지, 세희가 살짝 몸을 떨고 있거든. 나는 슬쩍 세희에게 손을 내밀었다.

"……."

세희는 내 손을 잡으려다가, 툭, 하고 쳤다.

내가 처음이자 마지막으로 참석해 본 부족 회의는 그렇게 끝이 났다.

"흐아아아~ 지쳤다아아아~"

방에 돌아온 나는 그대로 소파에 몸을 맡겼다. 지쳤어. 피곤해. 지금이라면 침대에 눕자마자 잘 수 있을 거야.

"고생 많았어."

그러지 않은 건 아사달이 내 방에 있기 때문이다.

"……야, 솔직히 말해 봐."

"뭘?"

"내가 갈 필요는 없었던 거 아니야? 난 한 일도 없었잖아."

하지만 아사달은 고개를 저었다.

"아니, 충분히 많은 일을 해 줬어."

숨 쉬기라든가, 하품이라든가, 간지러운 곳을 긁는다거나?

"네가 어떤 사람인지 영주와 관료들에게 보일 수 있었고, 세희와 네 사이가 현재로써는 굳건하다는 것, 영주 또한 너와 세희의 사이를 인정하고 있다는 것. 그리고 무엇보다 세희의 긴장을 풀어 줬잖아?"

다른 건 대충 알겠는데 마지막은 모르겠다.

"세희의 긴장을 풀어 준 기억은 없는데."

내가 어른 세희를 너무 잘 알고 있어서 그렇게 느껴지는 건가?

"평소에는 더 심하거든."

하긴, 처음 만났을 때 세희의 모습을 떠올려 보면 그럴 것 같기도 하다. 만약 아사달의 친구라고 소개받지 않았다면, 내가 호감을 사지 못했다면 지금도 변함없었겠지.

"그것보다 조금 놀랐어."

"응?"

"어제도 그렇고, 오늘도 그렇고. 의외로 넌 그런 상황에서도 여유를 잃지 않는구나?"

나는 손을 휘저으며 말했다.

“오늘은 몰라도 어제는 아니다. 하마터면 거기서 죽는 줄 알았다고.”

“그래? 나는 네가 어딘가 믿는 구석이 있어 보였는데?”

“그 믿는 구석이 강 건너 불구경을 하고 있어서 문제였지만.”

아사달이 웃었다. 잘도 웃는구나, 이 자식.

그 모습이 속을 긁기에 나는 화제를 돌렸다.

“그것보다 부탁한 건 어떻게 됐어?”

“문제없어. 이제 기다리기만 하면 돼.”

다행이군.

“……하아.”

그러면 이제 남은 문제는 나인가. 어떻게든 익숙해져야 하는데 말이야.

“어때?”

무슨 생각을 하고 있는지 알겠다는 듯, 아사달이 허리를 살짝 숙이면서 왼손을 배에 대고 오른손을 내게 내밀며 말했다.

“내가 도와줄 수 있는데.”

나는 아사달의 손을 쳐 냈다.

“죽어도 싫다. 도움도 안 될 것 같고.”

키가 다르니까.

“그래? 그러면 어쩔 수 없네.”

아사달은 조금도 아쉬워하지 않는 표정을 지으며 슬쩍 몸을 비켜섰다. 그러자 조금 전까지는 아사달에게 가려져서 보이지 않고 있던 녀석이 눈에 들어왔다.

“성훈 오빠! 지금부터 특훈이에요!”

자기 일처럼 들떠 있는 가희였다.
“그럼 열심히 해. 나도 기대하고 있으니까.”
아사달이 손을 흔들고는 방을 나섰다.
“충분히 쉬셨죠?”
그래도 나름 기다려 줬다는 거냐. 이왕이면 한 시간 정도는 더 쉬고 싶은데 말이야.
“하아…….”
하지만 나는 소파에서 일어났다. 어린아이에게 휘둘리는 일은 내게는 일상 같은 거니까 익숙해졌거든.
“그래.”
가희가 손을 내밀었다.
나는 그 손을 잡았다.

그렇게 시작된 특훈은 저녁을 먹을 때쯤 끝났다.
“휴우…… 이제 오빠도 어느 정도 사람 구실을 할 수 있을 것 같네요. 정말 빨리 배우셨네요. 어제만 해도 성난 멧돼지 같았는데 말이죠.”
……너, 잘도 어제 처음 만난 사람한테 그런 말을 할 수 있구나. 그 친화력이 놀랍고, 조금은 부럽네.
“네 덕분이지.”
“예! 제 덕분이죠!”
허리에 두 손을 올리고 콧대를 세우고 있는 가희에게는 빠밤! 같은 효과음이 어울릴 것 같다.
“그러니까 실수는 용납 못 해요! 저도 지켜보고 있을 거니까 확실히 해 주세요!"

"엑."

생각도 못한 말에 마음의 소리가 입으로 나왔다. 가희가 유리구슬처럼 눈을 동그랗게 뜨며 말했다.

"왜 그렇게 놀라요?"

안 놀라게 생겼냐.

"아니, 지켜볼 생각인 줄은 몰랐으니까."

가희의 눈매가 가늘어졌다.

"그렇게 세희하고 단둘이 있고 싶은 거예요?"

옆에 있었다면 요놈, 요놈 하면서 팔꿈치로 내 옆구리를 찌를 기색이네.

하지만 틀렸다, 이 녀석아.

"부끄러워서 그런다. 부끄러워서."

내가 생각해 낸 방법이긴 해도 남들한테 보여 줄 만한 건 아닐 테니까.

"저한테까지 부끄러워할 필요는 없잖아요?"

왜, 라고 말하기 전에, 가희가 자신의 발을 가리키는 것을 볼 수 있어서 다행이었다.

"그리고 걱정 마세요. 저는 그때 숨어 있을 테니까, 크게 신경 쓰이지는 않을 거예요. 그런 이유로 이런 좋은 기회를 놓칠 수야 없잖아요? 분명 평소에는 보지 못한 세희의 진귀한 모습을 구경할 수 있을 테니까요!"

가희가 어깨를 으쓱이며 후후후, 하고 웃었다.

……가희가 이번 일에 발 벗고 나선 가장 큰 이유를 안 것

같다.

"너, 머리 좋네."

다르게는 약삭빠르다, 라고 할 수 있겠지만 가희 같은 어린애에게 쓸 만한 말은 아니지.

"그렇죠?"

가희가 보는 사람도 기분이 좋아지는 미소를 지으며 말을 이었다.

"아사달 오빠도 그런 말을 종종 해요. 가희한테는 꾀주머니가 달려 있다고요. 사실은 오빠가 더 머리가 좋으면서 말이죠. 그거 아세요? 아사달 오빠는 종종 새로운 요술 같은 걸 만들기도 해요! **세희가 말해 줬는데,** 이번에 만든 건 정말 대단한 요술이라고 했어요!"

"그, 그러냐……."

대단하긴 하네. 새로운 요술을 만들다니. 나하고 나이 차이도 별로 안 나는 녀석인데 말이야.

……사실은 왕후장상의 씨가 따로 있는 거 아니야? 유전자적인 레벨로 말이지.

그보다 가만히 있다가는 가희의 아사달 찬양이 아사달 숭배로 이어질 것 같다.

"뭐라더라? 아, 그래요! 인간의 영성을 다루는 요술이라고 했어요!"

생각을 바꿨다.

몸을 짓누르고 있는 피로감이 한 번에 사라질 정도로 흥미로운 이야기를 들었으니까.

"영성을 다루는 요술?"

가희가 고개를 끄덕였다.

"예. 잘은 모르겠는데 영성을 형상화시키고 거기에 영향을 줄 수 있는 요술이라고 했어요. 왜 그런 요술을 만들었는지는 잘 모르겠지만요. 혹시 성훈 오빠는 아시겠어요?"

아마도 나는 가희보다 요술 쪽에 문외한일 거다. 애초에 영성이 무엇인지 깨달은 게 얼마 전의 일이니까. 하지만 그 영성이라는 것을 형상화시킬 수 있다는 말을 듣자, 여러 가지 가능성을 떠올릴 수 있었다.

랑이가 가르쳐 주길, 인간의 영성이란 성격, 영혼, 기억, 그리고 마음이라 했다. 그것을 형상화시키고 영향을 줄 수 있다는 것은, 다른 말로는 **타인을 변화시킬 수 있다는 뜻이 아닐까?**

이렇게 생각하니 정말 위험한 요술인 것 같군. 일단 가희에게는 내가 생각한 걸 숨기자.

"……쓸데가 있어서 그런 거 아닐까?"

"……뭐예요, 그게."

기대에 차서 초롱초롱하게 빛나던 눈동자가 실망의 빛으로 물드는 데까지 단 1초도 안 걸렸다.

"그런데 성훈 오빠."

바로 화제를 돌려 버리는군.

"저녁은 어떻게 할래요?"

나는 잠깐 생각해 본 뒤 대답했다.

"여기서 먹는 게 좋을 것 같아."

절대로 내 몸이 휴식을 원하기 때문이 아니다. 상황의 극

대화를 노리고 있는 거야. 이 정도로 고생을 했으면 그만한 대가를 얻고 싶은 거 아니겠어?

“왜요? 세희도 조금은 기분이 풀어진 것 같았는데, 같이 먹어서 나쁠 건 없잖아요?”

의문을 표하는 가희에게 나는 내 생각을 말했다.

내 이야기를 들은 가희는 어린아이답지 않은 음흉한 미소를 지으며 내 옆구리를 쿡쿡 찔렀다.

“성훈 오빠는 알고 보니 책략가네요. 그런 식으로 몇 명이나 꼬신 거죠? 솔직히 말해 봐요. 세희한테는 비밀로 할 테니까요.”

사실대로 말했다가는 바로 세희에게 달려가서 저 가벼운 입을 움직일 게 분명해 보인다.

“꼬시긴 뭘 꼬셔. 난 그런 적 없어.”

거짓말은 아니다? 내가 꼬신 적은 없으니까. 같이 이것저것 고생을 하다 보니 친해지고 좋아하게 되고 그랬지.

“에이~”

하지만 가희는 못 믿는 눈치였다.

그보다 옆구리 좀 그만 찌르라고.

“없다니까 그러네.”

나는 가희의 오른손을 잡아서 위로 들어 올렸다. 이번에는 왼손으로 내 옆구리를 노리기에 만세를 부르게 해 줬다.

그리고 그 자리에서 휘리릭, 한 바퀴 반을 돌게 만든 뒤 손을 놓고 등을 살짝 밀었다.

“그러면 저녁 부탁한다.”

"그럼 말해 주기예요?"

가희는 고개만 돌려 뒤를 돌아보며 헛된 바람을 말한 뒤 방에서 나갔다.

휴우…… 지금이라도 미리 쉬어 놓자. 가장 중요할 때 실수라도 하면 안 되니까.

그리고 밤이 되었다.

몸도 마음도 어느 정도 제 컨디션을 되찾았다. 연습도 할 만큼 했고 가희에게도 합격점을 받은 이상, 큰 문제는 없을 거다.

작은 문제는 있을 것 같지만, 그 정도는 어떻게 잘 넘어갈 수 있겠지. 세희가 그런 쪽으로 깐깐해 보이지도 않고 말이야.

그건 그렇고…….

단 이틀밖에 지나지 않았지만, 세희와 가희, 아사달과 생각보다 훨씬 친해진 것 같다. 내가 이곳에 온 원래 목적을 살짝 잊어버릴 정도로 말이야.

……괜찮겠지.

그래. 괜찮을 거야.

모든 일이 끝나고 되돌아봤을 때 자신의 행동에 후회하고 싶지 않다면, 눈앞의 현실에 충실해야 하니까.

그렇기에 나는 소파에서 일어나 거울 앞에 섰다. 연미복을 입고 있는 나는, 빈말로도 잘 어울린다거나 멋지다거나 잘생겼다고는 할 수 없지만 적어도 못 볼꼴은 아니었다.

목이 불편하기는 하지만 이 정도는 감수해야지.

"에휴……."

나는 한숨을 내쉬고서 창밖을 바라보았다.

하늘에는 채송화같이 붉은 달이 떠 있었다. 그 붉은 달빛이 불길하다 여겨질 법도 하지만, 신기하게도 그런 기분은 들지 않았다. 그저 아련하게 느껴질 뿐.

똑똑.

들려온 노크 소리에 나는 고개를 돌렸다.

열려 있는 문에 등을 기대고 서 있는 아사달이 부드러운 미소를 지은 채 나를 바라보고 있었다.

"준비됐어."

나는 살짝 고개를 숙이며 말했다.

"고마워. 너도 늦지 않게 가 봐."

"걱정 마. 그보다 세희를 잘 부탁해."

내가 고개를 끄덕이자 아사달은 미소로 대답하며 자리를 피했다.

후우…….

나는 마음의 각오를 하고 밖으로 나섰다.

나는 복도를 가로질러, 은은한 음악소리가 가득 찬 화원으로 향했다. 걸으면 걸을수록 들려오는 소리는 조금씩 가까워졌고, 이내 달콤한 향기를 가득 담은 아름다운 꽃들과 함께 나를 맞이해 줬다. 그런다고 긴장이 풀리는 건 아니지만.

야, 아사달. 이건 좀 너무 신경 쓴 거 아니야?

가희가 알려 주길, 서양식 정자, 가제보(Gazebo)의 바깥쪽에는 연미복을 입은 네 명의 누님들이 각자 악기를 연주하고 있었다. 피아노와 크기가 다른 바이올린 두 개, 그리고 첼로. 누님들이 켜는 현의 소리가 아름다운 하모니를 이룬다.

……문제는 그 음악을 듣고 있는 놈이 이런 쪽으로는 조금도 관심이 없고 지식도 없는 나라는 거지.

죄송합니다, 연주자 누님들.

하지만 그런 내 귀에도 네 가지 악기의 합주는 너무나 아름다웠다. 내 긴장을 풀어 줄 정도로.

나는 가제보의 안으로 들어갔다.

어제와 달리 탁자와 의자가 보이지 않았는데, 이것도 아사달의 배려겠지. 있으면 불편한 게 사실이니까.

누군지 모르겠지만, 힘쓰신 분들. 정말 감사합니다.

자, 그러면…….

이제 기다리는 일만 남았군.

그동안 다시 한 번 순서를 되새겨 볼까 싶었지만, 안타깝게도 그럴 여유는 없는 것 같다. 저 멀리서 이쪽으로 다가오고 있는 사람이 보이니까.

붉은 달빛에 살짝 물들어 분홍색으로 보이는 새하얀 드레스를 입고서 가희에게 이끌리듯 오고 있는 사람은 다름 아닌 세희다.

가희는 화원의 입구에서 세희의 손을 놓고, 치맛자락을 두 손으로 들어 올리며 무릎과 함께 고개를 숙였다. 세희는 살짝 그 정중한 모습에 당황한 눈치였지만, 이내 이쪽을 바라보고서는 상황을 파악한 것 같다.

세희는 빠르지도 느리지도 않은 걸음걸이로 이쪽을 향해

걸어왔다. 나는 긴장한 기색을 숨기기 위해 아사달의 미소를 따라하며 세희를 맞이했다.

가희가 신경을 정말 많이 쓴 것 같다. 세희를 초대한 내가 부담스러울 정도로 말이야.

긴 머리카락을 틀어 올려 진주가 달린 머리핀과 끈으로 형태를 유지하고, 안 그래도 새하얀 피부에 분칠을, 입술은 소녀의 첫사랑처럼 분홍빛으로 물들였다. 팔꿈치까지 올라오는 새하얀 장갑과 유려한 곡선으로 사내의 정복욕과 보호 욕구를 자극하는 어깨. 몸의 라인이 자연스럽게 드러나는 하얀색 드레스는 허리 아래로부터 풍성하게 부풀어 있었다. 걸을 때마다 또각또각 소리가 나는 것을 보아 그 밑에는 굽 있는 구두를 신은 것이 아닐까.

……세희가 어려서 다행이군. 만약 비슷한 또래였으면 얼굴도 제대로 보지 못했을 거야. 본다 한들 내 얼굴은 새빨개져서 놀림거리가 됐겠지.

소녀도 아니며 숙녀도 아닌, 그래서 양쪽의 아름다움을 소유한 세희의 입가에는 잔잔한 미소가 감돌고 있었다.

"이건…… 무슨 일인가요, 성훈 오라버니?"

알면서도 물어보는 게 세희답군.

예상대로였지만.

"그건 중요하지 않습니다."

나는 대답을 피하고, 허리를 살짝 앞으로 숙이고 왼손을 배에 댄 뒤 오른손을 세희에게 내밀며 말했다.

"오늘 밤, 아름다운 당신과 함께 할 수 있는 영광을 제게 허락해 주시겠습니까?"

……내가 생각한 말이 아니다. 가희가 골라 준 거야.

뭐가, '이 대사에 넘어가지 않는 여자는 없어요!' 인지는 모르겠다. 나보다 세희를 잘 알고 있다는 무기를 휘둘러서 반박할 수가 없었지만.

그리고 가희는 옳았다. 세희가 내 손을 잡아 주었으니까.

"성훈 오라버니. 그건 제가 좋아하는 이야기인 '사랑하는 당신과 만나기 위해서 오늘 밤에는 창문을 열어 두겠어요'에서 주인공이 히로인을 유혹하는 장면에서 나오는 대사라는 것, 알고 계신가요?"

가희가 틀렸군. 도대체 왜 그런 이상한 제목의 책에서 따온 대사를 하도록 만든 거야?

"모르셨던 것 같네요."

그래도 세희가 입가를 가리고 웃는 걸 보니 그리 싫어하는 눈치는 아닌 것 같다. 자연스레 바닥까지 떨어졌던 자신감이 다시금 고개를 들었다.

연습대로만 하자, 연습대로만. 벼락치기였지만 그래도 노력은 배신하지 않을 거야.

"그건 중요하지 않지."

나는 한 발자국 세희에게 다가가며 슬쩍 가느다란 허리…… 가 아니라 등 뒤로 손을 둘렀다.

키 차이가 있거든.

세희는 내 대담한 행동에 살짝 놀란 눈치였지만, 이내 나에게 맞춰 주며 오른팔로 내 허리를 끌어안았다.

나와 세희가 서로를 바라보며 미소 지었을 때.

새로운 음악이 연주되기 시작되었다.

나는 실전을 맞이하기에 앞서, 세희에게 말했다.

"……조금 서툴러도 이해해 줬으면 좋겠어. 춤을 배운 지 얼마 안 돼서."

"제가 리드해 드릴까요?"

그랬다가는 어디선가 지켜보고 있을 가희가 날 한심하게 쳐다볼 테니까 안 된다.

그래서 나는 말없이 스텝을 옮겼다.

자, 무도회의 시작이다.

처음에는 그저 세희의 발을 밟지 않고, 스텝이 꼬이지 않는데 집중했다. 하지만 그것도 잠시.

내 품에 안기듯 다가온 세희의 체온과 코끝을 간질이는 향긋한 체취, 밤하늘의 붉은 달빛과 마음을 달아오르게 하는 음악까지.

몸이 저절로 움직였다. 아니, 저절로 움직이게 되었다.

내가 완벽한 게 아니다. 세희가 내 부족한 부분을 채워 주고 있기 때문이다. 실수를 저질러도, 세희는 그것이 실수가 되지 않도록 움직인다.

그렇기에 성립되는 무도회.

파트너가 세희이기에 아름다울 수 있는 무도회.

음악 소리가 멈출 때까지, 나와 세희는 서로를 느끼며 이 시간을 오롯이 즐겼다.

언제까지나 이어질 듯한 시간을.

"놀랐어요."
무도회의 막이 내린 후.
그 여운을 즐기기 위해 함께 화원을 걷던 중, 세희가 그렇게 운을 띄었다.
"**성훈 님**이 이런 일을 준비하실 거라고는 상상도 못 했거든요."
나도 상상 못 했는데 네가 어떻게 알았겠냐. 만약 가희가 적월제에 대해서 가르쳐 주지 않았다면 생각도 못 했을걸?
"가희가 가르쳐 주던가요?"
세희가 그 점을 콕 집어 이야기했다. 숨길 이유도 없고, 숨겨 봐야 소용도 없을 것 같기에 나는 사실대로 말했다.
"네가 적월제에 한 번도 가 보지 못했다고 들어서. 조금이나마 그 분위기를 느끼게 해 주고 싶었거든."
세희가 입가를 가리고 소리 죽여 웃었다.
왜? 지금 어디에 웃을 부분이 있는데?
"틀렸어요, 성훈 님."
"……응?"
"적월제의 마지막 시간은 이런 낭만적인 분위기가 아니에요. 좀 더 뭐랄까……."
세희가 난색을 표하다가 얼굴을 살짝 붉히는 것을 보니, 뭔가 부끄러운 이야기인 것 같다.
왜 그럴까 생각을 해 보니, 떠오른 것이 하나 있었다.
중학생 때 국사 시간에 배웠던 건데, 신라 시대 때부터 있던 민속 문화에 대한 기억이었다.

그것의 이름은 탑돌이.

교과서에 적혀 있기를 그것은 불탑을 중심에 두고 승려와 신도들이 부처님의 공덕을 찬미하며 소원을 비는 행사였다고 한다. 물론 단순히 이런 내용이었다면, 내 기억에 남아 있지 않았겠지.

중요한 건, 그 후에 남녀가 탑을 돌면서 춤을 추고 흥겹게 놀다가 눈이 맞아서 수풀에 들어간 다음…….

크흠!

그 뒤에는 그렇고 그렇다는 이야기다. 이 이야기를 해 주셨던 국사 선생님의 입가에는 정말 교육자라고 볼 수 없는 야릇한 미소가 담겨 있었지. 나를 포함한 학생들의 입가에도 마찬가지였지만.

어쨌든 중요한 건, 세희가 왜 말을 못 잇고 있는지를 내가 깨달았다는 거다.

"더 활기차다는 거지?"

"예, 예! 그래요."

사실은 '더 문란하다는 거지?'라고 말하고 싶었으나, 나는 분위기를 파악할 줄 아는 사람이다.

"그러면 차라리 이쪽이 좋겠네."

나는 세희를 내려다보며 말했다.

"난 그런 분위기에 약하거든."

그렇다. 약하다. 나는 눈이 맞은 남녀가 손을 잡고 으슥한 곳으로 사라지는 분위기에 약한 것이다. 어느 정도로 약하냐면, 휴대폰을 동영상 촬영 모드로 하고 그 뒤를 따라가서 증거를 확

보한 뒤 그 둘의 부모님께 메일로 보내고 싶어지는 마음을 참기 위해 주먹을 불끈 쥐어야 할 정도로 악한, 아니, 약한 것이다.

"저, 저도 그래요."

세희는 다른 의미로 받아들인 것 같지만. 애초에 조금 내성적으로 보이는 세희에게는 그런 분위기가 어울리지 않겠지.

"……그래도 성훈 님과 함께라면 그렇게 싫지만은 않을 것 같지만요."

"……지금 제가 무슨 말을 들은 거죠? 어?"

깜짝 놀라 옆을 보자 세희는 귀까지 붉어진 채로 연분홍빛 꽃을 내려다보고 있었다. 그러면서 잘도 그런 말을 한다?

……아. 그런 게 아니구나.

세희는 내가 적월제의 마지막 시간이 어떤 것인지 제대로 모르고 있다 생각하고 있지. 그렇다면 조금은 부끄러움을 참고 농담처럼 자신의 속내를 드러낼 수도 있을 거다.

이럴 때는…….

"나도 세희가 함께라면 괜찮을 것 같아."

모르는 척 세희의 말에 따라 주는 게 맞겠지. 본래의 목적을 달성하기 위해서도 말이야.

내 대답에 세희의 얼굴이 화악 하고 달아올랐다.

"……그런가요."

"……그래."

그래서 덩달아 내 얼굴도 붉어진 듯한 기분이 든다.

뭐지, 이 알콩달콩한 분위기는? 이런 걸 바라고 일을 벌인 건 아닌데 말이야. 애초에 지금 내 옆에 있는 건 세희라고.

비록 내가 아는 세희가 아닐지 몰라도 세희는 세희다.

그런데 왜 이런 기분이 드는 거야?

분위기 때문입니까? 은은한 음악 소리가 들려오고, 주위에는 흐드러지게 핀 아름다운 꽃들이 가득하고, 향긋한 꽃향기와 같은 세희의 체취를 맡으며, 신비하게끔 느껴지는 붉은 달빛을 단둘이서 받고 있기 때문인가요?

그래서 의식해 버리는 겁니까?

이, 이건 안 좋아. 나중에 어쩌려고 그래?

나는 이 해로운 분위기를 깨뜨리기 위해, 이 세계에 오기 전부터 궁금했던 것을 세희에게 물어보기로 했다.

“세희야.”

“성훈 님.”

둘의 목소리가 아우러졌다.

“먼저 말하세요.”

세희가 무슨 말을 하고 싶은지가 궁금하긴 하지만, 여기서 거절을 해 봤자 내가 먼저니 네가 먼저니 하는 촌극이 벌어질 게 눈에 보이지.

그런 시간 낭비를 하고 싶지 않기에 나는 고개를 끄덕였다.

“한 가지 궁금한 점이 있는데 물어봐도 될까?”

세희가 살며시 고개를 끄덕이기에 나는 계속해서 마음에 담아 두고 있던 질문을 꺼냈다.

“너는 인간의 왕이 되면 그 힘을 어떻게 쓰고 싶어?”

당연히 왜 그런 걸 묻느냐고 말할 법도 하지만, 세희는 입을 다물고 잠시 생각에 잠겼다.

잠시 후, 세희가 살짝 얼굴을 붉히며 내게 손짓했다.

가까이 오라는 뜻인가 보다.

내가 허리를 숙이자 세희가 내 어깨를 두 손을 올린 채 귀에 입을 대고 나한테만 들릴 작은 목소리로 말했다.

"모두가 행복해지도록 쓰고 싶어요. 인간과 요괴, 모두가요."

내 귓가를 간질이는 세희의 따듯한 숨결이 신경 쓰이지 않을 정도로 나는 놀라고 말았다.

"……모두?"

세희가 고개를 끄덕이고 내게만 들릴 작은 목소리로 말했다.

"조금 이상하게 생각하실 것 같지만…… 저는 그래요. 요괴조차 이 세상을 이루는 데 필요한 한 축이라고 생각해요."

나는 기린을 통해 이미 들어 알고 있는 이야기였지만, 그래도 놀랄 수밖에 없었다.

이 세계에서는 명백하게 요괴가 인간에게 해를 끼치는 일이 일어나고 있다.

직접 겪어 보지는 못했지만 알 수 있다. 돌아다니는 사람들이 다들 무기 하나씩은 들고 다니고, 흉터 하나둘은 예사고 팔이나 다리가 없는 사람도 종종 볼 수 있었으니까.

요괴는 인간에게 실질적인 위험이 되는 존재다.

그런데도 세희는 요괴가 이 세상에 필요하다고 말한 거다. 요괴의 직접적인 위협이 가득한 세계에서 태어나서 자라왔으면서.

내가 아니었다면 그게 도대체 무슨 소리냐는 소리를 들었겠지.

아니, 말로 끝나면 오히려 다행일 거다.

"이상하죠?"

세희의 말에도 나는 입을 열지 않았다. 세희가 대답을 바라는 눈치가 아니었거든.

"하지만…… 저는 요괴와 조화롭게 사는 것, 그것이 인간에게 있어서 가장 큰 과제라고 생각해요. 그러기 위해서는 많은 준비가 필요하겠지만요. 요괴가 더 이상 인간을 해치지 않게 되고, 인간 또한 요괴에 대한 증오심을 버리게 되는……."

세희가 씁쓸한 미소를 지으며 말을 이었다.

"지금으로서는 이룰 수 없는 일이겠지만 말이죠."

나는 조용히 고개를 끄덕였다.

세희가 인간의 왕이 되면 사람들의 마음을 하나로 뭉쳐 요괴를 토벌하자는 의견이 주점에서도 쉽게 들을 수 있을 정도니까.

그럼에도 세희는 말했다.

"하지만 언젠가는 가능할 거라고 믿어요. 인간도, 요괴도…… 모두 지성이 있는 생물이니까요. 언젠가는 서로를 이해할 수 있겠죠."

오히려 이런 말을 하는 세희가 이 세계에서는 이단아와 같은 사고를 하고 있다고 볼 수 있다.

……그런데 어떻게?

그런 의문이 들 때, 세희가 내게서 떨어졌다.

"그런데 성훈 님은 놀라지 않으시네요."

"……으, 응?"

"아사달 오라버니께서도 제 생각을 듣고는 조금 놀라셨는데 말이죠."

이런, 너무 태연했나. 하지만 나는 연기 같은 건 못 한다고.

그래서 나는 말을 돌렸다.

"아사달이 놀랐다고? 나한테는 그게 더 놀라운걸? 그 녀석이 놀랄 만한 일이 있을 줄은 몰랐거든."

효과는 있었다.

세희의 안색이 살짝 어두워졌거든.

"아사달 오라버니께서는 제가 벌써 그런 생각을 하실 줄 몰랐다고 하셨어요."

"그러면 아사달도 너하고 같은 생각을 하고 있었나 보다."

나는 화제를 잘 돌렸다는 만족감에 빙긋 웃으며 세희에게 말했다.

"너희 둘 다 대단하네."

"……예."

세희의 표정이 더욱 어두워졌다.

왜 그러지? 내가 뭔가 잘못한 게 있나?

"성훈 님"

"으, 응?"

잘못한 게 있나 고민하고 있을 때, 진지한 표정으로 나를 올려다보는 세희 때문에 살짝 당황하고 말았다.

"왜 그래?"

세희는 잠시 숨을 고르고, 똑바른 눈으로 나를 올려다보았다. 전에 했던 고백의 제2탄인가 싶어, 마음의 준비를 했을 때.

세희가 말했다.

"성훈 님은 어째서 저에 대해 알고 싶어 하시는 거죠?"

……당했다.

설마 그 이야기를 지금 꺼낼 줄은 상상도 못했어.

"아사달 오라버니께 들었어요. 성훈 님은 저에 대해 알고 싶어 하셨던 것 때문에 아사달 오라버님과 친구가 될 수 있었다고요."

비록, 중간에 조금 거친 일이 있었지만.

"성훈 님을 의심하는 게 아니에요. 그랬다면 아사달 오라버니의 친구분이라 하셔도 조금은 꺼려졌을 테니까요."

"……네가 날 믿을 구석은 없었던 것 같은데."

세희가 입가를 가리며 웃었다.

"이래 봬도 사람 보는 눈은 있어요. 어렸을 때부터 저를 이용하기 위해 기회를 노리는 야심가들 사이에서 살아왔는걸요."

나는 그 웃음이 슬프게 들렸지만.

"성훈 님은 처음 저를 보았을 때부터 놀라움과 연민, 그리고 호기심으로 가득 찬 시선으로만 저를 보셨죠."

나는 한숨을 쉬었다.

"그렇게 보였어?"

"성훈 님은 언제나 표정 관리가 안 되시니까요."

그 말을 어린 세희한테까지 들을 거라고는 생각 못 했는데 말이야.

"그래서 사하 영주님의 앞을 막아설 때도, 저에 대한 걱정만 하고 계신다는 걸 알았어요."

나는 고개를 가로저었다.

"아니, 그건……."

"영주를 막지 않으면 저와 함께 있을 수 없기 때문이죠?"

"……그래."

세희가 미소를 지었다.

"그래서 저는 성훈 님을 믿어요. 성훈 님은 저에게 거짓말을 하지 않으실 분이니까요."

그렇게 말한 세희는, 내게 살짝 윙크를 보냈다.

"거짓이 섞인 진실은 종종 말씀하시는 것 같지만."

무서워어어어어어!! 저게 어디가 열두 살이야아아아아?!

살짝 몸서리를 치고 있는 내게 세희가 살며시 다가오며 말했다.

"그래도 괜찮아요, 성훈 님."

나는 침을 꿀꺽 삼킨 뒤 고개를 끄덕였다.

"그렇게라도 제게 그 이유를 말씀해 주실 수 있나요?"

……대답을 안 할 수는 없겠지.

세희가 내게 도망칠 구석을 만들어 준 까닭은 그런 내 입장을 어느 정도 이해를 해 주고 있기 때문일 거다.

그렇다면 나는 거짓이 섞인 진실이라도 세희에게 말해 줘야 한다. 그것이 세희의 믿음에 대한 최소한의 답례일 테니까.

"그건……."

나는 말했다.

"좋아하기 때문이다."

거짓말은 아니다.

정확히 말하면 '어른 세희를 가족으로서 좋아한다.'가 되겠지만.

그리고 어린 세희는 아련한 미소를 지으며 말했다.

"그건 눈앞의 저를 말씀하시는 건가요?"

심장이 멈출 뻔했다.

세희에게는 그것만으로 대답이 된 것 같았다.

"그렇군요."

세희가 몸을 돌려 화원을 내려다보았다. 그 어깨가 더욱 가냘프게 보이는 건 내 기분 탓일까?

무엇이라도 해야 한다는 압박감에 나는 입을 열었다.

"세……."

"성훈 님."

세희가 몸을 돌려 하늘에 뜬 붉은 달을 바라보며 말을 이었다.

"그거 아시나요? 성훈 님이 저를 보실 때 제가 아닌 다른 사람을 떠올리는 표정을 지을 때가 있다는 걸요?"

할 말이 없었다. 그것이 사실이었으니까.

그저 입을 다물고 있는 나를 향해, 세희가 돌아 섰다.

세희가 눈물로 흐려진 검은색 눈동자로 나를 올려다보며 말했다.

"솔직하게 말해 주세요, 성훈 님."

내가 마음의 각오를 했을 때.

"성훈 님은……."

세희가 말했다.

"아사달 오라버니를 사랑하고 계시죠?"

“

• • • • •

뭐?”

……저기, 누구 있나요? 누가 지금 제가 제대로 들었는지 확인 좀 해 줘요. 지금 이 녀석이 내가 아사달을 사랑한다고 말한 것 같은데, 맞습니까?

"숨기실 필요 없어요."

내가 뭘 숨겨. 아니, 숨긴 건 있는데. 확실하게 있긴 한데. 그건 아니거든?

"장수를 노리려면 먼저 말을 쏴라, 라는 말도 있잖아요. 성훈 님은 저를 통해 아사달 오라버니와 함께 하고 싶어 하시는 것, 맞죠?"

허허허허허허.

그래. 맞다. 네가 꿀밤 맞는 말.

"그래서 제가 인간의 왕이 될 가능성이 가장 높다는 것도 신경 쓰지 않으시고, 저를 편하게 대해 주신 거잖아요. 그편이 아사달 오라버니의 마음을 빼앗기 가장 좋은 방법이니까요."

좋아. 그래. 계속 말해 봐.

나는 이제는 반쯤 포기한 입장에서 세희의 이야기를 들었다.

"오늘 밤, 저를 위해 이 자리를 마련해 주신 것도 그런 맥락이셨겠죠. 성훈 님의 사랑이 이루어지지 못할 경우에도 아사달 오라버니의 곁에 남기 위해서 제 마음을 송두리째 빼앗기 위함이셨잖아요. 제가 조금만 더 빨리 눈치챘더라면 성훈님께 반하는 일은 없었겠지만…… 어쩔 수 없었어요. 저는 아사달 오라버니와 닮은 면이 많이 있고, 성훈 님이 저를 통해 아사달 오라버니를 떠올릴 것이라는 생각을 하기에는 아직 사랑에 대해서 잘 모르는 나이이기도 했으니까요."

그래, 잘한다. 멍석 깔아 줄 테니까 더 해라.

"정말…… 성훈 님은……."

세희가 장갑으로 눈물을 훔친 뒤.

정말 이런 상황에서는 어울리지 않는, 현실의 아픔에 수긍하고 그것을 딛고 일어선 아름다운 소녀의 미소를 지었다.

"잔인하시네요."

세희가 하고 싶은 말을 다 한 것 같다. 그렇게 생각하자 지금까지 열심히 참아 왔던 한숨이 튀어나왔다.

"하아……."

그리고 나는 감정에 몸을 맡겼다.

이미 이성이 불타 버렸거든.

"꺄아아앗?"

세희의 볼은 말랑말랑 매끈매끈하구나! 아이고, 잡아당기는 맛이 있네! 쭈욱쭈욱 늘어난다!

"너, 인마. 지금 그걸 말이라고 하고 있냐아아아아?!"

아마 지금 세희가 하고 있는 정체불명의 말을 해석하자면, '아파요. 놔주세요. 왜 이러시나요.' 정도가 되겠지.

……세희의 볼을 잡아당기자마자, 조금 전만 해도 아무도 없어 보이던 화원에서 불쑥불쑥 하고 살기등등한 메이드 누님들이 튀어나왔으니 여기까지 하자.

"아야야얏……."

다른 의미로 빨개진 볼을 매만지면서 세희가 항의의 시선을 보냈지만, 나는 싹 무시했다.

젠장, 역시 이 녀석이 그런 책을 읽는 걸 봤을 때 제대로

혼을 내야 했어! 감언이설에 속은 내가 잘못이다!

아니, 그런 문제가 아니야. 나는 왜 이 자식이 그런 엉뚱한 결론에 다다랐는지에 대한 진짜 이유를 눈치챌 수 있었다.

랑이도 종종 이럴 때가 있거든.

그래. 랑이가 바라보는 세계의 중심에 내가 있는 것처럼, 세희가 바라보는 세계의 중심에는 아사달이 있기 때문이다.

그러니까 이런 말도 안 되는 결론이 나오지!

"야, 일단 앉아."

나는 입고 있는 옷이 뭐든 간에 털썩 주저앉았다. 애초에 그런 소리를 들었는데도 지금까지 서 있었던 게 용하다고.

"서, 성훈 님?"

"앉으라고."

내가 강하게 나가자 세희는 어쩔 줄을 몰라 하며 주위를 두리번거렸다.

……씁, 그래도 흙바닥에 앉히는 건 좀 그런가. 드레스도 꽤 비싸 보이고 말이야. 만약 세희에게 이상한 소리를 듣기 전이었다면 웃옷이라도 벗어 줬겠지만, 지금 같은 분위기에는 그러고 싶은 마음이 들지 않는다. 무엇보다 밤이라 살짝 춥고 말이야.

탁.

그래서 나는 내 허벅지를 두드렸다.

"바닥에 앉기 그러면 여기 앉아."

"하, 하지만 그건……."

"앉아!"

"예, 예!"

그렇게 세희는 내 허벅지에 걸터앉게 되었다.

등을 보인 채.

"그래서 어떻게 이야기를 하라고."

"흐아앗?!"

허리를 잡아 빙글 돌리자 세희가 비명과 같은 신음을 흘렸다. 그건 그렇고, 이 녀석 진짜 허리가 얇네. 손으로 잡았을 때 말랑말랑했던 걸 봐서 코르셋을 입은 것 같지도 않은데.

지금 상황에서는 아무 상관도 없지만.

나는 내 허벅지에 엉덩이를 대고 쭉 뻗은 두 다리를 반대쪽 허벅지에 걸친 채 얼굴이 새빨개져서는 내 품에 안겨 있는 세희에게 말했다.

"일단 잘 들어."

"예, 예!"

얼굴이 새빨개져서는 세희가 고개를 끄덕였다.

"네가 한 말은 모두 틀렸다."

세희의 눈동자가 달만큼이나 동그랗게 변했다.

"……예?"

"틀렸다고, 인마."

말투가 거칠어진 건 이해해 줬으면 한다.

"미리 말해 두는데, 나는 동성애자, 그러니까 남자가 남자에게, 여자가 여자에게 사랑을 느끼는 사람들을 말한다. 어쨌든 동성애자들이 어딘가 잘못 되었다거나 나쁘다고 생각하지는 않아."

세희가 조심스럽게 고개를 끄덕였다.
“하지만 그것과 별개로 나는 동성애자가 아니다.”
나는 진심을 다해 말했다.
“나는 여자가 좋다.”
나는 온 진심을 담아 말했다.
“내가 흑심을 품는 건 여자밖에 없다.”
나는 내 목소리에 우주의 탄생과 같은 설득력을 실으며 말했다.
“내가 죽은 다음에 여자로 다시 태어나지 않는 이상, 내가 남자를 좋아할 가능성은 이 세상에 없다.”
잠시 동안 멍하니 있던 세희가 이내 고개를 흔들고서 말했다.
“하, 하지만…….”
“하지만, 뭐.”
“성훈 님은 저를 볼 때 제가 아닌…….”
“네가 말했지.”
더 이상 들을 필요가 없기에 나는 세희의 말을 잘랐다.
“너하고 아사달은 닮은 구석이 있다고. 그래. 사실이야. 확실히 너하고 아사달은 닮았어. 그러면 말이다. 당연히 너를 보고 아사달이 연상될 수도 있는 거잖아.”
거짓말은 아니다. 실제로 몇 번 그러기도 했으니까.
“왜 이런 간단한 일을 복잡하게 생각해서 이상한 결론을 내는데…….”
땅 위에 붉은 달이 떠올랐다.
나는 하늘에 뜬 붉은 달을 바라보며 한숨을 돌렸다.

휴…… 십년감수했네.

역시 세희는 세희다. 비록 결론은 진실에서 삼만 광년 정도 떨어지긴 했지만, 그 과정은 모두 맞았으니까.

그렇게 잠시 달을 안은 채 달을 바라보고 있자니.

"흐……."

"흐?"

"흐으아아아앗!!"

결국 세희가 기묘한 비명을 지르며 두 손으로 얼굴을 가린 채 도망쳤다.

"야, 그러면 위험……."

꽈당.

말을 하기가 무섭게 넘어졌다. 다가가서 일으켜 세워 줄까 싶었지만, 그 전에 세희가 무서운 기세로 벌떡 일어나서 다시 달려갔다.

그 모습이 더 이상 보이지 않을 때쯤.

"……풋."

복잡한 마음이 정리되면서 웃음이 터져 나왔다.

"푸하하하하하!"

착각이라고 하기도 부끄러운 망상을 주장한 세희가 나이대에 맞는 소녀처럼 보여서 그런 걸까?

아니면 아무리 어리다고는 해도 천하의 세희가 부끄러워서 도망쳤기 때문일까?

아무려면 어때?

세희의 화도 풀린 것 같고, 나도 즐거워 미치겠는데?

나는 정말 오랜만에 미친 듯이 웃었다.

"……성훈 오빠. 충격이 컸나 보네요."

그런 나를 안쓰러운 눈으로 바라보고 있는 가희가 있다는 것도 모르고서 말이야.

여섯 번째 이야기

다음날.

"하하하핫."

아침 일찍 찾아온 아사달은 내 이야기를 듣고는 웃음을 터트렸다. 그것도 배를 잡고 눈가에 눈물이 맺힐 정도로.

"정말, 내 동생이지만 대단해. 보통은 그렇게까지 생각 못할 텐데 말이야."

좋은 머리를 이상한 방향으로 쓰면 어떻게 되는지 알게 된 느낌이다. 내 경험담만 아니면 더 유쾌했을 텐데.

나는 이런 유쾌한 경험을 할 수 있게 도와준 녀석에게 책임을 묻기로 했다.

"세희가 너를 기준으로 생각하고 있으니까 그렇겠지."

살짝 감정이 실린 딴죽에 아사달이 미안해한다.

"으음~ 세희가 그런 면이 좀 있어. 사실은 나보다 머리가 더 좋으면서 뭔가를 결정할 때 내 눈치를 살핀다거나, 내가 틀릴 일은 없다고 생각한다거나……."

아사달이 진심 어린 한숨을 쉬었다.
"너도 봐서 알지?"
몇 번 보기는 했다. 그때마다 네놈이 씁쓸해하는 것도 말이지.
하지만 내가 보기에도 지금은 세희보다 아사달이 더 머리가 좋아 보이는데 말이야. 세희도 그걸 알고 있으니까 그런 식으로 행동하는 거 아닐까?
"그야 아직은 네가 세희보다 머리가 더 좋아서……."
"아니야."
딱 잘라 말하는 바람에 나는 살짝 놀라고 말았다. 당연히 겸손으로 치장된 대답이 나올 줄 알았거든.
"세희는 이미 나보다 머리가 좋고, 상황을 파악하는 능력도 뛰어나."
"그 정도까지는 아닐 것 같은데."
어깨를 으쓱 거리는 내게 아사달이 말했다.
"네가 영주 앞을 가로막았을 때, 세희의 표정을 네가 봤으면 그런 말은 못 했을 텐데."
"응? 어땠는데?"
아사달은 살짝 입꼬리를 올리며 말했다.
"고민하고 있었어. 너를 막을 건지, 아니면 가만히 있을지."
난 또 뭐라고. 그렇게 생각하고 있을 때 아사달이 말을 이었다.
"왜냐하면 그때 세희가 영주를 따라가게 되었다면 내가 그 일을 조사하는 것에 유리해지거든."

"……그게 무슨 소리야?"

"영주는 야망이 큰 사람이야. 그리고 세희는 그 야망을 이루는 데 가장 안전하고 확실한 수지. 그렇다면 세희가 영주를 따라갔을 경우, 그 뱀 같은 인간이라 한들 조금은 방심하고 말았을 거야. 그러면 내가 그 일에 대해 조사를 하는 것이 손쉬워졌겠지."

그런 생각은 하지 못했다.

아니, 그전에.

"너, 원정 때 네가 무슨 짓을 할지 세희한테 말했어?"

아사달은 시원스럽게 고개를 끄덕였다.

"그래. 중요한 일이니까."

살짝 화가 났다.

"……너."

"목숨이 위험할 수도, 아니, 위험한 일이야. 아무 말도 하지 않았다가 결과가 좋지 않을 경우에 세희가 느낄 절망감과 슬픔, 그리고 무력감은 상상도 못 하겠지."

정론에 할 말을 잃은 내게 아사달이 눈웃음을 지었다.

"세희를 그 나이 또래의 여자애로 대해 주는 건 고맙지만, 그렇다고 너무 어린애 취급은 하지 마. 그러다가 또 미움 산다?"

전적이 있기 때문에 나는 화를 가라앉히고 덤으로 고개도 끄덕였다.

"그렇다고 너무 어른처럼 대하면 안 돼."

바라는 것도 많다.

"자기가 영주를 따라가면 일이 수월하게 풀릴 거라는 걸 알면서도, 이 집을 떠나고 싶지 않는 마음에 너를 말리지 않은 것도 세희니까. 그러지 않아도 내가 어떻게든 해 줄 거라는 신뢰에 기반을 둔, 세희 나름대로의 어리광이라고 할까?"

"……그러냐."

그건 어리광이 아니라 그냥 신뢰의 표시잖아.

그렇게 말해 봤자 돌아올 대답이 겸손으로 치장되어 있을 게 뻔하기 때문에 나는 화제를 돌렸다.

"그것보다 넌 이렇게 이른 아침부터 무슨 일이야?"

너무 빨리 온 거 아니냐는 내 말에 아사달은 눈웃음을 지었다.

"그야 내 사랑하는 님을 만나러 왔지."

나는 뒤로 몸을 젖히며 말했다.

"……이제 와서 하는 말인데. 세희가 그딴 착각을 한 건 네가 나를 대하는 태도 문제도 있을 거야."

"그것보다는 요즘 읽고 있는 책 때문일걸?"

"그 알몸의 남자가 얼싸안고 있는 삽화가 있는 책 말이지."

한 번은 미뤘지만 두 번은 못 미루겠다.

"그거 네가 추천했다며?"

아사달이 고개를 끄덕였다.

"물론. 추천뿐만이 아니라, 사실 그거 내가 세희에게 보여주려고 쓴 책이야."

나는 자리에서 일어나 소파 뒤로 몸을 피했다.

"아, 이건 세희한테 비밀이다? 나한테 자기가 세운 가설을 확인한 걸 보면 이미 알고 있는 것 같지만."

어젯밤에 세희가 자신의 생각을 아사달에게 전했다고 말했던 기억이 떠올랐지만 지금 중요한 건 내 몸의 안전이다.

"비밀이고 자시고 나가."

"작품과 작가는 별개로 생각해 줬으면 하는데."

"나가라고."

"거기다 그건 세희의 눈을 가리기 위한 장치일 뿐이야. 여자애들은 그런 걸 좋아한다고 들었으니까."

"내가 나간다."

"정말이라니까?"

……거짓말은 아닌 것 같기에 나는 다시 소파에 앉았다.

"맨 정신으로 잘도 그런 글을 쓸 수 있네."

남자가.

"으음~ 조금 시험해 보고 싶은 게 있어서."

묻고 싶지 않았지만 아사달은 물어봐 주길 바라는 눈치였다.

"뭘?"

"세희가 눈치챌 수 있을 지 말이야."

질문이 질문을 부르는 걸 보니 이건 분명 아씨 가문의 내려오는 유전자의 영향인 것 같다.

아사달이 세희와 다른 게 있다면 설명을 잘 해 준다는 거지만.

"사실 그 글은 이 세상이 어떻게 생겨났고, 인간과 요괴가 어떻게 태어났는지에 대한 진실과 연결되어 있거든. 그래서 세희도 인간과 요괴가 조화를 이루며 살아가야 한다고 생각하게 된 거고."

"……그게?"

그 남자들끼리 부둥켜안고 있는 삽화가 들어간 소설이?

"세희가 말해 주지 않았어?"

아사달이 무슨 이야기를 하는 지 깨닫기 위해 잠시 기억을 되살려 보았다. 그때 세희가 내게 무슨 말을 했더라…….

아, 그래. 신화와 관계가 있다고 했었지.

"했네."

"그렇지?"

아사달은 자부심이 넘치는 표정으로 고개를 끄덕였다. 하지만 나는 인상을 찌푸리며 말을 이었다.

"하지만 그건 어디까지나 작가가 만든 설정이라고 했던 것 같은데."

"그야 그렇겠지."

아사달이 의미심장한 미소를 지으며 말했다.

"그때는 세희가 널 믿지 않았잖아?"

……그러고 보니 그날 처음 만났지.

거기다 유창하게 책에 대해 설명을 하다가 한 번 말을 흐린 부분이 있었던 것 같기도 하다.

"나는 오히려 세희가 자신이 생각한 인간과 요괴와의 관계에 대해서 너에게도 말해 줬다는 게 신기할 정도야. 그거, 잘못해서 다른 사람의 귀에라도 들어가면 큰일 날 거리거든."

그 이유는 대충 짐작할 수 있었다.

다시 말하지만, 이 세계는 요괴의 실질적인 위협이 존재한다.

그렇기에 사람들은 요괴를 퇴치해야 할 대상이라 여기고 있다. 그런 상황에서 인간의 왕이 될 가장 유력한 후보자가 인간과 요괴가 공생해야 할 상대라고 생각하고 있다는 게 알려지면 어떻게 될까?

답은 뻔하지.

"……다른 사람한테는 절대 말하지 말아야겠네."

"응, 가희한테도 비밀로 해 줘."

아, 그래서 그때 부끄러워하면서도 귓속말을 한 건가? 가희가 숨어 있을 거라는 걸 눈치채고?

역시 세희라고 생각하며 나는 고개를 끄덕였다.

"그보다 말이야."

아사달이 허리를 앞으로 숙여 나와의 거리를 좁히며 눈웃음을 지었다.

"역시 너도 알고 있었구나?"

여기서 아사달을 속여 봤자 의미가 없기에 나는 사실대로 말했다.

"요괴가 이 세상의 한 축을 지탱하고 있다는 거?"

"조금 더 정확하게 말하면 인간과 요괴, 어느 쪽이든 멸종하게 되면 이 세계가 멸망할지 모른다는 가설이지만."

"그래. 알고 있었어."

궁금해졌다.

"그보다 넌 어떻게 그 가설을 생각할 수 있었어?"

"그러는 너는?"

아사달의 질문에 나는 입을 다물었다.

아사달의 대답을 듣고 싶긴 하지만, 그렇다고 신수 기린에게 직접 들었다고는 할 수 없잖아?

"비밀이다."

아사달이 슬픈 미소를 지었다.
“나는 너한테 비밀 같은 건 없는데 말이야.”
웃기고 있네.
“그러면 네가 날 믿는 진짜 이유에 대한 거나 말해 봐라.”
“으음~”
아사달이 뺨에 손가락을 대며 생각에 잠기는 척을 했다.
“차라리 내가 어떻게 그런 가설을 세울 수 있었는지 말해 주는 게 더 낫겠네.”
도망친다, 이 자식.
하지만 내게 좋은 쪽으로 흘러가고 있으니 상관없나? …… 지금의 태도를 봐서 아사달은 처음부터 이야기해 줄 생각이었던 같지만.
“좋아.”
내 대답에 아사달이 만족한 듯한 미소를 지었다.
“그러면 어디서부터 이야기를 해야 할까…….”
아, 뭔가 이야기가 길어질 것 같은 느낌이다. 짧게 부탁한다고 말하고 싶지만 그럴 수도 없다는 게 슬프다. 이쯤 되면 나도 눈치챌 수 있거든.
이유는 모르겠지만, 아사달이 계속해서 내게 무엇인가를 가르쳐 주고 싶어 한다는 것을.
그렇기에 나는 가만히 있었고, 아사달이 이야기를 시작했다.
“내가 직접 대요괴에게 듣기로는 먼 옛날. 지금은 이름조차 전해지지 않는 무엇인가가 있었어. 그것을 가장 잘 설명할 수 있는 단어가 있다면, 신일 거야. 그것은 자신에게 불필요하다고 여겨진 두 가지, 조화와 혼돈을 버리고 하늘이 됐지."

……묻고 싶은 게 또다시 생겼지만 나는 일단 참기로 했다.

아사달의 이야기가 아직 안 끝났으니까.

"시간이 흘러 조화와 혼돈의 안에서 생명이 싹텄고, 그것은 인간과 요괴라는 이름을 가지게 되었어. 인간과 요괴를 낳은 조화와 혼돈은 **하나가 되어** 이 세상으로 화(化)했고. 그런데 말이야."

아사달이 입꼬리를 슬쩍 올리며 말을 이었다.

"인간과 요괴에게는 영성이라는 게 있거든? 인간이 마음의 힘을 쓸 수 있고, 요괴가 요술을 쓸 수 있는 근본적인 이유가 되는 영성이 말이야. 요괴가 인간을 잡아먹는 이유는 인간의 영성을 얻어 힘을 기르기 위해서야."

아사달은 내 반응을 살핀 뒤 살짝 미소 지었다.

"역시, 넌 이것도 알고 있었구나?"

속이기에는 이미 늦었기에 나는 고개를 끄덕였다.

"난 그 영성의 존재를 깨달은 뒤, 한 가지 궁금한 점이 생겼어. 만약 인간이 요괴에게 멸종당하면 어떻게 될까? 요괴가 미처 잡아먹지 못한 인간의 영성은 어떻게 되는 걸까? 더 이상 인간으로 태어날 수 없기에 그대로 사라지는 걸까? 그렇지 않다면 동물이나 식물, 혹은 요괴의 영성으로 변해서 새로운 생명으로 살아가게 될까? 나는 그게 궁금해서 계속해서 연구했지."

아사달이 말을 하다 말고 자신의 가슴에 손을 댔다.

그리고 무언가를 읊자.

"……뭐야, 그건."

"내 영성을 형상화시킨 거야. 내 연구의 성과지."

어느새 아사달의 손에는 아름답게 빛나는 구체가 들려 있었다. 하지만 그건 잠시였고, 아사달의 영성은 다시 제자리로 돌아간 듯 사라졌다.

"아무리 널 믿는다고 해도 오래 보여 줄 수는 없지만. 영성이라는 건 **잘못 다루면** 끔찍한 일이 벌어지기도 하고."

불안했지만 물어볼 수밖에 없었다.

"구체적으로 어떤 일?"

아사달이 산뜻한 눈웃음을 지었다.

"산 하나는 날아가지 않을까?"

산뜻하네, 정말!

"……잘도 그런 걸 다루는 요술을 만들었네."

"어쩔 수 없었는걸. 인간과 요괴의 영성이 같은지, 동물이나 식물에도 영성이라는 것이 있는지, 영성에 인위적인 변화를 줄 수 있는지 확인해 보기 위해서는."

미친 과학자 같은 소리를 태연하게 하는구나.

"그래서?"

"요괴의 영성은 인간과 달랐고, 동물과 식물에는 영성 자체가 없다는 것, 그리고 마음의 힘은 영성에 기반을 두고 있다는 사실들도 알게 됐지."

아사달이 어딘가 즐거워하는 기색으로 말을 이었다.

"다시 본론으로 돌아가면, 인간이 멸종할 경우 인간의 영성은 갈 곳이 없어진다는 결론이 나왔어. 그렇다면 다시 태어나지도 못하고, 갈 곳도 없어진 인간의 영성이 다시 자신을 낳은, 세상을 이루고 있는 조화에게 되돌아갈 거라고 생각할 수 있지 않을까? 다시 태어날 수 없다면, 자신이 처음 태어났던 곳으로 돌아가 하나가 되는 것이 자연스러울 테니까. 그러면 세계를 이루고 있던 조화는 되돌아온 인간의 영성에 의해 원래의 모습으로 돌아가게 되고 결국 이 세상은…….”

아사달이 두 손을 겹쳐 구체를 만들었다가 한 쪽 손을 펼치며 말했다.

“콰광~”

……잘도 그런 이야기를 웃는 낯으로 하네.

그렇게 딴죽 걸고 싶은 마음이 한가득이었지만 그보다 먼저 아사달의 이야기를 정리하고 질문을 해야 한다.

음…… 그러니까, 매일매일 서류의 중요한 부분만을 콕 집어서 읽었던 내가 생각하기로.

아사달이 지금 내가 결과만 알고 있던 사실의 원인과 이유와 결과를 풀어서 설명해 줬다고 생각하면 되는 게 아닐까 싶다.

좋아. 이렇게 가자. 더 이상 복잡하게 생각하기 싫다. 영성에 대해 물어볼 것도 있고, 그 대요괴를 어떻게 만났는지도 궁금하니까.

“그건 그렇고, 그 요술을 쓰면 사람의 영성에 인위적인 변화를 줄 수도 있어?”

아사달은 어깨를 으쓱 거리며 말했다.

“이론적으로는 가능할 것 같지만, 아직 실험은 안 해 봐서 정확히는 몰라. 마땅한 실험 대상이 없어서."

아사달의 눈빛이 미친 과학자처럼 반짝였다.

"어때? 기념할 만한 첫 번째 피실험자가 되어 줄 생각 없어?"

"없다."

거절을 했음에도 불구하고 아사달의 눈빛이 빛나고 있기에 나는 화제를 돌렸다.

"그런 끔찍한 이야기는 그만하고."

그러니까 그렇게 천진난만한 아기 사슴 같은 눈망울로 아쉬워하지 말라고.

남자 놈이.

나는 그 시선을 무시하며 말했다.

"너, 그 대요괴하고는 어떻게 알게 된 거야?"

아사달이 한숨으로 아쉬움을 덜어낸 뒤 말했다.

"2년 전의 원정 때 뭔가 이상한 기운이 느껴져서 정찰을 나섰을 때 마주치게 됐어. 처음에는 여기서 죽는가 보다 싶었는데, 조금 신경질적이지만 말이 통하는 상대여서 다행이었지."

나는 이야기를 보채기 위해 고개를 끄덕였다.

"아니, 말이 통하는 상대가 아니라, 대요괴는 오히려 나와 대화를 하고 싶어 했어. 응, 그래. 자기 여동생이 인간에게 관심을 가지기 시작해서, 자신도 인간이 무엇인지 알고 싶었다고 나한테 말했거든."

……어라?

"그래서 나는 그 대요괴에게 우리들의 생활 양식, 문화, 사람과 사람과의 관계 같은 상식에 대해서 알려 줬어. 그 대신,

대요괴도 나한테 빚을 지기 싫다는 이유로 이 세계가 어떻게 생겨났는지, 인간과 요괴가 이 땅에 어떻게 태어났는지 가르쳐 줬고."

잠깐, 잠깐만.

지금 이 이야기를 어디서 들은 것 같은데 말이야.

"처음에는 그 대요괴의 말을 믿기 힘들었지만, 나를 꽤 마음에 들어 하는 눈치였고 내게 거짓말을 해서 이득이 될 것도 없어서 사실이라는 걸 알게 됐지."

……기억났다.

내가 아사달이라는 이름을 어디서 들었는지.

"인간에 대해 궁금한 건 더 이상 없다면서 내 앞에 나타나는 일은 없었지만 말이야."

그건 세희가 낸 문제를 풀기 위해 애썼을 때.

냥이와 어른 가희가 나누는 대화 도중이었다. 그때 지나가듯이 냥이가 입에 담았던 그 이름.

아사달.

세상에! 이걸 지금까지 까먹고 있었다니!

"왜 그래?"

이크.

아사달이 의심을 하는 눈치다. 그렇다고 사실대로 말할 수도 없기에 나는 잡아떼기로 했다.

"아니, 아무것도 아니야."

"흐음~ 그래?"

아사달이 눈웃음을 지으며 말했다.

“하긴, 너는 비밀이 많을 수밖에 없으니까.”

뜨끔했다.

……설마? 설마 이 녀석, 눈치챘나?

냥이에게 이 세계의 창조 신화, 아니, 창조 실화를 듣고서 인간과 요괴가 공존해야 하는 이유를 스스로 생각해 낸 녀석이다. 그럴 가능성이 없으리라는 법은 없어.

아니, 그래도 그건 너무 비약 아닐까.

아사달이 내 정체를 눈치챌 만한 일은 없었던 것 같은데?

“아, 지금 그게 중요한 게 아니네.”

사람을 식겁하게 한 녀석이 잘도 그딴 말을 하네.

“뭔데.”

나야 좋지만.

아사달이 더 이상 물어볼 생각이 없다는 듯, 방긋 웃으며 말했다.

“이야기에 정신이 팔리다 보니까 내가 온 이유도 말을 못 했네.”

아, 나도 까맣게 잊고 있었다.

“그러게. 그래서 무슨 일로 이른 아침부터 온 거야?”

아사달은 별것 아니라는 듯 말했다.

“오늘 원정에 나가거든.”

기억이 되살아났다.

처음 만난 날, 분명 아사달이 적월제가 끝난 뒤 원정에 나선다고 했었지. 그래도 생각보다 너무 빠른 거 아니야? 바로 어제가 적월제였잖아?

"축제 다음날에 원정에 나선다고?"

"그래서야. 다들 축제의 여운에 취해 있을 때 행동하는 게 좋을 것 같거든."

……아, 맞다. 아사달에게 있어 이번 원정은 단순한 원정이 아니었지. 영주의 뒤를 캐기 위한 수단이었다.

"그래."

즉, 이제 곧 끝이 다가온다는 소리다.

이 행복한 가족의 파멸이.

그렇게 생각하는 순간, 나는 한 가지 욕심이 생겨났다.

그건 지금까지 며칠 간, 아사달과 세희와 가희와 같이 지내오며 쌓인 정 때문일 것이다.

나는 이 가족을 구해 주고 싶다.

나는 이 가족의 미래를 바꾸고 싶다.

세희가 편지에 썼던 대로, 내 노력이 보상받지 못한다 해도.

생각지도 못한 일이 일어난다 해도.

시도조차 하지 않고 포기하고 싶지 않다.

나는 말하고 싶다.

그렇기에 나는 말했다.

"야……."

"아, 그렇지."

하지만 아사달이 내 말을 잘랐다.

"혹시 이런 말 알아?"

"응?"

아사달은 장난기 가득한 눈동자로 나를 똑바로 바라보며

말했다.

"인과 관계에 따라 미래는 이미 정해져 있다는 말."

등골이 서늘해졌다.

그건 내가 이 세계에 오기 전에 세희에게 들었던 이야기였으니까.

"쉽게 풀어 말하면, 네가 여기에 있다는 결과로 인해 네가 여기에 온 원인이 될 사건이 벌어질 것은 이미 결정되어졌다. 그렇게 생각하면 될 거야."

왜 아사달은 그 말을 지금 내게 하는 거지? 그것도 내가 아사달에게 진실을 말하려는 순간에?

팽팽 돌아가는 머리에 아사달의 청량한 목소리가 울려 퍼졌다.

"그러니까 부디 너는 아무 말도 하지 말고, 네 목적을 이루어 줬으면 해."

소름 돋았다.

알고 있다. 이 녀석은 알고 있어. 내가 어떤 녀석인지 알고 있다. 아니, 적어도 지금부터 어떤 일이 일어날지 예상하고 있다. 내가 왜 이 세계에 온 목적까지 예측하고 있다.

어떻게. 도대체 어떻게 눈치챈 거지?

"……너."

내가 채 말을 하기도 전에 아사달이 자신의 입술에 검지를 가져다 대었다. 나는 입을 다물었고, 아사달은 내게 너무나 익숙한 미소를 지었다.

아, 그렇군.

내가 세희의 모든 것을 다 알고 있다는 듯한 미소에 그다지 화가 나지 않은 건 이유가 있었던 거였다.

첫째. 세희가 여자여서.

둘째. 세희가 미녀라서.

안타깝게도 아사달은 그 두 가지 경우에 들어가지 않기에 나는 성질을 드러내기로 했다.

하지만 그 전에 아사달이 먼저 입을 열었다.

"묻고 싶은 게 많을 것 같은 눈치지만 말해 줄 수 없어."

"야."

"그래도 힌트를 하나 주자면……."

아사달이 말했다.

"난 세희의 오빠야."

그동안 어른 세희가 꾸민 일에 시달려 왔던 나로서는 뭐라 반박할 수 없는 이유였다.

세희의 오빠라면 나 같이 빈틈이 많은 녀석에게서 얻은 단서를 통해 진실에 다다르는 건 랑이의 머리를 쓰다듬는 것만큼이나 쉬웠을 테니까.

그래서 나는 아무 말도 하지 못했다.

아사달은 스스로 답을 냈다. 그 답에 기초해서 결정하고 행동하고 말했다.

그런데 내가 어떻게 그 사실을 알았는지 궁금하다는, 그다지 중요하지도 않은 이유로, 아무 노력도 하지 않고 아사달에게 물어볼 수는 없는 거잖아.

……나한테도 자존심이 있다고.

"이 정도로 충분하지?"

아무 말도 못하고 쓴웃음을 짓고 있는 내게 아사달이 말했다.

"그러니까 지금 네가 해 줄 말은, 조심해서 다녀와, 정도로 충분해."

나는 한숨을 쉬는 것으로 마음을 정리했다.

아니, 정확히 말하면 부글부글 끓고 있는 마음이라는 냄비에 뚜껑을 덮어야 했다.

그만큼, 아사달은 간절해 보였으니까.

지금부터 일어나는 일을 내 두 눈으로 모두 담아 주기를 바라는 것처럼.

혹여나 모를 변화를 일으키지 말아 달라고 하는 것처럼.

"알았어. 조심해서 다녀와."

아사달은 미소를 띠울 뿐 대답하지 않았다.

그것은 내게 누름돌과 같았다.

* * *

아침 식사 자리는 분위기가 가라앉았다.

아사달이 원정을 나가는 탓이겠지. 그래도 아사달이 원정을 나가는 게 하루 이틀 일이 아니라서, 밥을 먹기 힘들 정도는 아니었지만.

그렇다고 배웅이 아쉽지 않다는 말은 또 아니다.

"아사달 오빠! 몸조심하세요! 어디 다치면 저 펑펑 울 거니까요!"

"그래, 걱정하지 마. 그런 일은 없을 테니까."

"그래도요! 꼭 조심해야 해요! 만에 하나라도 위험한 일이 있을 것 같으면 괜히 무리하지 마시고요! 아사달 오빠는 사람이 너무 착해서 걱정이에요."

"우리 귀여운 동생들을 걱정시킬 일 같은 건 하지 않아."

"헤헤헷, 약속했어요?"

"그래."

아사달에게 달라붙어서 짧은 이별을 아쉬워하는 가희와 달리, 세희는 한 발짝 뒤에 물러서 있을 뿐이었다. 그러면서 내 눈치를 계속 살피며 쭈뼛쭈뼛하고 있는 게 고스란히 보인다.

그런 세희에게 아사달이 손을 내밀며 말했다.

"성훈이 나를 좋아한다는 엉뚱한 착각을 한 우리 세희는 오빠를 배웅 안 해 줄 거니?"

"오, 오라버니!"

정정, 세희를 놀렸다.

얼굴이 새빨개진 세희가 나와 아사달을 번갈아 보며 어찌할 바를 몰라 한다. 내가 그렇고 그런 쪽에 내성이 조금이라도 있었다면, 여기서 아사달의 옆에 착 달라붙어서 능글맞게 애정 어린 소리를 했겠지.

즉, 너 죽고 나 죽자 식의 장난은 못 친다는 소리다.

대신 나는 이러지도 저러지도 못하고 있는 세희에게 다가가 그 등을 밀어 주었다.

"흐앗?"

내가 이럴 줄은 몰랐는지 당황한 눈치였지만, 세희는 그대로 아사달의 앞까지 가게 되었다. 아사달에게 달라붙어 있던 가희가 내 의도를 눈치챘는지 세희의 손을 잡아끌었다. 아사달은 자신에게 다가온 세희를 한 팔로 껴안았고.

음, 보기 좋군.

아사달이 세희와 가희를 부둥켜안고 있는 모습은 슬프지만 보기 좋았다.

다만 세희가 살짝 고개를 돌려 저를 찌릿찌릿하고 노려보는 게 조금, 아니, 많이 무서워서 다른 생각을 할 수가 없네요.

"세희는 오빠한테 해 줄 말 없어?"

아사달 덕분에 그리 오래가지는 못했지만.

아사달을 걱정이 가득한 시선으로 올려다본 세희는 조심스럽게 입을 열었다.

"아사달 오라버니, 혹시 모르니 이번 원정은……."

뭔가 말을 하려던 세희는 이내 고개를 가로저었다.

"아니, 아니에요. 아사달 오라버니께서 하시는 일이니 괜찮을 거라고 믿고 있어요."

"그래?"

아사달이 세희의 머리를 쓰다듬어 주며 살짝 씁쓸한 표정을 지었다.

아사달의 손길에 고개를 숙여야 했던 세희는 볼 수 없었지만.

"그래도 꼭 몸조심하셔야 해요. 혹시 모를 일이라는 건 언제든지 일어날 수 있으니까요."

"응. 걱정해 줘서 고마워, 세희야."

가족들과 짧은 이별을 맞이할 준비를 하고 있던 아사달이 갑자기 나를 보았다.

"왜."

"세희와 가희를 잘 부탁해."

아사달의 목소리에서 뭔가 이상한 낌새가 느껴져, 나는 일부러 인상을 찌푸리며 말했다.

"오히려 세희와 가희한테 나를 잘 부탁한다고 말해야 하는 거 아니야? 나보다 더 똑 부러지고 당찬 아이들이니까."

"응, 그건 알아."

야.

"그래도 네가 어른이잖아?"

아사달의 부탁이 세희와 가희가 어른이 될 때까지 잘 돌봐 달라는 소리로 들리는 건, 내가 너무 많이 꼬여 있어서 그럴까?

아니, 아사달과 나누었던 대화 때문일지도 모른다.

그렇기에 쉽게 입을 열지 못하는 나를 대신해서 가희가 불만 어린 목소리로 말했다.

"앗, 아사달 오빠. 지금 세희하고 저를 어린애 취급하신 거죠? 그렇죠? 옛날이었으면 벌써 결혼도 할 수 있는 나이라고요! 언제까지 그렇게 어린애 취급만 하실 거예요?"

"으음~"

아사달이 고민하는 척을 한 뒤 가희의 볼을 쓰다듬으며 말했다.

"평생?"

"오빠!"

"하하핫, 농담이야."

가희를 달래 주는 아사달의 어깨 너머로, 내가 신세를 졌던 흉터가 있는 아저씨가 이쪽으로 다가오는 것이 보였다. 단장이었는지 부단장이었는지는 이제 기억도 나지 않지만.

"아사달 님, 출발 준비를 마쳤습니다."

"아, 미안. 이제 갈게."

흉터 아저씨가 허리를 숙이고 뒤로 돌아 걸어갔다.

"다른 분들이 기다리고 있으니까 나도 이제 갈게."

세희와 가희는 아쉬움이 가득해 보였지만, 이내 아사달에게서 떨어졌다.

"꼭 몸조심하셔야 해요, 아사달 오라버니."

"절대 다치면 안 돼요! 아사달 오빠의 몸은 아사달 오빠만의 것이 아니니까요! 알겠죠?!"

"무사히 돌아와라."

아사달은 옅은 미소로 대답을 대신하고 뒤로 돌아섰다.

"아, 맞다."

바로 고개를 돌려 나를 바라봤지만.

"너한테 작은 선물을 남겨 놨으니까 시간 날 때 찾아봐."

그게 무슨 소리냐고 묻기도 전에, 아사달은 다시 정면을 바라보고 걸음을 옮겼다.

그 뒷모습은 도저히 말을 걸 수 있는 분위기가 아니었고, 어쩔 수 없이 나는 아사달의 모습이 보이지 않을 때까지 그 자리에 서서 아사달을 배웅했다.

으음…….

결심을 했지만 아무리 그래도 마음이 편치 않군.

역시 그때 아사달에게 경고를 해야 했나. 이번 원정을 말려야 했을까.

"자!"

그런 내 후회를 가희의 기운찬 목소리로 날려 버렸다.

"하루 이틀 있었던 일도 아니고 언제까지 침울해 있을 수는 없잖아요? 안 그래요, 성훈 오빠?"

아니, 나한테는 하루 이틀 있었던 일인데.

엄청 힘내고 있다는 분위기가 가희한테 물씬 풍겨져 나와서 그런 말을 할 수 없지만.

"그러게."

내 말에 가희가 고개를 끄덕이고서는 세희를 돌아보며 말했다.

"세희도! 지금 아사달 오빠 생각할 때가 아니잖아!"

세희는 가희가 무슨 소리를 하는지 이해를 못한 것 같다. 하지만 그것도 가희가 내 손을 잡아끌어 세희의 앞에 세울 때까지였지만.

"지금은 성훈 오빠하고 애정 가득한 추억을 쌓아야 할 때 아니겠어?"

시간을 들여 목부터 귀까지 천천히 피부가 붉어지는 세희를 보는 건 꽤나 재미있었다.

"자, 잠깐. 무슨 소리야, 가희야!"

세희가 살짝 언성을 높였지만 가희는 지지 않고 말했다.

"이미 성훈 오빠하고 세희가 그렇고 그런 사이라는 건 다 아니까, 말 돌리지 않아도 돼."

가희는 세희의 팔을 비빌 언덕으로 정한 것 같다. 세희는 인상을 찌푸리며 몸을 피하려 했지만, 그보다 가희가 뒤로 돌아 세희의 어깨를 잡는 것이 빨랐다.

"자!"

"흐앗?"

"읏차."

나는 가희에게 떠밀려 걸음이 꼬인 세희가 넘어지지 않도록 두 손으로 받아 줬다.

"괜찮아?"

"예, 예……."

세희의 피부가 붉게 물들었고, 가희는 허리에 두 손을 올리고 기세 좋게 콧바람을 불며 말했다.

"좋을 때다~ 좋을 때야~ 어때? 아사달 오빠가 없을 때 일선을 넘는 건?"

넌 아저씨냐.

"가, 가희야!"

가희에게 놀림당한 세희가 당황해서는 몸을 돌렸다. 그래서 나도 모르게 세희의 어깨에 손을 대고 반 바퀴를 돌려 버렸다.

"꺄?"

……의도한 게 아니었다. 몸에 밴 특훈과 원래부터 가지고 있던 장난기가 멋대로 저지른 일이니까.

"왜, 왜 그러세요, 성훈 님?"

나는 당황해하는 세희에게 말했다.

"아니, 그냥. 장난 좀 친 거야."

세희가 어리둥절해서는 두 눈을 몇 번이나 깜빡였다. 내가 하면 정말 기분 나쁜데, 미남 미녀는 참 치사하다니까.

"왜?"

"성훈 님께서는 의외로 어린아이 같……."

이미 다 말했으면서 입을 가리는 건 뭐냐.

내 눈치를 살피던 세희가 몇 번째인지 모를 사과를 해 왔다.

"죄송해요, 성훈 님."

"아니, 괜찮아."

네가 세희이니 만큼, 그런 말은 내 마음에 상처 하나 주지 못한다.

"그보다."

나는 다시 세희의 어깨를 잡고서 180도를 돌려, 이쪽을 바라보며 히죽히죽 웃고 있는 가희를 보도록 만들었다.

"저 녀석 좀 어떻게 해 봐라."

세희의 귀가 새빨간 걸 봐서 지금 어떤 표정을 짓고 있을지 상상이 된다. 거기에 가희가 치마를 양쪽으로 잡고 무릎을 살짝 굽히며 고개를 숙이는 것으로 추가타를 날렸다.

"부디 저는 없는 것으로 생각하시고 좋은 시간을 보내 주시기 바랍니다."

부들부들 몸을 떠는 세희를 보며 가희가 말을 이었다.

"아, 난 조카가 다섯 명은 있었으면 좋겠어."

"너, 너!"

세희가 많이 화가 났는지 씩씩거리며 가희를 잡으러 다가갔다. 하지만 세희는 발밑까지 내려오는 드레스를 입었고, 가희는 무릎까지 내려오는 메이드복을 입고 있다.

"빼에~"

혀를 내밀며 세희의 손길을 피하는 건 가희에게 일도 아니라는 말이지. 덕분에 세희는 약이 오를 때로 올라 버린 것 같다.

"잡히면 가만 안 둘 거야!"

두 주먹을 꼬옥 쥐고, 추적의 열기를 불태우며 세희가 가희의 뒤를 따라갔다.

나는 그 모습을 바라보며 낮은 한숨을 쉬었다.

왜 가희가 나와 세희를 놀렸는지 이해가 됐거든.

가희는 아사달이 원정을 나감으로 인해 생긴 자신과 세희의 마음의 빈자리를 채우고 싶었던 거다.

그만큼 이들의 유대는 깊고 서로를 사랑하고 있다는 증거겠지.

……아사달은 정말 사랑을 많이 받고 있구나.

다시금 아이들이 보고 싶다는 생각이 들어, 찔끔 흘러나온 눈물을 닦으며 나는 내 방으로 돌아갔다.

다시금 생각을 정리할 필요도 있고 말이야.

* * *

방으로 돌아온 나는 먼저 이제는 내 것처럼 편안해진 소파에 몸을 맡기고 잠시 눈을 감았다.

……졸려서 그런 게 아니다. 잠시 집중하기 위해서야. 그

래 봤자 떠오르는 건 두 팔로 나를 껴안는 랑이의 모습과 내 양쪽 팔을 잡아당기며 투정을 부리는 치이와 페이, 그 모습을 지켜보며 한숨을 쉬는 나래와 담뱃대를 입에 물고 언짢은 표정을 짓고 있는 냥이. 그리고 어느새 슬며시 내 뒤에 다가와 손가락으로 등을 꾹꾹 찌르는 아야와 성린, 그리고 둘을 바라보며 흐뭇한 표정을 짓고 있는 성의 누나밖에 없었지만.

전혀 집중이 안 되는군.

나는 눈을 떴다.

조금 전까지 떠올렸던 모습들이 흐려지는 것이 아쉬웠지만 그에 반하듯 내 머릿속은 또렷해졌다.

아마도, 세희의…… 아니, 세희와 가희의 성격이 변할 만한 일이 이제 곧 일어날 거다.

아무리 내가 머리가 나쁘더라도, 그 정도는 알 수 있다. 아사달의 원정과 영주에 대한 조사. 납치 및 사냥되고 있는 요괴들. 그리고 어른 세희가 나를 이곳에 보낸 시간대.

그 모든 게 이제 곧 어떤 사건이 일어날 것이라는 사실을 알려 주고 있다.

그래서 나는 고민했다.

아사달과 세희와 가희에게 정이 들고 말았으니까.

하지만 내 정체를 알고 있는 아사달의 만류로 그만둬야 했다.

그러면.

아사달은 내 정체를 어떻게 눈치챘을까?

아니, 질문을 바꿔보자. 아사달은 언제부터 내 정체를 눈치챘을까?

그건 아마도 아사달이 마음의 힘을 이용해 내 마음을 들여다봤을 때의 일이었을 거다. 그때부터 아사달이 무조건적으로 나를 믿기 시작했으니까.

그러면 한 가지 가설을 세울 수 있지 않을까?

아사달이 내 마음을 들여다봤을 때, 내가 온 곳이 다른 세계…… 라고 생각할 가능성은 낮을 것 같다.

나야 세희가 편지에 적어 놨으니까 알 수 있었지 아사달은 아니니까.

아사달 입장에서는 내가 미래에서 온 사람이라고 받아들였다고 생각하지 않았을까?

어쨌든 그때 아사달은 내가 미래의 세희와 관계가 있는 놈이라고 깨달았다고 생각하는 게 맞을 거다.

그건 세희가 내게 걸었던 요술 때문일지도 모른다. 왜, 범죄 현장에는 흔적이 남게 되어 있다고 하잖아. 애초에 나는 세희의 요술로 이곳에 왔고, 언젠가 돌아가게 될 거다. 그렇다면 내 안에 세희의 요술이 남아 있다고 생각하는 게 맞지 않을까?

……그 녀석의 요술에 내가 하루 이틀 걸린 것도 아니니.

사실 정답이든 아니든 상관은 없지. 아사달이 나와 어른 세희의 관계를 눈치챘다는 게 중요하니까.

세희는 말했다.

영주 때문에 자신의 주변에 남자라곤 친오빠인 아사달밖에 없다고. 덕분에 저택에는 메이드 누님들이 한가득이라 내 눈이…….

"크흠."

나는 헛기침을 통해 다시 정신을 집중했다.

어디까지 했지? 그래, 세희의 주위에 남자라곤 없다는 생각까지 했지.

그런 상황에서 세희와 인연이든 요술의 흔적이든, 뭔가 남아 있는 놈이 툭 튀어나온 거다.

이상하겠지. 그래서 처음에 고민한 걸지도 모른다. 생각할 수 있는 모든 경우의 수를 떠올리고 내 마음을 들여다보는 것으로 알아낸 사실과 대입해서 정답을 찾아내려 했을 거다.

그리고 내가 세희로 인해 미래에서 왔다고 결론 내렸겠지.

그 짧은 시간에.

……나로서는 흉내도 못 낼 일이지만, 아마 이게 맞지 않을까?

"……잠깐만."

위화감이 들었다.

이상해. 뭔가 이상하다.

내가 언제부터 이렇게 똑똑해진 거지?

내가 지금까지처럼 몇 시간 동안 공책에 쓰고 지우고 다시 쓰면서 생각을 정리한 거라면 몰라. 단순히 잠깐 생각에 잠긴 것만으로 저런 설득력 넘치는 결론을 내 버린다고?

내가?

그럴 리가 없다. 나는 나를 잘 안다. 예전의 나였다면 지금의 결론을 내기 위해서는 몇 시간이고 나 자신의 머리와 씨름을 벌어야 했다.

그렇다면 혹시…….

쾅!

그때 큰 소리를 내며 문이 열렸다.

"서, 성훈 오빠! 저 좀 숨겨 줘요!"

"풉!"

"앗! 웃었죠! 지금 웃었죠!"

순식간에 모든 생각이 날아가 버렸다.

급하게 문을 열고 방에 들어온 가희는 정말 우스꽝스러운 꼴을 하고 있었으니까.

중국의 유명한 전통극에 나와도 이상하지 않을 정도로 얼굴에 새하얀 분칠을 했다. 피부가 하얗다는 의미가 아니라 의미 그대로 새하얗다. 그런 주제에 입술은 또 어찌나 붉은지, 어머니께서 립스틱을 바르는 모습을 보고 따라한 3살짜리 여자아이처럼 새빨갛다. 거기다 눈썹은 무슨 검은색 송충이 두 마리가 붙어 있는 것처럼 짙어. 머리카락 모양새도 장난이 아니었는데, 말괄량이로 유명한 캐릭터처럼 묶여 있다. 다섯 갈래로.

이야, 머리숱이 많아서 좋겠구나.

하지만 가장 중요한 건, 그런 우스꽝스러운 꼴에 비해서 입고 있는 옷은 의외로 제대로 된 드레스라는 거다.

가슴 부분이 깊이 파여 있는 드레스라는 게 문제지.

……흠. 알고 있었지만, 가희는 정말 가슴이 크구나.

"거기다 음흉한 시선까지!"

시선이 어디에 머물고 있는지 들켰네. 하지만 나는 딱 잘라 말했다.

"오해다."

물론 나는 가슴을 좋아한다. 정말로 좋아한다. 너무 좋아해서 일상생활이 곤란할 정도다.

하지만 그것도 상대 나름이지, 저런 어린애를 대상으로 그런 마음은 들지 않는다.

불행하게도 가희는 두 손으로 자신의 가슴께를 가리면서 불신의 시선을 보냈지만.

"일단 들어와."

"도망치는 게 나을 것 같은데요. 성훈 오빠한테 무슨 짓이라도 당하면 아사달 오빠를 볼 낯이 없다고요."

"오해라니까 그러네."

'너처럼 우스꽝스러운 꼴을 하고 있는 애한테 그런 마음이 들겠냐.'라고 말하고 싶네. 그랬다가는 가희가 삐칠 테니까 할 수 없지만.

조금 돌아가자.

"세희가 있는데 내가 너한테 그러겠냐."

가희가 눈을 가늘게 떴다.

"우와, 이럴 때도 연인 자랑인가요? 좋겠네요. 정말 좋겠네요. 저는 성훈 오빠의 작은 연인 때문에 이 꼴이 됐는데."

왜 가희가 저런 꼴이 됐는지 알 것 같군.

잊지 말자. 원한은 무조건 갚는 녀석이 세희다. 가희는 세희를 놀린 대가를 치른 거겠지.

"네가 먼저 놀렸잖아."

"그래도 정도가 있죠!"

아, 그건 부정 못 하겠다.

"그보다 거기 계속 서 있어도 돼? 세희가 쫓아오고 있는 거 아니야?"

"아."

세희를 언급하자 가희가 급히 내 방에 들어와서는 문을 닫고 주위를 둘러봤다.

"어디 숨을 곳 없어요?"

"옷장?"

"금방 들킨다고요!"

"침대 밑은 어떠냐?"

"이거 비싼 옷이에요!"

더러워지면 곤란해진다 이거지.

하지만 그 두 곳 외에는 숨을 만한 장소가 보이지 않는다.

이럴 때 쓰기 좋은 말이 있지.

"자수해서 광명 찾자."

가희가 발을 동동 굴린다.

"춤추는 법도 가르쳐 줬는데 좀 열성적으로 도와줘요!"

윽, 이 녀석이 아픈 곳을 찌르네.

"으음……."

어디 좋은 곳이 없을까 고민하고 있던 때.

또각, 또각 하는 구두 소리가 점점 가까워져 오고 있다. 동시에 새하얗게 분칠되어 있는 가희의 표정이 새파랗게 질렸고.

그건 구두 소리가 내 문 앞에서 멈췄을 때 최고조에 달했다.

가희는 새어나오려 하는 신음 소리를 막기 위해 두 손으로 입을 막고는 나와 문을 번갈아 보았다.

그건 정말 옳은 선택이었다.

"성훈 님."

어른 세희가 연상 될 정도로 차가운 목소리에 가희가 비명을 지를 뻔했으니까.

……저렇게 무서워하는 걸 보니까 조금 더 진지하게 도와주고 싶어지는군.

"무슨 일이야?"

나는 빠르게 소파에서 일어나 세희에게 대답을 하며 가희의 손을 잡아끌고 침대로 향했다. 가희는 놀라는 눈치였지만 세희에 대한 공포가 더 큰지 아무 말도 하지 않고 나를 따라왔다.

"들어가도 될까요?"

나는 가희를 침대 안에 들어가게 만든 뒤, 그 옆에 누웠다. 가희의 몸이 경직된 걸 느꼈지만 나는 신경 쓰지 않으며 세희에게 말했다.

"잠깐 낮잠 자려고 하는 중이었는데, 그래도 괜찮으면."

"예."

문이 열리는 소리와 함께 내 품에 안겨 있는 가희가 움찔 떠는 게 느껴졌다.

방에 들어온 세희는 조용히 문을 닫고…….

철컥.

문을 잠갔다.

"……문은 왜 잠근 거야?"

"성훈 님과 함께 하는 시간을 다른 분들께 방해받고 싶지 않아서요."

왜 나는 세희의 말이 누구도 이 방에서 도망칠 수 없게 만들기 위해서라고 들릴까. 세희가 방을 둘러보는 건 수배자를 찾기 위한 조사처럼 보이고.

"성훈 님."

"응?"

"낮잠을 주무시고 싶으시면 창문을 닫고 커튼을 치는 게 더 좋을 거예요. 햇빛을 다 막아 주지는 못하겠지만 조금은 어두워지니까요."

"……아, 그렇지."

창가로 다가온 세희는 창문을 닫았다.

덜컥.

걸쇠를 잠그고 커튼을 친 건 덤이다.

내가 잘못한 것도 없는데 등 뒤로 살짝 식은땀이 흘러내린다.

……지금이라도 가희가 숨어 있다는 걸 말하고 나는 살아야 하는 거 아니야? 나도 공범 취급 받는 건 아니겠지?

그런 생각을 할 때, 나를 슬쩍 본 세희가 옷장을 향해 걸어가며 말했다.

"그리고 편한 옷으로 갈아입으시는 건 어떤가요? 주무시기에 불편하실 것 같은데요. 잠옷을 꺼내 드릴게요."

덜컹.

옷장의 문을 활짝 연 건 편한 옷을 찾아주기 위해서가 아니라 가희를 찾기 위함으로 보인다.

"아니, 그렇게 오래 잘 생각은 아니라서. 어디까지나 낮잠이니까."

"그런가요?"

세희가 옷장의 문을 닫고 침대로 다가왔다.

가희가 살짝 몸을 떨었지만, 겉으로 티는 안 났다.

"성훈 님."

"응?"

깊게 숨을 들이 쉰 후, 세희가 말했다.

"성훈 님의 방 안에 분 냄새가 나는데 왜 그럴까요?"

"네가 화장해서 그런 거 아니야?"

세희가 차가운 눈으로 나를 내려다보며 말했다.

"전 화장을 안 해요."

힘내라, 잔머리!

"아, 그랬어? 세희가 너무 예뻐서 당연히 화장을 했을 거라고 생각했거든."

세희가 얼굴을 붉혔지만, 그것도 잠시였다.

"칭찬해 주셔서 감사해요."

"아니, 뭐. 사실……."

"그런데 성훈 님."

야, 너 지금 눈동자에 빛이 없어.

"성훈 님의 체형으로 봤을 때, 지금 이불이 부자연스럽게 부풀어 있는 것 같네요. 왜 그럴까요?"

너 지금 다 알면서 그러는 거지?!

"그게 말이야, 오늘 아침을 너무 많이 먹어서 배가 나왔거든."

나는 해님 달님에서 나오는 호랑이의 기분을 알 수 있었다. 어디까지나 기분만이다. 입장은 그 반대니까.

"그러면 성훈 님."

"으, 응?"

또 무슨 말이 나올까 긴장하며 잔머리를 돌릴 준비를 하고 있을 때.

화악!

세희가 이불을 잡아 들어 올렸다.

이불로 인해 세희의 얼굴이 가려졌을 때, 그 어느 때보다 차가운 목소리가 내 귀에 울렸다.

"가희가 성훈 님과 한 자리에 누워 있는 이유는 무엇인가요?"

""히이이이이익!""

나와 가희는 한 마음 한 뜻이 되어 비명을 질렀다.

"……너무하세요."

어떻게 된 일인지 설명을 하고 나서야, 세희는 평소의 세희로 돌아왔다.

"미안. 가희가 너무 무서워하면서 숨겨 달라고 해서."

"아무리 제가 화났다고 해도 가희한테 심한 일은 하지 않아요."

……우스꽝스러운 꼴로 무릎을 꿇고 앉아 있는 건 심한 일의 범주에 들어가지 않는 것 같다.

"해 봤자 지금 모습을 그림으로 남겨 장식해 두는 수준인걸요."

될성부른 나무는 떡잎부터 다르다더니! 그게 무슨 수치 플레이냐?!

"그리고 성훈 님도 성훈 님이에요."

"응?"

"아무리 가희를 숨겨 주기 위해서라도 한 이불을 덮는 건 너무하시잖아요. 가희도 저하고 동갑인 여자애라고요."

……순간적으로 가슴의 크기만은 그렇지 않았습니다, 라는 생각이 들었지만 이건 무덤 속까지 가져가도록 하자.

"……성훈 님께서는 그렇게 생각하지 않으실 지도 모르겠지만요."

나 말 안 했지?! 생각이 입 밖으로 안 나갔지?!

"아니, 그런 생각은 안 했어. 응."

"정말이죠?"

"응."

내 진심 어린 대답에 세희의 눈가에 맴돌았던 살기가 겨우 사라졌다. 그러고 나서야 나는 왜 세희가 화가 났는지 눈치 챌 수 있었다.

이 녀석, 질투하는 거다.

그 사실을 깨닫자, 세희가 귀엽게 느껴졌다. 그래서 저절로 몸이 앞으로 숙여지고 세희에게 손이 향했다.

"앗……."

나는 세희의 머리를 쓰다듬으며 말했다.

"속여서 미안. 그래도 다른 생각은 없었으니까."

세희는 내게 부끄러워하는 모습을 보이고 싶지 않았는지 머리를 숙였다.

"애초에 말이야."

나는 가희를 바라보며 말했다.

"저렇게 재밌는 모습인 가희를 보고 그런 마음이 들 리가 없잖아?"

"……그렇긴 하죠."

나와 세희 사이에 공감대가 형성되었다. 그 연결점이 되어준 녀석은 지금 자기 상황도 잊어버린 것 같지만.

"너무하잖아! 지금 내가 누구 때문에 이런 꼴이 됐는데?!"

"……누구 때문일까?"

조금 전까지 부끄러워하던 세희와 내 말에 고개를 끄덕이며 수긍하던 세희는 어디로 간 걸까. 어른 세희를 떠올릴 법한 차가운 모습에 가희는 다시 고개를 숙였다.

그런 가희가 조금은 불쌍하게 느껴져서 나는 슬쩍 세희에게 말했다.

"너무 화내지 마. 가희도 우리를 놀리고 싶어서 놀린 건 아닐 테니까."

"……알고 있어요."

역시 세희도 눈치챘구나. 가희가 쓸쓸해하는 마음을 지우기 위해서 세희에게 농담을 했다는 걸.

그걸 알면서도 화가 난 건, 섬세한 사춘기 소녀의 감성 때문이겠지.

저한테는 그런 게 없습니다만.

"그러면 가희하고 화해해 줘. 아, 물론 화가 다 풀렸을 때의 이야기지만."

내 제안에 세희는 가희를 내려다보았다. 그 시선에 가희가 몸을 움찔 떨었지만, 그것도 잠시. 이내 고개를 옆으로 살짝 기울며 애교 어린, 비록 얼굴에 새하얀 분칠이 되어 있을지라도, 애교 어린 미소를 짓고는 두 손을 모으며 말했다.

"세희야~ 미안해~"

세희가 경멸의 시선을 보냈다.

가희는 엎드려 빌었다.

그제야 세희는 눈을 감으며 한숨을 쉬었고, 가희는 바닥에서 일어나 세희의 옆에 앉았다.

"고마워."

"다음부터는 농담도 선을 지키면서 해."

가희가 슬쩍 시선을 돌리며 말했다.

"……농담은 아니었는데."

"……."

"아니, 농담이었어. 응. 농담이라니까."

"하아……."

어쩔 수 없다면서 한숨을 쉬는 세희와 애교 있게 달라붙는 가희를 보자니 치이와 페이가 떠오른다. 동시에 이렇게까지 사이가 좋던 녀석들이 왜 그 모양 그 꼴이 났는지에 대한 의문도 함께 말이지.

"그러면 그림 그리러 가자."

"……엣?"

어리둥절해서 눈꺼풀을 몇 번이나 깜빡이는 가희를 향해 세희가 천사의 미소를 지으며 말했다.

"모델로 삼지 않는다는 말은 안 했잖아?"

세희가 진심이라는 것을 깨달은 가희가 급히 눈빛으로 도움을 요청했지만…….

잊지 말자. 나는 현재로서는 세희를 이길 수 없다. 그건 만고의 진리와 같은 거다.

응, 절대로 불똥이 다시 내 쪽에 튀는 게 무서워서 그런 게 아니야. 정말이라니까?

"아아앗~! 성훈 오빠! 그러기에요?!"

나는 비명을 지르며 세희에게 질질 끌려가는 가희를 향해 배웅의 손길을 보냈다.

* * *

나는 아사달의 서재를 찾아갔다.

서재 앞을 지키는 메이드 누님이 계셨지만 아사달이 미리 말이라도 해 둔 건지, 아니면 내가 친구이기 때문인지 말없이 고개를 숙이며 옆으로 비켜서 주셨다. 나도 인사를 한 뒤, 방 안에 들어갔다.

갑자기 내게 이 세계의 도서에 대한 관심이 늘어난 건 아니다. 아사달이 남겨 둔 선물이라는 걸 찾기 위해서지.

내가 아사달의 집에서 한 번이라도 가 본 곳은 임시로 내가 쓰고 있는 방, 아사달의 서재, 응접실, 화장실, 식당, 목욕탕, 화원 정도다. 그 중에서 가장 확률이 높은 건 아무래도 아사달의 서재라는 계산이 나왔지.

"하아……."

하지만 서재는 전에 말했다시피 수없이 많은 책들과 책들과 책들이 있다.

거기다 완벽하게 보이는 녀석이라고 해도 정리정돈에만은 재주가 없는지 이것저것들이 너부러져 있어서 혼잡하기 그지없다. 이래서야 어떻게 아사달이 남긴 선물을 찾을지 감도 안 잡히네.

애초에 그 선물이라는 게 뭔지도 모르고.

그러고 보니 어렸을 때, 어떻게 하면 다른 놈들을 잘 괴롭힐 수 있을까 하는 마음에서 읽었던 추리 소설에서 탐정이 한 말이 있었지.

범죄자의 입장이 되어서 생각해 보라고.

"웃차."

나는 먼저 아사달의 의자에 앉아보았다. 책상 위에는 한 권의 공책이 있고, 양옆으로 보이는 건 높은 책의 산더미며 정면으로는 내가 들어온 문이 보인다. 주위를 둘러보니 책장이 한가득인 게, 지진이라도 일어나면 깔려 죽기 딱 좋아 보인다.

음. 아사달이 저런 책장에 비밀 장치를 해 놓지는 않았겠지. 책을 빼면 숨겨진 문이 나타난다거나 하는 그런 거.

그렇다면 의외로 내가 찾기 쉬운 곳에 있을 지도 모른다는 생각이 들었다. 그래서 나는 먼저 책상 서랍을 열었다.

……왜 첫 번째 서랍에 던지기 좋아 보이는 단검이라든가 다트라든가 부적 같은 게 있는지는 넘어가자. 두 번째 서랍에서 나온 세희와 가희의 초상화도 넘어가자.

설마 이것들을 선물이라고 말하지는 않았을 테니까.

그렇다고 세 번째 서랍에서 나온 알몸의 여성을 그린 초상화도 아닐 거다. 저속함보다는 예술성이 너무 높아보였으니까.

서랍을 다 뒤져 보았지만, 아사달이 내게 선물이라고 할 법한 물건은 보이지 않았다.

내가 잘못 생각했나? 다른 곳에 숨겨 놓은 건가? 그 녀석이라면 왠지 세희의 방에 숨겨 놨을 가능성도 조금은 있을 것 같은데.

나는 한숨을 쉬고 평소의 버릇대로 책상에 엎어지려고 하다가 한 가지 사실을 깨달았다.

너무나 대놓고 나를 봐 달라고 하고 있는 공책이 서류의 산 사이에 놓여 있다는 것을.

……처음에 못 보고 넘어갔던 게 아니야. 선물이라고 했잖아. 선물이라는 건 원래 받는 사람이 기분 좋으라고 주는 거다. 내가 공책 같은 걸 받아서 기분이 좋겠어? 그러니 자연스럽게 배제한 거라고.

자기 자신의 바보짓에 대한 변명은 이 정도로 하자. 설마 이 공책이 아사달이 내게 남긴 선물이라는 보장은 없잖아?

나는 공책을 펼쳐 보았다.

—내 하나 뿐인 친우에게—

제가 바보짓을 했습니다.

나는 아사달이 남겨 놓은 글을 읽어 보았다.

—이 글의 내용을 똑같이 써서 일주일 이내에 7명에게 전달하지 않으면 당신은 불행해지는 요술에 걸립니다.—

나는 공책에게 종이비행기로서의 인생을 살게 해 줄까 잠시 고민한 뒤, 이어지는 글을 읽었다.

—농담이니까 너무 화내지 말아 줬으면 해.—

아, 이 녀석. 역시 세희의 오빠구나.

—이 글을 남긴 건 다름이 아니라, 너한테 영성을 다루는 요술을 가르쳐 주고 싶어서야.—

나는 공책을 덮었다.

영성을 다루는 법? 그걸 왜 이 녀석이 나한테 가르쳐 주려고 하는 거지?

나는 그에 대한 의문을 살짝 옆으로 미룬 뒤 아사달의 글을 읽어보았다.

—요술이나 마음의 힘을 다루는 데에 문외한이라도 쉽게 배우고 사용할 수 있도록 썼으니까, 부디 익혀 줬으면 좋겠어. 분명 언젠가 쓸 일이 있을 거니까.—

왜 아씨 가문 녀석들이 하는 말은 꼭 예언처럼 들리는 걸까.

—먼저 영성을 다루기 위해서는 네가 마음의 힘을 사용하는 방법을 알아야 해. 내 예상대로라면 너도 몇 번은 그 힘을 사용한 적 있을 거야.—

있지. 가장 대표적인 건 랑이의 호랑이 펀치에 맞서기 위해서와 냥이의 요술랜드에서 벗어나기 위해서였나.

……둘 다 그 녀석들하고 관계가 있다니. 나는 호환을 타고 난 게 아닐까 싶다.

나는 고개를 저어 잡념을 지우고 다시금 글에 집중하기로 했다. 아이들과 함께 살아가기 위해서는 나 역시 언젠가 요술이나 선술 같은 걸 배울 생각을 하고 있었으니까.

이런 좋은 기회를 놓칠까 보냐.

-그러니 그 방법에 대한 건 생략할게.-

"가장 중요한 걸 생략하면 안 되지!!"

나는 공책을 접어 책상에 내리쳤다.

팡~! 하고 경쾌한 소리가 울렸지만 내 마음은 전혀 풀리지 않았다.

야! 아사달! 너, 문외한이라도 알기 쉽게 썼다며! 그런데 전제 자체가 이상하잖아?! 그게 천재의 사고방식이냐? '어때요, 참 쉽죠?'도 아니고! 적어도 그 아저씨는 어떻게 하는 지는 보여 주고 그런 말을 했다고!

"헉, 헉, 헉."

나는 씩씩대면서도 다시금 공책을 폈다. 뒤에 내가 이해할 만한 내용이라도 있을까 싶어서 말이야.

"……."

모르겠다.

애초에 마음의 힘이라는 걸 사용할 줄 안다는 전제가 깔려 있으니 말이야.

예를 들어, 먼저 마음의 힘을 그물처럼 넓게 펼치는 느낌으로 사용해, 라고 해 봤자 나에게는 와닿지 않는다.

하지만 적혀 있는 글을 이해 못 하겠다는 건 아니다. 아사달이 처음에 쓴 글대로 신경을 썼는지, 내용 자체는 나 같은 녀석도 쉽게 이해할 수 있게 예시와 비유를 통해 풀어 써졌으니까.

전제 자체가 잘못 되었다는 것만 빼면 말이지.

“어쩔 수 없나.”

각오를 하자 한숨이 나왔다.

젠장, 공부는 옛날 옛적에 때려쳤는데 말이야.

나는 자세를 바로하고 손에 깃털 펜을 들었다.

아, 펜으로 뭘 쓰겠다는 건 아니야. 단순히 지금까지의 습관 같은 거다. 손에 연필이나 샤프, 볼펜 같은 게 있으면 뭔가 집중이 더 잘되는 것 같잖아?

……이런 생각을 하고 있다는 것 자체가 집중을 안 하고 있다는 말이 되지만.

나는 아사달이 남긴 선물을 내 것으로 만들기 위해 집중했다.

가족을 위해서.

“……님.”

영성을 다루기 위해서는 일단 상대를 이해하려는 마음가짐을 가지고서 접근해야 한다는 것까지는 알겠고.

“……훈 님.”

영성을 인위적으로 변형하기 위해서는 자신의 마음의 힘을 송곳처럼 뾰족하게 만드는 것을 상상한 뒤…….

그때.

"성훈 님."

누군가 내 어깨에 손을 올렸다.

까, 깜짝이야! 만약 어른 세희에게 단련되지 않았다면 바로 비명을 지르며 의자에서 굴러떨어졌을 거다.

"아."

몸을 움찔 떠는 정도에서 끝난 게 다행이지. 안 그랬으면 날 부른 세희가 더 놀랐을 거다.

"집중하고 계신데 방해해서 죄송해요."

지금도 사과부터 하는 녀석이니 말이야.

"아니, 괜찮아. 안 그래도 좀 쉬려고 했어."

이런 걸 선의의 거짓말이라고 하는 거겠지. 세희가 속았는지, 아니면 넘어가 주는 건지는 잘 모르겠으니 화제를 돌리자.

"그보다 무슨 일이야?"

"식사 시간이 다 돼서 말씀드리려고요."

"……직접?"

"……예."

종만 울리면 메이드 누님이 어디선가 순식간에 나타나서 시중을 들어 주는 이 집에서, 직접 왔다는 거지.

그 마음이 고마워서 머리…… 로 손이 가려다가 잘못 쓰다듬다가 머리가 흐트러질까 봐 볼…… 로 갔다가는 어린애 취급 한다고 화내는 거 아닐까?

"성훈…… 님?"

어정쩡하게 손을 들고 뭘 하냐는 뜻이겠지.

에라, 모르겠다~

"고마워."

나는 세희의 드러난 어깨를 톡톡 두드리며 감사를 표했다. 세희도 내 어깨를 두드렸으니까 이 정도는 괜찮겠지요? 문제 없지요? 비록 저는 옷에 가려져 있고 세희는 어깨가 드러나 있지만, 괜찮겠지요? 손바닥에 닿은 세희의 어깨가 부드럽고 따스했지만, 문제없겠죠?

"……."

화끈, 이라는 말이 어울릴 만큼 얼굴을 붉히는 걸 보면 그렇게 괜찮아 보이지는 않는 것 같다.

"……갈까?"

"……예."

나는 일어서기에 앞서 늘어지게 기지개를 폈다. 한동안 같은 자세로 있어서 그런지, 온몸에서 뚜둑, 뚜두둑 소리가 났다.

그 소리를 들었는지, 세희가 살짝 미소 지으며 말했다.

"성훈 님은 의외로 집중력이……."

세희가 말을 멈춘 건 내가 '호오, 이것 봐라?' 같은 생각을 하고 있어서겠지. 나는 생각이 표정에 다 드러나니까.

"그, 그런 의도는 아니었어요. 괘념치 마세요."

나는 허둥지둥 대며 손을 휘젓는 세희에게 말했다.

"괜찮아. 그런 이야기는 많이 들으니까."

공부 할 때와 관심 있는 것을 접했을 때는 당연히 집중력의 차이가 생기니까 말이지. 게임을 할 때 시간이 가는 줄 모르는 것과 마찬가지다.

……그렇다고 쳐도 세희가 몇 번이나 부를 때까지 집중했다는 건 이상하지만.

"그러니까, 그게……."

세희는 내가 기분이 상했다고 생각했는지 허둥지둥댔지만.

"성훈 님은 글이나 공부 쪽에는 전혀 관심이 없다고 생각했거든요. 언제나 주위에 신경을 쓰시는 것 같아서 산만해 보이시기도 했고요."

너, 혹시 사실을 기반으로 사람을 공격한다는 말 아냐?

"그런데 지금처럼 제가 말을 걸었는데도 한 가지 일에만 집중을 하고 있는 모습을 보니까 제가 성훈 님을 조금 잘못 생각하고 있었다는 생각이 입 밖으로 나온 것뿐이에요."

세희는 벌써부터 사람을 관찰하고 그를 통해 얻은 정보를 기반으로 정의를 내리는구나.

물론, 아직 어려서 틀리는 부분이 있는 것 같지만.

그보다.

"친절한 설명 고맙다, 야."

나는 세희의 양 볼을 쭈욱 늘어뜨리며 자리에서 일어났다.

메이드 누님의 뒤를 따라 세희와 함께 식당에 도착한 뒤, 나는 한 가지 문제에 직면했다.

"성훈 오빠. 왜 거기 앉아요?"

이 집에서 처음으로 밥을 먹었을 때부터 내 자리처럼 여겨진 곳에 앉자마자 가희가 이견을 제시한 거다.

"……아니, 왜. 아침에는 여기 앉았어도 아무 말 없었잖아."

"그거야 아사달 오라버니께서 계셨으니까요."

세희의 말에 가희가 고개를 끄덕이며 지원 사격에 나섰다.

"그래요. 지금은 아사달 오빠가 없으니까 성훈 오빠가 상석에 앉아야 한다고요."

이의 있다!

"그러면 아사달은 왜 만날 내 맞은편에 앉은 건데?"

"그거야 아사달 오빠하고 성훈 오빠는 친구잖아요?"

"아사달 오라버니는 가주의 입장이 아닌 친구의 입장으로서 성훈 님과 함께 식사를 하고 싶으셨던 거죠."

단번에 박살 났다.

아니, 그래도. 저렇게 대놓고 상석에 앉으라고 하면 부담된다고. 우리 집에서도 내가 앉은 자리가 상석 같은 느낌이 들긴 하지만, 상을 몇 개나 쓰니까 별 의미가 없단 말이지. 이렇게 부담이 느껴지지는 않는다고.

하지만 세희와 가희는 물러나 줄 생각이 없는 것 같다. 내가 앉은 자리의 양옆에 영국의 유명한 경비대처럼 서서는 꼼짝도 안 하고 있으니 말이야.

"……어떻게 안 되냐?"

"안 돼요."

나는 반대쪽을 바라보았다.

"안 돼요."

내가 여기서 계속 버티면 지금 카트를 밀고 들어와서는 어찌할 바를 모르고 있는 메이드 누님에게 민폐가 되겠지.

"……알았어."

나는 정들었던 내 지정석에서 상석으로 자리를 옮겼다.

그리고 어째서 아사달이 내게 그런 말을 했는지 조금은 이해할 수 있었다.

이곳에 앉는 순간, 시야가 달라졌으니까.

언제나 나와 아사달이 차지했던 자리에 앉아 있는 세희와 가희의 너머, 비어 있는 자리까지 한 눈에 보인다. 정확하게 말하면 등 뒤를 제외한 모든 것이 한 눈에 보인다. 마치, 교탁에 선 선생님처럼.

이래서 자리가 사람을 만든다고 하는 걸까.

부담감보다 강한 압박감이 마음 속 깊은 곳에서 스멀스멀 기어올라 온다.

그 녀석은 지금까지 계속 이런 자리에 있었다는 건가. 나와 별 차이도 나지 않는 나이로.

……아니, 아니다.

오히려 내가 지금까지 위치한 자리에 비해 각오와 자세가 되어 있지 않다고 생각하는 게 맞다.

이래서야 기린의 말대로 온실 속의 꽃이나 다름없군. 나도 모르게 자조 어린 미소가 지어졌다.

“성훈 님?”

“성훈 오빠. 왜 그래요?”

세희와 가희가 있다는 것도 잊고.

“별거 아니야.”

뭉뚱그려서 말해 봤자 호기심 넘칠 나이의 이 녀석들이 수긍해 줄 리가 없지.

“아사달은 언제나 이런 자리에 앉았구나, 싶어서.”

사실을 말했는데 왜 세희가 나를 바라보는 시선에 걱정이 가득한 걸까. 내 진심은 세희에게 닿지 않은 것인가.

그에 반해 가희는 아사달에 대해 풀고 싶은 이야기보따리가 한가득인 것처럼 보인다. 잠시라도 틈을 보이면 치고 들어와서 내 정신이 혼미해질 정도로 아사달과의 추억담을 말하겠지.

하지만 나는 배가 고프다.

"그것보다 배고프네."

둘의 시선을 무시하며 메이드 누님에게 향한 구원 요청이 받아들여졌고, 나는 잡담을 나누며 식사를 시작했다.

자고로 배가 부르면 졸린 법이다. 그래서 5교시만 되면 수면 폭탄을 맞아 교실이 쑥대밭이 되어 버리지.

……잠깐 눈 좀 붙일까.

아니다. 지금 낮잠을 잤다가는, 밤에 침대 위에서 그리운 우리 집 아이들을 떠올리며 청승맞게 훌쩍이게 될 거야.

소화도 시킬 겸, 잠도 깰 겸 산책이나 하자.

나는 방에서 나와, 문 앞을 지키고 있는 메이드 누님께 잠깐 산책을 갔다 오겠다고 용무를 전한 뒤 움직였다. 뒤에서 메이드 누님이 따라오는 것도 이제는 익숙해진 기분이다.

산책 중 들린 화원에서 세희를 보게 되는 것도.

세희는 서양식 정자에 앉아서 책을 읽고 있었다. 내가 근처를 산책하고 있다는 걸 눈치채지 못한 모양이다.

음. 서재에서 세희가 내게 했던 일을 똑같이 해 줄까?

그런 생각이 잠깐 들었지만, 그러기에는 아직 내 기억 속에 화원에서 봄비가 내린 다음날의 죽순처럼 튀어나왔던 메이드 누님들이 남아 있었다.

……세희에게 다가갔다가 자연스레 지금 읽고 있는 책으로 화제가 돌아갈 것 같은 것도 있고. 이번에도 알몸의 남자끼리 부둥부둥하고 있는 책이면 곤란한 건 나니까.

그래서 슬쩍 세희의 시아에 걸리지 않는 쪽으로 걸음을 옮기려고 하자니.

불쑥.

꽃처럼 아름다우신 메이드 누님이 꽃밭에서 길가로 나왔다.

"성훈 님. 세희 님께서 부르십니다."

……난 못 들었는데?

나는 슬쩍 세희 쪽을 돌아보았다.

세희가 살짝 퉁명스러운 표정으로 이쪽을 바라보고 있었다.

이야, 메이드의 진수를 본 기분이다. 주인의 시선만으로 의도를 판단하고 행동하는 메이드! 정말 대단해! 영국에 간 아라도 나중에 이런 메이드가 돼서 우리 집에 오는 거 아니야?

하하하하, 그럴 일은 없겠…… 지?

"부디."

나는 현실 도피를 그만두고 메이드 누님의 요청을 받아들이기로 했다.

"아, 응."

나는 살짝 기분이 상해 있는 세희의 앞에 앉으며 말을 걸었다.

"미안, 독서를 방해할 생각은 아니었는데."

"……실례지만 정말 그런 이유셨나요?"

너, 나하고 만난 지 3일 밖에 되지 않았잖아? 그런데 벌써 내가 어떤 놈인지 파악을 끝낸 느낌이다?

나를 향한 의심을 시선을 보아하니 내 생각이 맞는 것 같다. 애초에 나는 표정 관리 같은 걸 못 하니 솔직하게 말하자.

"사실 네가 뭘 읽고 있는지 몰라서 그랬다. 전에 있었던 일도 있으니까."

"……."

첫날에 있었던 일을 떠올렸는지 세희가 살짝 부끄러워하며 말했다.

"전에 말씀드렸다시피……."

"그래도 이성 앞에서 읽기 좋은 책은 아니잖아? 작품성과 상관없이."

"그건 그렇긴 하지만요. 그래도……."

세희가 살짝 고개를 돌리며 자그마한 목소리로 말했다.

"일부러 피하실 것까지는 없잖아요."

웬만하면 못 들은 척 넘어가려고 했지만 그럴 수 없었다.

"아니, 피할 만한 일이거든? 나로서는 충분히 피할 만한 일이라고."

평소보다 살짝 입이 튀어나온 걸 보니 수긍하지 못한 태도다.

"그렇게 이상한 내용이 아니라고 몇 번이나 말씀드려야 하나요."

이번이 두 번째다, 이 녀석아.

아, 이상한 내용이라고 하니까 문뜩 궁금한 게 생겼다. 저

책은 아사달이 세희를 위해 알려 주고 싶은 게 있어서 쓴 거다. 내가 어떤 놈인지 3일 만에 알아낸 세희라면, 아사달의 말대로 저 책이 그 녀석의 작품이라는 것도 눈치채지 않았을까? 세희가 내게 책에 대해 설명했을 때도 조금 의심 가는 게 있었고.

궁금한 건 못 참는다. 일단 물어보자.

"그건 그렇고."

나는 불만스럽게 바라보는 세희에게 말했다.

"너, 그거 아사달이 쓴 거라는 거 알고 있지?"

세희의 눈이 동그랗게 변했다.

"성훈 님도 알고 계셨어요?"

"아사달이 말해 줘서."

세희가 잠깐 생각에 잠긴 뒤 입을 열었다.

"아…… 그렇군요."

그 짧은 시간 동안 무슨 생각을 한 건지 모르겠지만, 나한테 좋은 쪽은 아닌 것 같다.

이쪽을 향한 시선이 미묘하게 달라졌으니까.

조금 전까지는 친한 상대를 향한 시선이었다면, 지금은 명백하게 정체불명의 무언가를 탐색하는 시선이다. 세희가 가끔씩 내게 보였던 호기심보다 경계심이 더 강해진 것 같다.

그 시선에 살짝 불안감을 느낀 나는 자진 납세하듯 세희에게 말했다.

"왜? 마음에 걸리는 일이라도 있어?"

세희는 조용히, 하지만 확실하게 고개를 끄덕인 뒤 말했다.

"성훈 님."

"응."

세희가 잠시 뜸을 들인 뒤, 각오를 한 표정으로 내게 말했다.

"성훈 님은 어떤 분이시죠?"

"응? 그건 무슨 소리야?"

"말 그대로의 의미예요."

"그렇게 말하면 난 모른다고……."

나는 설명을 요구했지만 세희는 입에 접착제라도 붙여 놓은 것처럼 말을 하지 않았다. 그저 진지하게 나를 바라보며 대답을 기다릴 뿐이다.

……아사달이나 세희나, 머리가 너무 좋단 말이지.

이유는 생각해 봐야 알겠지만, 조금 전의 대화로 나한테 이상한 점이 있다는 것을 눈치챈 것 같다. 그렇다면 여기서 은근슬쩍 넘어가는 대답을 해 봤자 의심만 더 살 뿐이겠지.

"……알았어. 잠깐 생각할 시간을 줘."

세희가 고개를 끄덕였다.

음…… 내가 어떤 놈이냐니, 참으로 대답하기 곤란한 질문이다. 만약에 이곳이 우리 집이 있는 곳이었다면 이렇게 대답했을 거다.

나는 현 요괴의 왕이며, 장래 랑이와 나래와 성의 누나의 남편이 될 놈이다. 아야와 성린의 아빠이기도 하고 치이의 오빠이면서 폐이에게 둥지를 틀어 준 녀석이기도 하고. 요괴들에게 존경받고 있는 냥이의 매제가 될 사람이면서 집 지키는 개 취급을 받고 있는 바둑이의 도련님이기도 하다. 덤으로 랑이의 창귀인 세희에게 주인님 소리를 들으며, 냥이의 창귀인 가희에게 전하 소리를 듣는 이상한 자식이라고.

그렇다면 이 세계에서는? 나는 나를 뭐라고 정의 내릴 수 있을까?

"아사달의 친구, 세희가 좋아하는 남자, 가희의 친한 오빠라고 할 수도 있겠지만……."

나는 고개를 가로저었다.

아사달이 나를 친구로 여긴다는 점, 세희가 나를 좋아해 준다는 점. 그리고 가희가 나와 친한 것은 사실이다.

하지만 그것이 나를 나타낼 수는 없다.

아직은.

이런 말을 하면 조금 웃길지도 모르겠지만, 우리들의 관계는 이제부터 시작이니까.

"현재로써는 그냥 강성훈이네."

"……그렇군요."

내 대답을 들은 조용히, 하지만 힘 있는 목소리로 말했다.

"아직은, 이죠?"

뜨끔하게 만드네, 이 녀석.

"응."

"하지만 아사달 오라버니께서는 이 책에 대해 성훈 님께 말씀하셨죠?"

"……응."

"이 책이 어떤 의도를 가지고 쓰였는지에 대해서도 말씀하셨죠?"

"…………응."

다시금 생각하는 사람이 되었다.

제발 또 이상한 결론이 나오지 않았으면 좋겠다.

"한 가지 여쭤봐도 되나요?"

지금까지 어른 세희를 봐온 나로서는 불길한 기분을 지울 수 없었지만, 그럼에도 나는 고개를 끄덕였다.

세희가 말했다.

"성훈 님은 아사달 오라버니께서 그 모든 것을 알려 드린 이유가 무엇이라고 생각하세요?"

아침 전까지만 해도 내가 아사달에게 묻고 싶었던 이야기다. 이제는 그 이유를 얼추 짐작할 수 있지만.

계속해서 나에게 무엇인가를 알려 주려고 애썼던 모습을 떠올리면 쉽게 답을 알 수 있을 거다.

"너를 위해서겠지."

"……저를요?"

세희는 예상 못 한 답변인 것 같다.

그렇겠지. 아사달은 나를 미래에서 온 사람이라고 생각하고 있을 테니까.

미래의 너에게 도움을 주기 위해 내게 이것저것 다 알려 줬다는 걸, 네가 어떻게 생각할 수 있겠냐.

"그 녀석, 널 끔찍이 아끼니까."

그래서 나는 사실만을 전했다.

"내가 이런 사실을 알려 줘서, 너를 조금이라도 더 빨리 이해할 수 있게 도와주고 싶었던 거 아닐까?"

반쪽짜리 사실을.

아사달은 내가 이곳에 온 목적을 이루어서 미래의 세희를 도와주길 바라는 것 같으니까.

그리고 세희는 반쪽 사실에 전혀 만족하지 못한 표정을 지었다.

"정말로 아사달 오라버니께서 그런 이유만으로 알려 드렸을 까요?"

뜨끔하네.

"응?"

세희가 나를 똑바로 올려다보며 말했다.

"이 이야기는 세간에 잘못 새어 나가게 되었을 때, 아사달 오라버니와 저, 그리고 가희까지 위험에 빠뜨리게 될 수 있는 일이에요. 아무리 아사달 오라버니께서 성훈 님을 믿고 의지한다 하더라도, 그럴 만한 이유가 없다면 당연히 숨기실 만한…… 그런 비밀이죠."

……어, 그런 거였어?

아니, 조금만 생각해 보면 충분히 그럴 만한 일이라고 생각할 수 있네.

책에 적혀 있는 내용은 결국 냥이, 이쪽 사람들의 입장에서 보면 마을 하나를 쑥대밭으로 만드는 건 일도 아닌 대요괴에게 들었던 이야기를 기반으로 써졌으니까.

그 사실을 사람들이 알게 될 경우, 요괴에 대한 반감과 증오를 가지고 있는 평범한 사람들이 어떻게 행동할지는 눈에 뻔하다.

분노는 사람의 눈을 멀게 하고 귀를 닫히게 만드니까.

……경험담입니다.

“만약 말씀하게 되신다 해도, 성훈 님이 저희 가문에 정식으로 들어오게 되신 후. 저와 식을 올리고 난 뒤의 일이라고 생각해요. 이런 말씀을 드리면 안 좋게 여기실지 모르시겠지만, 그때는 성훈 님도 그 여파를 벗어나실 수 없을 테니까요.”

맞는 말이라 뭐라고 할 말이 없다.

그저 시선을 피하는 것밖에 할 수 없었던 내게 세희가 쐐기를 박았다.

“그런데 왜 아사달 오라버니께서는 이리도 급히 성훈 님께 모든 것을 말씀드린 걸까요?”

“그, 그게…….”

“성훈 님은 정말 그 이유를 모르시나요?”

눈을 피한다고 안 보이는 게 아니다. 시야의 가장자리로 나를 뚫어지게 바라보고 있는 세희가 보인다. 나도 모르게 시선이 그쪽으로 향했을 때.

세희가 말했다.

“아니면 알면서도 숨기시고 계시는 건가요.”

……당해 낼 수가 없군.

그래서 나는 사실대로 말했다.

“이유는 알고 있어. 하지만 아사달에게 여러모로 입막음 당했다.”

조금 치사하게 들릴지 모르겠지만 적어도 거짓말은 아니다? 아니, 오히려 이쪽이 진실이지.

그렇다고 이 대답이 세희를 만족시킬 수 있느냐, 하면 그건 아니지만.

"……그런가요."

"그래. 그러니까 말해 줄 수 없어."

"알겠어요."

최소한 더 이상의 추궁은 피할 수 있을 것 같다.

세희는 탐탁지 않아 하는 것처럼 보였지만 고개를 끄덕였다.

"아사달 오라버니께서 그렇게 말씀하셨다면 그럴 만한 이유가 있을 테니까요."

그 신뢰를 이용한 것 같아서 조금 마음이 아프지만, 여기까지 온 이상 나도 어쩔 수 없다.

"그러면 성훈 오라버니."

……세희가 날 오라버니라 부르는 걸 보니까 살짝 삐친 것 같지만.

"저는 이제……."

나는 세희가 쫓아내기 전에 얼른 엉덩이를 의자에서 떼며 입을 열었다.

"아, 그러고 보니까 독서 중에 너무 시간을 빼앗아서 미안. 그러면 나는 이만 가 볼게. 나도 할 일이 있거든."

아사달이 남긴 영성을 다루는 요술을 최대한 외운다거나.

"……."

세희가 입을 다물고 가늘게 눈을 떴다. 어딜 봐도 심통이 난 모습이라서 조금 당황스럽다.

야, 잠깐. 네가 먼저 쫓아내려고 했잖아! 그런데 왜 화를 내냐고?!

"……그래요. 잘 됐네요. 이만 가 보세요. 저야말로 성훈 오라버니의 소중한 시간을 빼앗아서 죄송하게 됐네요."

말에 가시가 있다 못해 칼날이 춤을 춘다.

지금까지의 경험상, 이럴 때 자리를 피하면 나중에 몇 배로 고생하게 되지. 안 좋은 감정은 바로바로 푸는 게 좋은 거다.

"왜 그렇게 화났어? 이유를 말 안 해 줘서 그래?"

세희가 눈빛에 요력을 담을 수 있었다면 이미 내 몸에는 구멍이 뚫렸을 거다.

"성훈 오라버니께서 말씀하셨잖아요. 그 일은 아사달 오라버니께서 비밀로 해달라고 부탁하셨다고요. 그런데 제가 그런 이유로 성훈 오라버니께 화가 났다고 생각하시는 건가요? 성훈 오라버니께서 보시기에는 제가 그렇게 속이 좁은 사람으로 보였나요? 그렇다면 죄송해요. 제가 좀 더 처신을 잘 했어야 했는데 성훈 오라버니를 실망시켰네요."

말은 정중하지만 그 안에는 나를 비꼬는 기색이 넘쳐흐르는군. 그래도 어른 세희와 비교하면 말이 정중하니까 화는 안 난다. 오히려 어린애가 투정 부리는 것 같아서 귀엽게 느껴지는걸?

그래서 나는 다시금 털썩, 의자에 엉덩이를 붙였다. 한층 더 날카로워진 세희의 눈빛을 나는 슬며시 받아 넘기며 말했다.

"……그러면 다른 이유라는 거네."

"아니요. 성훈 오라버니께서 잘못하신 건 하나도 없어요. 그저 제 속이 좁기 때문이죠."

내가 잘못했네.

나는 팔짱을 끼고 조금 전까지 있었던 일을 떠올려 보았다.

으음~

정황상, 세희가 나한테 화를 낼 만한 일은 내가 먼저 자리를 피하려 한 것밖에 없는 것 같은데…….

설마, 자기가 말하기 전에 내가 먼저 선수를 쳐서 그런가?

그래. 그거다. 아무리 생각해도 그거다.

이만 가 보라는 말로 화를 풀고 싶었는데 내가 먼저 얄밉게 자리를 피하려 했으니 속이 부글부글 끓을 만하지.

자, 그럼 어떻게 할까?

사실대로 말한 뒤 사과를 하는 것도 방법 중 하나겠지만, 지금의 세희는 인정하지 않으려 할 것 같다.

그렇다면…….

"아! 알겠다!"

돌아갈 수밖에.

"나하고 함께 있고 싶었는데 먼저 간다는 소리를 해서 그렇구나?"

먼저 어처구니없는 소리를 해서 세희를 더욱 화나게 만든다. 그러면 자연스럽게 세희가 내 주장을 부정할 테고, 그 다음에 은근슬쩍 진실을 말하면 못 이기는 척 받아 줄 테니까.

그런데 말이야.

"……."

"……."

반응이 왜 이러냐.

세희는 얼굴을 새빨갛게 물들이며 분한 표정으로 나를 노려보았다. 살짝 눈가에 물기까지 맺힌 걸 보니까…….

소가 뒷걸음질하다가 쥐를 밟은 것 같은데요.

"……진짜야?"

"……아니에요."

세희가 휙, 고개를 돌렸다.

"그런 게 다가 아니에요."

정정. 쥐의 꼬리만 밟은 것 같다.

내가 옆에 있어 줬으면 하지만, 그것 말고도 다른 게 있다는 건데.

내가 옆에서 뭘 해 주기를 바랐던…….

"아."

정답이 떠오르자 나도 모르게 입 밖으로 소리가 새어나오고 말았다.

"……."

덕분에 세희의 얼굴은 더욱 붉어졌고.

그럴 만도 하지.

세희는 내가 옆에 남아서 자신을 달래 주기를 바랐던 거다. 아사달과의 약속은 약속이고, 서운한 건 서운한 거니까.

내 입으로 이런 말 하기는 조금 그렇지만, 지금의 세희는 나를 좋아하고 있으니까.

……그래도 말이다. 이런 걸 내가 어떻게 아냐고.

"미안, 내가 너무 무신경했네."

나는 세희의 머리에 손을 올렸다. 세희가 손을 들어 밀어 냈다. 거절의 표시였지만, 나는 능글맞게 세희의 어깨로 손을 옮겼다. 세희가 몸을 움찔 떨며 손을 올렸지만, 그 전에 나는 세희를 내 쪽으로 잡아 당겼다.

"흐아앗?"

우리 집 아이들이었다면 확 끌어안았겠지만, 상대는 세희다. 나는 그저 사이를 좁힌 것만으로 만족하며 말했다.

"이해해 줘. 너도 알겠지만, 아사달이나 내가 너를 못 믿어서 비밀로 하는 게 아니니까. 네가 그 약속보다 소중하지 않아서 그런 것도 아니고."

"……저도 알고 있어요, 성훈 님."

화가 풀린 것 같아, 살짝 안도하려고 할 그때.

"우왓?"

세희가 나를 두 팔로 밀었다. 힘 대중을 했는지 의자 밑으로 넘어지는 일은 없었지만, 나와 세희의 사이가 멀어지는 데는 충분했다.

"그래서 말씀드렸잖아요. 성훈 님이 잘못한 건 아무것도 없다고요. 하지만……."

세희가 말을 잇지 못한다.

왜 그러는지 알 것 같아. 머리로는 그게 아니라고 생각하면서도 험한 말을 할 때가 자주 있었으니까.

그런 자신을 인정하는 건 꽤나 힘든 일이다.

나도 여러모로 구르고 구르고 구르지 않았다면 지금까지 인정할 수 없었을 거다.

"뭐, 이성은 이성이고 감성은 감성이니까. 그 두 가지를 자유자재로 제어하는 건 어른이라도 힘든 일이야."
나는 빙긋 웃으며 말했다.
"그러니까 괜찮아."
……이상하다.
나름 좋은 말을 했다고 생각하는데 세희의 눈매가 날카로워진다.
왜 그러지?
내가 또 무슨 잘못을 했나 잔머리를 열심히 굴리고 있을 때.
"저를 자꾸 어린애 취급 하지 말아 주세요, 성훈 님."
세희가 그 이유를 말해 줬다.
"아니, 난……."
세희가 자리에서 일어나 책을 집어 들기에 나는 말을 멈췄다.
"이만 가 볼게요. 그러면 나중에 뵙겠습니다."
세희는 내 대답을 듣지 않고 성큼성큼 화원을 가로질렀다. 따라갈까 싶었지만, 나는 이내 생각을 바꿨다.
뭐, 화는 다 풀린 것 같으니까 된 거 아니겠어? 나중에 보겠다고 말도 했으니까. 거기다 열두 살이면 꽤 복잡한 나이잖아? 이럴 때는 혼자 놔두는 게 좋을 수도 있다.
그래도.
"그럼 나중에 보기로 했다~!"
나는 소리 높여 외쳤다. 세희는 뒤를 돌아보지는 않았지만, 그 자리에 멈춰 섰다가 다시 걸음을 재촉했다.
그 모습이 귀여워서 나도 모르게 입가가 살짝 올라갔다.

이런 날이 언제까지나 계속 되면 얼마나 좋을까.

그렇게 나는 마음속으로 결코 이루어지지 않을 소원을 빌었다.

일곱 번째 이야기

행복의 끝은 아사달이 원정을 나간 지 며칠이 지난 후의 밤에 찾아왔다.

세희와 가희하고 함께 즐거운 시간을 보내면서도 한 편으로는 앞으로 일어날 일에 대한 걱정을 지울 수 없었던 나로서는, 올 것이 왔다는 기분이었다.

비록, 잠을 자다가 굉음에 놀라 깼을 때라 한들 말이지.

"뭐, 뭐야?!"

순식간에 잠에서 깬 나는 침대 위에서 뛰어내려와 창가로 달려갔다.

창문을 열고 몸을 내밀어 바라본 밖은…….

붉었다. 붉은 화염이 모든 것을 잡아 삼키고 있었다. 저 멀리서 비명 소리와 함께 다시금 굉음이 들려온다.

"……젠장."

바보라도 알 수 있었다.

바로 오늘이다. 이 순간이다. 세희가 자신을 희생하면서까지 랑이의 행복을 바라게 된, 세희와 가희의 사이가 틀어지게 된 원인이 생겨난 날이 바로 이 순간이다.

나는 직감적으로 깨닫고 방문을 박차고 나섰다.

"콜록, 콜록!!"

검은색 연기에 기침이 터져 나왔다. 젠장, 냥이의 담배연기보다 더 독해! 나는 다시 방 안으로 들어와 커튼을 찢어 물에 적신 뒤 코와 입을 막고 몸을 숙인 채 밖으로 나왔다.

"성훈 오빠!"

복도에는 나와 마찬가지로 천으로 입가를 막고서 몸을 낮춘 가희가 있었다.

"이게 뭔 일이야?!"

"저도 몰라요!"

"세희는?!"

"저도 지금……."

가희가 대답하려고 할 때.

콰과과광!!

다시 한 번 굉음이 울렸다. 그 소리를 듣고 가희의 얼굴이 새하얗게 변했다.

"저쪽은……."

그 뒤의 말은 듣지 않아도 알 수 있었다.

"세희한테는 내가 가 볼 테니까 넌 안전한 곳에 숨어 있어!"

"하지만!!"

"내 말대로 해!"

나는 지금부터 무슨 일이 일어날지 대략적이나마 알고 있다. 할 수 있다면 가희가 그 일을 직접 경험하는 일은 피하게 해 주고 싶다.

나는 내 말을 듣고도 발을 떼지 않고 있는 가희에게 외쳤다.

“너희들을 나한테 맡긴 건 아사달이야!”

아사달의 이름을 언급해서일까.

가희는 굳은 표정으로 고개를 끄덕였다.

“……알겠어요. 전 반대편에 있을 테니 세희를 찾으면 그 쪽으로 데리고 와 주세요!”

“그래.”

“꼭이에요! 꼭!”

나는 멀어지는 가희를 보며 속으로 안도의 한숨을 쉬고, 반대쪽으로 몸을 돌렸다.

다행히도 나무로 만들지 않은 집에는 불이 옮아 붙지 않았다. 불행인 건, 복도를 장식하고 있는 그림이나 벽화 같은 게 잘 타고 있다는 거지만!

속으로 욕설을 내뱉으며 걸음을 옮길 때.

철퍽.

화재 현장에는 어울리지 않는 소리가 발밑에서 들렸다. 깜짝 놀라 발치를 내려다보자…….

그곳에는 피 웅덩이가 있었다.

아니, 피 웅덩이들이 바닥에 이어져 있었다. 마치, 붉은 은하수처럼.

“우욱!”

나는 속에서 올라오려고 하는 무언가를 억눌렀다.

냉정해라. 냉정해져라, 강성훈. 피는 질리도록 봐 왔잖아? 그것도 내 몸에서 뿜어져 나오던 거. 그러니까 진정해.

그러자 놀랍게도 순식간에 마음이 안정되었다.

그 사실에 나 자신도 놀랐다. 이런 대참사가 일어난 현장을 앞에 두고 냉정을 되찾을 수 있을 거라고는 상상도 못했으니까.

……역시, 나한테 무언가 변화가 일어나고 있는 것 같다. 하지만 그 원인이 무엇인지, 어떠한 것인지 생각해 볼 시간은 없다.

지금 눈앞에 닥친 일에 집중할 때니까.

그렇게 나는 한 가지 사실을 깨달을 수 있었다.

이건 한 사람의 몸에서 나올 법한 양이 아니다. 의학적 지식이 없는 나라도 순식간에 알 수 있을 정도로 많은 양의 피가 복도를 적시고 있었다.

그런데 말이야.

이 피를 흘린 사람들은 도대체 어디 있는 거지?

왜 부상자는 고사하고 시체조차 안 보이는 걸까?

그리고…….

왜 피 웅덩이 사이사이에 찢어진 옷가지와 병장기가 남아 있는 거지?

스스로 한 질문에 대한 끔찍한 답이 떠올랐다. 나는 그 대답을 애써 지우며 걸음을 옮겼다.

저 멀리, 세희의 방이 있는 쪽에서 지금도 비명 소리와 철과 철이 부딪치는 소리가 나고 있으니까.

하지만 그 소리는 이내 끝이 났고.

"호오. 이게 누구신가."

나는 피 웅덩이 위에 홀로 서 있는 괴물을 볼 수 있었다.

성인 남성의 세 배는 돼 보이는 체구에는 검은색 털이 빼곡히 나 있다. 사자의 갈기가 난 머리에는 두 개의 날카로운 뿔이 솟아 있고, 사람이라도 잡아먹을 수 있을 것 같이 커다랗게 찢어진 입에 난 붉게 물든 어금니는 흉물스럽기 그지없다. 뒤로는 뱀과 같은 꼬리가 돋아 있는데, 자아가 있다는 듯이 입을 벌려 독니로 나를 위협한다. 두 다리는 염소의 발굽과 같으면서도 두 팔은 용의 그것과 닮았다.

……신화 속에 등장하는 키메라도 이것보다는 덜 혐오스럽겠군.

하지만 내가 가장 혐오스럽게 느낀 것은.

"사하 영주……."

그 괴물의 가슴팍에 영주의 머리가 파묻혀 있다는 것이었다. 마치, 자신이 괴물의 모습을 취하고 있다 해도 인간이라고 말하는 듯이.

"이런, 놀랐나? 하긴 내 몸이 조금 흉물스럽겠군. 나는 꽤 마음에 들지만 말이야. 하하하하!"

-크레레레레렉!!-

인간의 얼굴과 괴물이 얼굴이 동시에 웃음을 터트렸다.

괴물의 웃음소리에는 기묘한 힘이 담겨 있는 느낌이었다.

사람의 육체를 경직시키고 정신을 공포로 휘감는 힘이. 다만, 평소에 워낙 단련이 된 나한테는 별 의미가 없었지만.

그것으로 알 수 있었다.

눈앞의 괴물은 평범한 인간한테는 재앙과 같은 존재겠지만, 대요괴에 비교해 보았을 때는 벌레와 같다는 것을.

그렇다한들 바뀌는 건 아무것도 없다는 게 문제지만.

내가 반인반선이라고 해도 쓸 수 있는 선술 같은 건 하나도 없고, 있다고 해도 저런 괴물한테 통할 리가 없으니까.

그렇다면 어떻게 하지?

……아니, 나는 알고 있다.

나는 이미 알고 있다. 내가 이곳에서는 아무것도 할 수 없다는 것을 이미 알고 있다.

세희가 편지에 남긴 말을 기억하고 있으니까.

이건 반드시 일어나야 하는 사건이다.

이건 반드시 일어나게 되는 사건이다

애초에 다른 세계의 인간인 내가 이 사건에 과도한 간섭 같은 것은 할 수 없다.

그 순간, 인과 관계를 지키기 위해 간섭이 일어날 테니까.

내가 해야 할 건 지금 당장 이 자리를 피한 뒤, 무슨 일이 벌어지나 내 두 눈에 담는 것. 아사달과 세희와 가희에게 무슨 일이 있었는지, 그리고 그 일이 세희와 가희의 성격에 어떠한 영향을 미쳤는지.

그것을 알아보는 거다.

그러기 위해서, 나는 이 자리를 피해야 한다. 어떻게든 도망쳐야 한다. 나는 무력하고 그런 나를 지켜 주는 아이들도 없다. 내 목숨을 보전하기 위해서라도 지금 당장 이곳을 피해야 한다.

영주가 이곳에 있는 건 아마도 세희와 관계가 있겠지. 그렇다면 내가 도망치면 쫓아오지 않을 가능성도 있다. 시도도 하지 않고 포기할 수는 없는 노릇. 지금 당장 뒤로 돌아 달리자. 이곳을 도망치자.

도망쳐야 한다.

이성이 계속해서 내게 도망치는 것을 주장한다.

그런데 말이야.

냄비 뚜껑이 날아가 버렸다.

나는 이런 참사를 눈앞에 두고 이성을 유지할 수 있는 사람이 아니다. 만약 내게 일어난 변화가 아니었다면, 지금 당장 괴물을 향해 막무가내로 달려갔겠지.

나는 저 괴물이 저지른 패악과 지금부터 저지를 범죄를 짐작하고 있으니까.

세희.

괴물은 무슨 이유인지는 모르겠지만 세희를 노리고 이곳에 왔다. 사람 목숨을 파리 목숨처럼 여기는 괴물이 세희를 노리고 있다는 말이다.

그런데 도망치라고? 도망쳐서 그 모습을 지켜만 보라고? 인과 관계에 따라 반드시 일어나게 되는 일이니까, 헛된 노력이 될 테니까, 죽을지도 모르니까, 아무 짓도 하지 말고 가만히 있으라고?

웃기지 마.

그때는 그때다. 아무것도 하지 않고 자책감에 시달리는 것보다는 이 위기를 타파하기 위해 골머리를 썩는 게 낫다.

죽을지도 모른다고?
그게 하루 이틀이냐?

내 목숨은 언제나 풍전등화였다고. 위험하다는 이유 때문에 도망칠 수는 없다.
물론, 함부로 내 소중한 목숨을 버릴 생각도 없지만.
잊지 말자. 내 목숨은 나만의 것이 아니다.
후우…….
나는 각오를 다지고 눈앞의 괴물을 똑바로 올려다보았다.
자, 그러면. 이제 어쩌지? 어떻게 이 위기를 벗어나야 하지?
음.
일단 시간을 끌자. 그 사이에 세희가 도망칠 수도 있을 테니까.
"나는 전의 모습이 꽤 좋았던 것 같은데?"
다행이도, 어깨를 으쓱거리며 자신의 몸을 찬찬히 훑어보는 내가 괴물 입장에서는 조금 관심이 생겼나 보다.

"그렇겠지. 그때는 만의 하나라도 나를 해칠 수 있었을 테니까 말이야."

"아니, 그때도 만의 하나는 아니었을 것 같은데. 보다시피 약골이라서."

지금은 억만분의 일도 아니지만.

그럼에도 내가 시간을 끌고 있는 것은 믿는 구석이 있기 때문이다.

아사달.

분명 그 녀석은 원정에 나가기 전에 영주의 뒤를 밟는다고 말했다.

그 말은 즉, 사태가 벌어진 것을 깨닫고 이곳을 향해 오고 있을 가능성도 충분히 있다는 말이다. 지금의 나는 그 가능성에 모든 것을 걸 수밖에 없다.

그렇기에 나는 말했다.

"그래서 말인데. 어떻게 하면 그런 몸이 될 수 있을지 궁금해. 이왕 이렇게 된 거 좀 귀띔 좀 해 주지 않을래? 겸사겸사 왜 이런 미친 짓을 벌였는지도 말이야."

살짝 어이없어 하는 괴물을 향해 나는 이어 말했다.

"아, 물론 강요는 아니야. 그런 모습으로 변한 너라고 해도 무적은 아니잖아? 나한테 시간을 끌다가 이곳에 일어난 일을 눈치채고 달려온 사람들한테 퇴치당하면 웃음거리도 안 될 테니까."

괴물에 달려있는 영주가 나를 비웃으며 말했다.

"웃기는군. 시간을 벌겠다는 네놈의……."

"야."

다 들어 줄 생각이 없지만.

나는 당당하게 허리춤에 손을 올리고 턱을 들어 올리며 최대한 재수 없게 말했다.

"너 웃긴다. 그럴 거면 날 보자마자 목을 날려 버렸어야지. 자기 몸이 변했다느니, 마음에 든다느니, 그딴 소리는 왜 한 거야? 뭔가 이야기하고 싶은 게 있어서 그러는 거 아니었어? 지금도 그래. 내가 이딴 소리를 하는데도 살려 두고 있는 건 뭔가 자신의 이야기를 들어 줄 것 같은 상대, 그러면서도 자신에게 해가 안 되는 약골 자식이 있기를 바라고 있던 거 아니야?"

기분 탓인지 발톱이 늘어난 것 같다? 덕분에 등 뒤로 서늘한 식은땀이 흘러내렸지만 나는 혀를 멈추지 않았다.

"지금 네가 선택할 건 두 가지. 최단 시간으로 네 목적을 이루기 위해 지금 당장 내 목을 자르고 할 일을 하든가, 아니면 나한테 네가 누군가에게 하고 싶었던 이야기를 한 뒤 만족감을 느끼든가. 그 두 가지다."

할 말은 다 했다. 이제 괴물이 어떻게 행동하는 지가 중요하겠지. 지금 당장 저 발톱으로 날 죽이려고 들든가, 삼류 악당처럼 자신의 계획을 모두 말해 주든가.

어느 쪽이든 나는 기다리는 수밖에 없다.

그리고 괴물은 웃었다.

"크크크크크크크."

-크레레레레레렉!-

아, 저렇게 웃는 사람이 진짜로 있구나.

괴물이지만.

"그래. 네 말대로다. 기념비적인 오늘, 누구도 내 야망을 알지 못한 채 뜻을 이루어 버린다면, 흥취가 돋지 않지."

휴우…… 어떻게든 내 허세가 통한 것 같다. 조금은 믿는 구석이 있었지만. 자신의 이야기를 하는 것을 좋아하는 게 사람이니까 말이지.

눈앞에 있는 것은 사람도 요괴도 아닌 괴물이지만.

괴물이 말했다.

"너도 알겠지만, 요괴는 인간의 영성을 먹는 것으로 힘을 얻을 수 있다."

나는 거만하게 고개를 끄덕였고, 괴물은 입을 쫘악 벌리며 웃었다.

"어느 날 나는 이런 생각이 들었다. 그렇다면 그 역은 어떠할까? 인간 역시 요괴의 영성을 먹어 힘을 얻을 수 있을 가능성 또한 있을 것이다."

괴물이 흉물스러운 것은 그 외관 때문이 아니다.

"그래서 나는 범죄자를 통해 실험해 보았지. 정말로 인간을 뛰어넘는 힘을 얻을 수 있는지 말이야. 그리고 그 실험은 성공이었다. 그 실험체는 인간이면서 중형 요괴에 버금가는 힘을 얻게 되었다. 덕분에 처리하는 데 나름 고생했지."

그 마음이 흉물스럽기에 괴물인 것이다.

"하지만 그럴 만한 가치는 있었지. 계속된 시험 덕분에 나는 반인반요가 되어 인간과 요괴를 뛰어넘는 힘을 얻는 동시에, 인간의 모습을 취하는 방법까지 알게 되었으니까! 지금은 아직 대요괴의 힘에는 미치지 못하나, 인간과 요괴를 더욱 더 잡아먹는다면! 나는 언젠가 대요괴마저 넘어서서 이 세계를 지배하게 될 것이다!"

……이런 상황에서 그러고 싶지는 않지만.

나는 박수를 치고 싶어졌다.

한 손으로.

와아, 정말 어이없는 꿈을 가진 괴물이구나. 대단해!

말했듯이, 랑이와 만나 본 내 입장에서 괴물의 힘은 말 그대로 발톱의 때만도 못 해 보인다. 그런데 힘을 길러 세계 정복이라니.

그것도 인간과 요괴를 잡아먹는 게 그 방법이라니.

나는 안다.

랑이가 요괴들을 어떻게 생각하는지. 그리고 **이 세계에 냥이가 있다는 말은 랑이 또한 있다는 말이 된다.** 요괴들을 아해라고 부르며 아끼는, 그 요괴들을 위해 나와 잠깐 헤어지는 것까지 각오했던 랑이가.

그렇다면 힘이 약한 요괴를 통해 영주가 힘을 기르는 것보다, 분노한 랑이의 발에 밟혀 죽는 게 먼저겠지.

하지만 그런 소리를 해 봤자 저 괴물의 귀에는 들어가지 않을 테고, 시간을 끄는 행동이 끝이 나겠지.

나는 괴물의 이야기하고 싶어 하는 욕망을 자극하는 질문을 꺼냈다.

"이해 못 하겠는데."

"……흐음?"

예상대로 관심을 가지네.

"설마 여기 살고 있던 사람들이 알고 보니 인간으로 둔갑한 요괴였다는 거야? 네 말대로라면 지금 당장 마을 밖에 나가서 요괴들을 사냥하는 게 맞잖아? 지금 네가 한 말하고 네 행동은 일치하지 않다고."

괴물이 낮게 울었다.

-크르르륵-

"네 말이 맞다. 힘을 기르려면 그렇게 하는 게 맞지."

괴물이 뒤를 돌아보았다. 그곳에는 세희의 방이 있었다.

"하지만 네놈은 내가 한 말을 이해 못 했군. 나는 분명, 세계를 정복하겠다고 했다. 인간과 요괴, 그 모든 것을 내 발밑에 굴복시키겠다는 뜻이다!"

광기에 물들어 붉어진 괴물의 눈동자가 나를 바라보았다.

"그러기 위해서는, 세희. 인간의 왕이 될 자의 영성이 필요하지."

"……뭐?"

"세희의 영성을 내 것으로 만들어, 나 스스로가 인간의 왕이 될 것이라는 뜻이다. 그리고 왕의 힘으로 모든 인간을 내 꿈을 이루는 도구로 삼을 것이다! 그를 위해 이곳에 온 것이지! 그래, 처음은 인간과 요괴가 대전쟁을 벌이게 만들어, 내 힘을 기르기 위한 만찬장을 여는 것으로 시작할까!"

-크퀘퀘퀘퀘퀘퀘퀘퀘!!-

자신의 야욕을 드러낸 괴물이 만족스러워하며 웃는다.

하지만 인간의 왕에 대해 알고 있는 나로서는 어이가 없어 웃음도 안 나왔다.

"……대단하네."

그 멍청함이.

인간의 왕은 오로지 인간만이 될 수 있다.

그리고 눈앞에 있는 건 그냥 괴물이다. 사람들한테 물어보면 백이면 백, 인간이 아니라고 볼 법한 괴물이라고. 자신의 본 모습을 인간의 모습으로 숨긴다 하더라도 신수라 불리는 기린이 눈치채지 못할 리가 없을 거다.

……뭐, 그렇다고 눈앞의 위협이 사라지는 건 아니지만.

"아직도 여유가 넘치는군."

괴물의 눈이 가늘어졌다.

"그건 네놈이 시간을 끄는 사이에 세희가 도망칠 거라고 생각했기 때문인가? 네놈의 희생으로 세희를 구할 수 있을 거라는 믿음 때문인가? 아니면 누군가 너를 도와주기 위해 올 것이라 믿고 있는 건가? 그렇다면 말해 두지."

괴물의 입이 듣기 불쾌한 웃음소리를 내는 것과 동시에 인간의 입이 말했다.

"내가 이곳에 온 뒤 가장 먼저 한 게 무엇인지 아나? 주위에 결계를 쳐 놓는 것이었다. 힘이 약한 인간은 쉽사리 나갈 수도, 들어올 수도 없는 결계를 말이야."

……그런 건 좀 깜빡해도 되는데 말이야.

"그래도 신중에 신중을 기하기 위해, 세희가 있을 곳에는 다시 한 번 결계를 쳐 두었다."

준비성도 철저해라! 이왕이면 그 능력을 다른 쪽으로 발휘해 줬으면 좋았을 텐데 말이야.

입 밖으로 내뱉었다가는 괴물의 성질만 건드릴 딴죽을 생각하는 내 시야 먼 곳에 무엇인가가 걸렸다.

이쪽을 향해 조심스럽게 접근하는 누군가가.

나는 그쪽에 시선을 주지 않기 위해 고개를 숙이며 깊은 한숨을 내쉬었다.

그래. 힘이 약한 인간은 결계를 통과하지 못한다고 해도, 힘이 강하다면 이야기가 다르지.

즉, 힘을 가진 누군가가 왔다는 말이다. 아사달이든 아니든, 그것만으로 충분하다. 조금만 더 시간을 끌자.

나는 고개를 들고 오로지 괴물만을 바라보며 말했다.

"아니, 뭐, 그런 생각을 안 한 건 아닌데. 그런 사소한 것보다는 궁금한 게 있어서 말이야."

"……사소한 것?"

"아니면 누구나 알 만한 일이라고 해야 하나? 그런 몸이 되면서 뇌가 사라진 건 아닐 테고. 나하고 수다 떨고 있는 사이에 세희가 도망칠지도 모른다는 생각 정도는 할 수 있겠지. 안 그래? 그런데 태평하게 내 말에 장단을 맞춰 주는 걸 보면, '믿는 구석 하나 정도는 있겠구나~' 같은 생각하는 게 정상 아니겠어?"

거짓말이지만.

워낙 어른 세희에게 당한 게 많다 보니까 이런 말이 잘 나오는군.

놀라운 건 내 거짓말이 괴물에게 통했다는 거다.

괴물이 몸을 앞으로 숙이며 나와의 거리를 좁혔다. 이대로 입을 벌려 나를 간식거리로 삼을지 모른다는 공포심이 솟구쳐 올랐지만, 나는 나를 믿는다. 정확히 말하면, 어른 세희의 무표정조차도 뚫었던 내 두 눈을 믿는다.

이 괴물은 아직 내게 관심이 있다.

괴물이 역한 피 냄새가 나는 입을 벌리며 인간의 입으로 말했다.

"아깝군. 이대로 죽이기에는 너무 아까워."

그러면 안 죽이면 된다.

속으로 건 딴죽을 듣기라도 했는지 괴물이 흉물스러운 발톱이 난 손을 내게 내밀며 말했다.

"나를 섬겨라. 그러면 살려 주지."

하도 어이없는 소리라 나도 모르게 농담이 튀어 나왔다.

"왜, 그러면 세계의 반이라도 주게?"

괴물은 내 농담을 무시했다.

"아직 재능이 개화하지 못했지만, 네놈은 쓸 만한 원석이다. 분명 내 야망을 이루는 데 도움이 될 터."

괴물은 자기가 미소 지었다고 생각하겠지만, 내가 보기에는 널 이렇게 맛있게 잡아먹을 거야, 같은 의미로밖에 다가오지 않는다.

"너 역시 이대로 죽고 싶지는 않겠지?"

"그래."

나는 고개를 끄덕였다.

괴물의 미소가 짙어졌지만, 한국말은 끝까지 들어 봐야 아는 법이다.

“그러니까 네가 당장 도망쳐 줬으면 좋겠다.”

괴물의 표정이 일그러지는 것과 동시에 나는 말했다.

“애초에 네놈의 야욕은 이루기 불가능한 것이니까.”

내 도발이 먹혔는지 괴물의 인상이 험악해졌다. 기본이 험악한데 이빨을 드러내며 위협을 하니 두 다리가 후들후들 떨릴 것 같네.

하지만 여기서 그런 약한 모습을 보였다가는 죽는다. 괴물이 아직까지 관심을 유지하고 있는 것은 자신에게 두려움 없이 담대하게 나선 내 태도 때문이니까.

“그게 네놈의 유언인가?”

괴물이 고약한 냄새가 나는 혓바닥으로 입을 핥는다. 나는 인상을 찌푸리며 말했다.

“유언이라니, 너무하잖아. 나는 내 나름대로의 친절을 베푼 건데. 내 말 안 듣고 나중에 후회해도 나는 이미 죽어 있을 테니까 따져도 의미 없다?”

믿는 구석이 있다고 생각했는지 괴물이 아주 살짝 뒤로 물러나며, 그럼에도 그 날카로운 발톱이 내 몸에 닿을 거리를 유지하며 말했다.

“네놈, 무엇을 알고 있는 거지?”

나는 말했다.

“인간의 왕이 될 수 있는 조건.”

괴물이 웃었다.

그 웃음이 멈췄을 때.

"나를 과소평가하는군!"

괴물의 벌려진 입은 어느새 내 머리 위에 있었다. 날카로운 이빨 사이에서 흘러내린 끈적거리고 냄새나는 침, 그리고 뜨거운 숨이 신경 쓰이지 않을 정도로 나는 집중했다.

괴물의 몸에 달려 있는 인간의 얼굴을 관찰하는 데 집중하며, 나는 말했다.

"설마 내가 인간의 왕이 되기 위해서는 기린의 시험을 치러야 한다, 이런 어린애라도 알 법한 사실을 말할 거라고 생각하는 건 아니겠지?"

나는 손을 들어 괴물의 입을 밀쳤다. 내 힘으로는 괴물의 손가락 하나 까딱일 수 없을 테니, 이 이야기에 관심을 가지고 스스로 물러난 거라고 봐야겠지.

"틀렸어. 모르나 본데, 너는 기린의 시험조차 치를 수 없을 거다."

뭔가 말을 하고 싶어 하는 눈치인 괴물에게 팔을 들어 올려 입을 막아 버린 뒤, 내가 말했다.

"인간의 왕은 인간만이 될 수 있으니까. 너는 반인반요가 된 시점에서 인간의 왕이 될 자격을 잃어버린 거다."

괴물이 눈을 가늘게 뜨며 말했다.

"……만약 네 말이 사실이라면, 너는 그걸 어떻게 알고 있는 거지?"

나는 사실대로 말했다.

"기린에게 직접 들었다."

"나를 속이려는 건가?"
"이런 거로 속여서 뭐하게?"
잠시 동안 괴물과의 눈싸움이 벌어졌다.
내가 표정 관리를 못 하는 건, 이럴 때 장점으로 드러나지.
"거짓말은…… 아닌 것 같군."
그러면 좀 물러나 줬으면 좋겠지만, 인생. 내 뜻대로 되는 일은 하나도 없는 법이다.
"그렇다면 계획을 바꿔야겠어."
"……뭐?"
"계획을 바꾸겠다고 말했다."
한눈에 봐도 사악해 보이는 미소를 지으며 괴물이 말했다.
"그렇다면 세희를 먹는 것이 아니라, 세희를 내 것으로 삼으면 되는 일이다."
이런 순간에도 이 로리콘 새끼, 라는 생각이 드는 나는 도대체 뭐 하는 놈이냐.
"인간의 왕을 수족처럼 부리면 되는 일. 달라지는 것이라 한다면…… 생사 여부 정도겠지."
"아니, 잠깐만. 그게 말이 된다고 생각해?"
세희는 알고 있다.
인간과 요괴가 공존하며 살아야 할 운명 공동체라는 것을.
세희는 말했다.
왕의 힘을, 인간과 요괴의 사이가 좋아지는 데 사용하고 싶다고.
그런 아이가 괴물의 야욕을 위해 왕의 힘을 사용할 리가 없다.

그런 내 생각을 눈치채기라도 한 듯, 괴물이 말했다.

"그렇겠지. 내 멋대로 다룰 수 있을 법한 성격이 아니니까. 하지만……."

괴물의 움직였다.

뒤를 향해.

"인질이 있다면, 어떨까?"

카강!

검과 발톱이 부딪쳤다!

"나를 너무 우습게 보는 것 아닌가? 이미 결계를 파고들었을 때부터 알고 있었는데, 기습을 시도하다니."

"인간을 벗어나셨으니 조금은 방심해 주실 거라고 생각해 봤습니다."

괴물의 괴력에 맞서고 있는 것은 아사달.

내가 그토록 기다리고 있던 녀석이었다.

하지만 아사달이라고 해도 괴물과의 힘 싸움에서 이길 수는 없었다. 오히려 한 번이라도 버틴 것이 대단한 일.

괴물이 근육을 부풀이며 힘을 가하자, 더 이상 버틸 수 없었는지 아사달의 두 팔이 억지로 들려졌다. 그 틈을 놓치지 않고 괴물의 반대쪽 발톱이 파고든다! 하지만 아사달이 괴물의 힘을 이용해 뒤로 구르는 것으로 그 일격은 허투로 돌아갔다.

아쉽다는 듯 괴물이 혀를 차고 목을 풀며 말했다

"최강의 전사라는 이명은 헛것이 아니었군. 내 일격을 받아 낸 건 아사달, 자네가 처음이야."

"이미 이겼다고 생각하지 않고서야 나올 수 없는 말이로군요."

"방금 전의 일로 알았을 텐데? 네가 내 상대가 되지 못한다는 것을 말이지."

"길고 짧은 것은 대봐야 아는 것이죠."

그렇게 말은 하고 있지만, 언제나 여유를 잃지 않았던 아사달의 표정이 굳어 있다. 조금 전의 대치로 괴물의 말대로 혼자서 상대하기 벅차다는 결론이라도 낸 걸까?

그렇다면 나는 내가 할 수 있는 일을 하자.

내가 슬금슬금 몸을 움직이려는 그때.

-샤아아악!-

뱀의 머리가 시퍼런 독니를 드러내며 나를 덮쳤다!

"우왓?!"

그걸 피할 수 있었던 건 일종의 요행이었다. 아니, 성의 누나에게 두드려 맞았던, 그리고 나래와의 난투 덕분일지도 모르겠지.

피해야 한다고 생각하기도 전에 몸이 멋대로 움직였으니까.

"호오, 피할 줄은 몰랐는데 말이야."

괴물이 슬쩍 뒤를 돌아보며 사람 열 받게 만드는 소리를 한다. 나는 이 세계 사람들은 이해하지 못할 손가락 욕을 해 준 뒤 아사달이 다시 괴물에게 달려든 틈새를 놓치지 않고 세희의 방으로 달려갔다. 어차피 내가 저 괴물하고 싸워서 이길 수는 없으니까!

"내가……."

그런 나를 향해 괴물이 손을 쓰려고 했지만, 아사달의 검이 그 앞을 가로막았다.

“상대를 착각하고 있는 것 아닙니까?”

“그래, 그렇군! 아사달, 너는 언제나 눈엣가시 같았으니까 말이야!”

“그렇습니까? 저는 당신과 마음은 맞지 않을지라도 함께할 수 있을 거라 생각했습니다.”

“그 안일한 생각이 일을 여기까지 키운 거다!”

“그런 걸 보고 책임 전가라고 하는 겁니다!”

등 뒤에서 아사달과 괴물의 혈투가 벌어졌지만, 신경 쓸 때가 아니다. 지금은 아사달이 버텨 줄 거라 믿고 세희를 방에서 빼내야만 한다.

그러기 위해 나는 방의 손잡이를 잡았다.

“끄악!”

순간, 끔찍한 격통이 손을 타고 올라왔다. 본능적으로 손을 뒤로 뺐지만, 너무 늦었다.

아파, 아파, 아파, 아파 죽겠다고!

손바닥을 확인해 보니 피부가 타들어 가 있었다.

고통을 넘어선 당혹스러움이 나를 덮쳤다.

“벌써 잊어버렸나 보군!”

철이 부딪치는 소리와 함께 뒤에서 들려온 개소리에 기억이 났다.

그래, 결계가 쳐져 있다고 했지. 알고 있었지만, 이런 식의 결계는 단 한 번도 본 적이 없었다고!

젠장! 아프잖아! 더럽게 아프다고! 빌어먹을!

가장 짜증 나는 게 뭔지 알아?

이 고통이 시작일 뿐이라는 거다!

나는 뇌에서 보내는 경고를 무시하며 다시 한 번 손잡이를 두 손으로 잡았다. 이미 각오를 했기 때문에 손잡이를 놓지 않을 수 있었지만, 그렇다고 아프지 않다는 말은 아니다. 그동안, 별의별 일로 고통에는 조금이나마 익숙해졌다고 생각한 나를 비웃기라도 하듯, 뇌를 태울 듯한 격통이 나를 괴롭힌다.

그럼에도 손을 뗄 수 없는 것은, 손을 떼지 않는 것은 안에 갇혀 있는 세희를 위해서다.

지금도 괴물과 혈투를 벌이고 있는 아사달을 위해서다.

괴물이 걸어 놓은 결계가 나를 있는 힘껏 밀어 내려고 했지만…….

잊지 말자. 나는 세계 최강 시스콘의 결계도 깨뜨린 전적이 있다는 걸! 그런 내게 이런 질 낮은 결계 따위는 아무것도 아니다.

그렇기에 나는 진심을 담아 외쳤다.

이곳에서 살아 돌아가, 내 꿈을 이루기 위해!

"결계야, 깨져라!!"

다행히 나는 그때처럼 격렬한 쪽팔림에 그 자리에 주저앉아 두 손으로 얼굴을 가리지 않아도 됐다.

내 손이 닿은 곳부터 파지직 거리는 소리와 함께 균열이 일어났으니까. 그 균열은 퍼지고 퍼졌고 결계는 결국 조각이 났다. 뒤에서 쿠웅! 하고 땅이 울리는 굉음이 들려왔지만 신경 쓸 겨를도 없었다.

–덜컹!–

“어?”

“흐앗?!”

방 안쪽에서 세희가 이쪽을 향해 돌진했으니까. 정확히 말하면 문 앞에 서있는 나를 향해.

아, 세희도 방 안쪽에서 문을 열기 위해서 힘쓰고 있었구나.

“꾸엑?!”

그런 생각을 하며 나는 세희의 몸통 박치기를 정통으로 맞아 뒤로 넘어졌다.

“괜찮으세요?”

내가 쿠션이 되어 준 덕분에 세희는 괜찮은 것 같다. 나는 벌떡 일어나 세희의 손을 잡으며 말했다.

“나는 괜찮으니까, 일단 도망치자아아아아악!”

흥분한 탓에 내 손 상태를 생각 못 한 게 실수였다. 젠장! 아파 죽겠네! 비명을 지르고 싶을 정도로 아프다고!

“성훈 님?! 소, 손이!!”

“괘, 괜찮아! 그보다!”

나는 놀람 반, 걱정 반으로 올려다보는 세희에게서 시선을 돌리며 외쳤다.

“아사…… 달?”

괴물을 상대하고 있어야 할 아사달의 모습은 그곳에 없었다. 있는 것은 팔짱을 끼고서 이쪽을 느긋하게 바라보고 있는 괴물뿐이었다.

"……어?"

잠깐만.

언제부터였지? 언제부터 소리가 들리지 않았지? 아사달의 검이 괴물의 발톱과 부딪치는 소리가 언제부터 들리지 않았지? 그 굉음은, 도대체 무엇을 뜻한 거였지?

그에 대한 답을 내기 전.

괴물이 박수를 쳤다.

"내 결계를 맨몸으로 깨뜨리다니, 대단하군. 약골이라는 말은 취소하도록 하지."

박수 소리가 멈췄다.

"하지만 여기 까지다."

지금 그딴 건 중요하지 않다.

"……아사달은?"

내 물음에 괴물은 손가락으로 한쪽을 가리켰다.

나는 보았다.

입가를 피로 물들인 채 벽에 몸을 기대고 있는 아사달의 모습을.

어떻게든 미소를 지으려고 애쓰고 있지만, 허리의 상처를 손으로 누르고 있는 모습이 위태롭기 그지없었다.

그런 상황에서도 나와 세희의 걱정을 덜기 위해서 위해 고통을 삼키고 있는 아사달을.

그 모습을 보고, 나도 모르게 이를 악물었다.

발밑에 드리워진 절망을 떨쳐 내기 위해서라도.

아사달에게 달려가려는 세희를 막기 위해서라도.

"오라버니!"

지금은 내가 정신을 차려야 한다.

"멈춰!"

나는 신경이 타들어 갈 듯한 고통을 느끼면서도 세희를 잡은 손을 놓지 않았다.

세희가 뒤로 돌며 절규했다.

"하지만 오라버니께서!"

"아사달은 보이고 괴물은 안 보이냐?!"

젠장, 아사달이 걱정되는 건 나도 마찬가지라고!

"아사달이 저 꼴이 되면서도 지키려고 한 건 너야! 그런데 네 발로 괴물에게 갈 생각이야?!"

"……아."

내 말이 효과가 있었는지 세희가 몸에서 힘을 뺐다. 그제야 나는 세희의 손을 놓을 수 있었다. 젠장, 아파 죽겠네! 고통을 털고 싶은 마음에 손을 몇 번 털었다. 달라지는 것은 아무것도 없었지만, 세희의 울 것 같은 목소리를 들을 수는 있었다.

"……죄송해요, 성훈 님."

신경 쓰게 만들 생각은 아니었는데.

"……괜찮아. 지금은 그게 문제가 아니니까."

미안해하는 기색을 지우지 않기에 나는 세희의 머리를 툭툭 두드렸다. 세희가 화들짝 놀라 내 손목을 잡아 자신의 머리에서 치우며 말했다.

"무리하지 마세요!"

세희의 말대로 무리였지만, 신음 소리 한 번 내지 않을 수 있었던 건 내가 어느 정도 고통에 익숙해져 있기 때문이겠지.

"그런 말할 시간에 이 상황을 어떻게 극복해 나갈지나 생각해 봐."

그래도 아사달처럼 미소 짓는 건 꽤나 힘든 일이었다.

"네가 가장 머리가 좋잖아? 안 그래?"

"……아."

세희의 눈동자에 총기가 돌아왔다.

이제 좀 안심할 수 있으려나.

"참으로 눈물겨운 장면이군."

그걸 또 지켜보고 있던 괴물이 이죽거렸다.

"그러면 네 말이 진실이라는 걸 울어서 증명해 보지 그러냐?"

나 역시 지지 않고 비꼬아 봤지만 괴물의 신경을 긁는 것조차 무리였다.

"지금 당장 치료하면 죽지 않을 정도로 봐줬다는 거로 충분하지 않나?"

왜 난 저 말이 아사달의 목숨을 담보로 협박에 나서겠다고 들리는 거지?

……젠장. 어떻게 하지?

생각해라. 생각하고 생각해라. 어차피 내게 있는 건 이럴 때만 잘 돌아가는 잔머리밖에 없다. 호랑이 굴에 들어가도 정신만 차리면 된다고, 이 위기 상황에서 벗어날 수 있는 방법이 분명히 있을 거다.

내가 떠올리지 못했을 뿐이다.

왜냐하면 그 해결책의 실마리를 지금 발견한 것 같으니까!

그게 무엇인지 알아내기 위해 필사적으로 머리를 굴리고 있을 때.

세희가 말했다.

"……사하 영주님."

앞으로 나서는 세희를 보며 나는 감탄할 수밖에 없었다. 그 짧은 시간에 이 위기에서 벗어날 수 있는 방법을 떠올렸다는 말이니까.

"그만두시죠. 당신이 바라는 건 제가 아니신가요."

……그런데 불길한 기분이 든다?

내 앞에 나선 세희를 바라보는 괴물의 눈동자가 탐욕스럽게 빛나는 것으로 내 불안은 배가 됐다.

"아니, 정확히 말하면 인간의 왕이 가진 힘이겠죠."

세희가 다시금 한 발자국 앞으로 나선다.

"당신의 뜻대로 할 테니 더 이상 불필요한 일을 벌이지 말아 주세요."

아니, 내가 잘못 생각했나 보네.

확실히 괴물이 바라는 건 세희가 나중에 가지게 될 왕의 힘이다. 그렇다면 그걸 교섭 재료로 삼아서 이 위기에서 벗어날 수 있을 가능성도 충분히 있는 거다.

……문제는 괴물이 세희의 제안을 받아들일 이유가 없다는 거지만, 뭔가 생각하고 있는 게 있지 않을까?

괴물도 그 점이 궁금한 것 같았다.

“웃기는군. 내가 왜 네 말을 들어야 하지? 지금 압도적인 우위에 선 것은…….”

괴물이 말을 멈춘 것은 세희가 작은 은색 단검을 꺼내 자신의 목에 들이댔기 때문일 것이다.

“아직도 영주님께서 압도적인 우위에 서 있다고 생각하시나요?”

생각하지도 못한 세희의 돌발 행동에 내가 입을 떡 벌리고 있을 때, 괴물이 불쾌한 음색으로 말했다.

“잊지 마라, 세희. 네가 자결할 경우, 이들의 목숨 또한 없는 것과 마찬가지다.”

“잊지 마세요, 영주님. 제가 자결할 경우, 당신의 야욕 또한 없는 것과 마찬가지라는 것을요.”

“지금 네가 협상을 권유할 상황이라 생각하나?”

“협상이요?”

세희가 고개를 저었다.

“이건 협박이에요, 영주님. 자신의 야망을 이루기 위해 모든 것을 포기한 당신을 향한 협박 말이죠. 만약, 더 이상 제 가족분들께 손끝 하나 건드리면.”

세희의 하얀 목선에 붉은 핏물이 흘러내린다.

“저는 이곳에서 당신의 야망과 함께 죽습니다.”

세희의 진심이 전해졌는지 괴물이 인상을 찌푸렸다.

정말 기분 나쁘게도, 그건 나도 마찬가지였다.

“야!”

그래서 외쳤다.

"난 그런 뜻으로 말한 게 아니거든?! 그런 살벌한 방법 말고도……"

세희가 고개를 흔들었다. 여전히 앞을 바라본 채로.

"이 방법밖에 없어요."

입에서 욕지거리가 치솟아 올랐다.

"뭔 개소리야?!"

"말리지 말아 주세요."

세희가 나와 선을 그었다.

"이런 일이 벌어진 것은 제 책임이에요. 그 책임을 지려는 것뿐이니 방해하지 말아주세요."

머리가 좋은 녀석들이 하는 말은 이해가 안 되는 경우가 너무 많아서 문제다.

"이게 어떻게 네 잘못이야?! 저 망할 괴물 탓이지!"

다행인 것은, 어린 세희는 어른 세희와 달리 배려심이 겉으로 드러난다는 점이다.

"아니요. 성훈 님이 저를 영주에게서 구해 주셨던 날, 제가 영주를 따라갔다면 이런 일이 벌어지지 않았을 거예요. 저를 손에 얻었다고 방심한 부분을 아사달 오라버니께서 이용하셨을 가능성이 높았으니까요. 하지만 저는 그걸 알면서도 이곳에 남는 것을 선택했어요."

나 역시 알고 있는 사실이기에 아무 말도 할 수 없었다.

"그것뿐만이 아니에요. 만약 제가 아사달 오라버니께 부탁해 기린의 시험을 치르는 것을 미루지 않았다면, 이런 일이 벌어지지 않았을 수도 있었죠. 왕의 힘을 통해 영주를 억제

할 수도 있었을 테니까요. 하지만 전 오라버니의 동생으로서, 가희의 친구로서 조금 더 오랜 시간 지금의 행복이 지속되기만을 원하고 현실에 만족했어요."

그건 스스로에게 하는 말이었지만 나에게는 다르게 들렸다. 나 역시 똑같은 실수를 저지른 적이 있었으니까.

"그렇게 전 계속 주위에 어리광을 부렸어요. 그래도 괜찮을 거라고, 아무 문제없을 거라고 현실을 외면했죠. 저 자신만을 위해서. 그래서 전 몇 번이나 해서는 안 되는 선택을 했어요. 그리고 이것이 그 결과죠. 이것은 제가 불러온 문제에요. 그렇다면 늦었다 할지라도, 저 자신을 희생한다 할지라도 그 책임을 져야 해요."

그때.

"그러니 말리지 말아 주세요, 성훈 님. 이 일의 끝은 제가 내야 하니까요."

나는 깨달았다.

세희가 어째서 랑이를 위해 자신을 희생하는 방식까지 거리낌 없이 선택할 수 있게 되었는지를.

그건 과거의 선택을 후회했기 때문이다.

자신의 선택이 가족의 파멸을 불러왔다고 생각했기 때문이다.

자신의 선택을 실수라고 여겼기 때문이다.

그래서.

"……그건 오빠로서 듣기 힘든 말인데."

나는 아사달의 말에 동감했다.

"……오라버니."

금이 간 검을 지팡이 삼아.

피가 쏟아져 나오는 상처를 손으로 누르며.

비틀거리는 다리로 힘겹게.

아사달은 걸었다.

"이런, 내가 너무 손대중을 한 것 같군."

만전의 상황에서도 이기지 못한 괴물이다. 치명적인 상처를 입은 아사달이 괴물을 이길 수 있을 가능성 따위는 없다.

그럼에도 아사달은 괴물을 향해 걸었다.

"이왕이면…… 조금 더 해 줬으면 했지만……쿨럭, 쿨럭!"

말을 채 잇지 못한 아사달의 입에서 피가 솟구쳐 올랐다.

그 모습을 보고 세희가 절규에 가까운 외침을 질렀다.

"그만하세요! 상처가 심해져요! 저만, 저만 영주를 따라가면……."

"세희야."

아사달이 입가에 흘러내린 피를 닦으며 말했다.

"너는 이 모든 일이 네 책임이라고 말했지만…… 쿨럭! 어른들이 해야 하는 일이…… 아이들을 지켜 주고…… 아이들의 선택에 책임을 져 주는 거야."

한 발자국, 한 발자국.

"지금 네가 한 말은…… 어른으로서…… 쿨럭! 절대로 인정할 수 없는…… 말이었어."

느리고 위태로워 보였지만 아사달은 조금씩 괴물에게 가까이 다가갔다.

"크억!"

"오라버니!"

아사달이 피를 한바탕 쏟아 냈다. 그것으로 호흡하기가 조금이나마 편해졌는지 허리를 펴고 당당하게 섰다.

그 입가에는 언제나와 같은 옅은 미소가 걸려 있었고, 세희를 향한 눈동자는 친애의 정이 가득 넘쳐흐르고 있었다.

하지만 그 미소를 본 세희의 얼굴에는 절망이 감돌았다.

세희가 단검을 땅에 내던지고 무릎을 꿇고서 두 손 모아 빌며 외쳤다.

"하지 마세요! 오라버니! 하지 마세요! 이렇게 빌게요! 제발!"

그건 언젠가의 기억에 있는 모습.

무릎을 꿇고 두 손을 모아 간절히 빌던 어린 세희의 모습.

하지만.

아사달은 자신의 뜻을 굽히지 않았다.

"내 동생으로 태어나 줘서 정말 고마워, 세희야."

"오라버니이이이이이!!"

세희의 비명과 함께 아사달이 검을 놓고 움직였다.

부상을 입었다고 생각할 수 없을 정도로, 내 눈이 겨우 따라갈 정도로 빠른 움직임이었다. 괴물의 몸집이 크다는 것을 이용해, 몸을 최대한 낮추고서 괴물의 밑을 파고들었다.

하지만 괴물의 움직임은 그보다 빠르다.

죽는다. 아사달은 이곳에서 죽는다.

괴물의 발톱이 아사달의 몸을 관통한다.

하지만 아사달은 피할 기색이 없다. 그저, 자신의 가슴에 손을 대고서 괴물에게 돌격한다.
마치, 처음부터 피할 생각 따위는 없었다는 듯.
그렇다.
유언.
그건 유언이었다.
그것이 아사달의 유언이라는 것을 깨닫는 순간.

내 안에서 무엇인가가 꽃을 피웠다.

이 세계에 온 뒤, 아니, 아사달과 만나고 나서 나를 조금씩 변화시켰던 그것이 드디어 결과를 맺었다는 것을 알 수 있었다.
그것은 요술.
세희가 내게 걸었던 요술이다.
아사달과의 첫 만남 때. 아사달의 **무언가**를 흡수했던 요술이 나를 변화시켰다.
그렇기에 알 수 있었다.
지금 아사달이 무슨 속셈인지.
아사달은 영성을 다루는 요술을 보여 주며 내게 말했다.
영성을 잘못 다루는 것은 위험하다고. 산을 날려 버릴 수 있는 파괴력이 있다고.
아사달은 지금 자신의 영성을 통해 괴물과 동귀어진을 노리고 있는 것이다.
그렇다면 나와 세희는 살 수 있다. 내가 태어난 세계에서도 아사달은 지금과 똑같은 행동으로 세희를 구하고 죽었을 테니까.

나는 아사달의 희생을 통해

끼긱

살아남아

끼기긱

그 후를 지켜보고

끼기기기긱

목적을 이뤄

끼기기기기기긱

아이들과 행복하게

아이들과 행복하게?

웃기지 마아아아아아!!

나는 아직 최선을 다하지 않았다. 내가 할 수 있는 일이 분명 남아 있다고! 그런데 내가 아이들과 행복하게 살 수 있다고?

아이들을 떳떳하게 대할 수 없는데 그게 가능하겠냐?!

실수를 한다 해도, 그 결과가 최악을 맞이한다 해도, 나래와 랑이와 치이와 페이와 아야와 성의 누나와 성린과 마주하기 위해서는 나 스스로에게 부끄러움이 없어야 한다. 자신의 잘못된 선택을 후회할지언정!

스스로에게 떳떳해야 한다!

나는 최선을 다했다고, 스스로에게 말할 수 있어야 한다!

하지만 지금은 아니야!

지금 나는 포기하려 했다. 현실을 받아들이려고 했다. 세희의 편지에 적힌 대로, 변하는 일은 아무것도 없다고 받아들이려 했다고!

아무리 세희의 요술이 내게 영향을 끼쳤다고 해도 그래서는 안 됐어!

그 유혹에 귀를 기울이는 것 자체가 아니었다고!

그러고도 내가 호랑이의 남편이냐?!

스스로를 범이라고 말할 수 있겠어?!

천지를 호령하는 호랑이의 남편이 그까짓 것밖에 안 돼?

아사달이 죽고, 세희와 가희가 슬퍼하고, 둘 사이가 틀어지고, 성격이 변하도록 놔둬서는 안 되는 거다!

아직 내가 할 수 있는 일이 남아 있다. 나는 아직 최선을 다하지 않았다. 나는 아직도 방관자에 불가하다.

그렇다면?

그렇다면 지금 나는 무엇을 할 수 있지?

지금 내가 할 수 있는 것은 뭐가 있지?

없다.

나는 아무것도 할 수 없다.

나는 무력하다.

반인반선이라 하지만 쓸 수 있는 선술 같은 건 없다. 언제나 나를 지켜 주었던 것은 나의 가족들이었다.

나는 언제나 주위의 보호 속에 살아왔다.

온실 속의 화초.

기린의 말대로 나는 그뿐인 존재다.

온실이 사라지면 그저 시들어질 존재.

그렇기에.

나는 믿는다.

지금까지 나를 지켜 준 인연을 믿는다.

지금까지 나를 지켜 준 연인을 믿는다.

나는 외쳤다.

사랑하는 연인의 이름을.

쉬어 가는 이야기

나를 둘러싼 것은 어둠.

신기하게도 사물을 분간할 수 있는 어둠.

그렇기에 나는 볼 수 있었다.

"……하지 말라면 하지 말라고 했던 말, 기억 안 나십니까, 주인님."

나를 한심하게 바라보고 있는 어른 세희를.

나는 세희의 힐난을 무시하기로 했다. 지금은 그보다 중요한 게 있으니까.

내가 하늘에서 점지여 준 랑이의 이름을 부르려는 순간.

나는 이곳에 끌려왔다.

덕분에 **나는 이곳에서 랑이의 이름을 부르게 되었다.** 그쪽 세계에서는 랑이를 부르지 못했다는 말이다.

그렇기에 나는 냉정을 유지하기 위해 애쓰며 세희에게 외치듯 말했다.

"여긴 어디야? 난 왜 갑자기 여기에 끌려온 거지? 다시 내가 있던 곳으로 돌아갈 수 있는 방법은?"

"이곳은 시공의 틈새, 혹은 감옥이라고도 할 수 있겠군요. 주인님께서 역사의 흐름에 거스르려 하셨기에 세계의 억지력에 의해 이곳에 추방된 것으로 보입니다. 시간이 지나면 주인님께서 태어나신 원래의 세계로 돌아가시게 될 것입니다."

가장 중요한 대답을 하지 않고 입을 다문 세희에게 나는 결국 참지 못하고 외쳤다.

"장난치지 말고! 마지막 질문에 대한 대답이 남았잖아!"

보란 듯이 크게 한숨을 쉰 세희가 말했다.

"모릅니다."

"네가 모르는 것도 있냐?!"

"있습니다."

욕지거리가 입에서 튀어나오려고 할 때.

세희가 말했다.

"5천 년 동안 요술을 갈고 닦은 저라 해도, 천재라 불렸던 저라 할지라도……."

그건 처절하기까지 한 자기 고백이었다.

"그 어떤 세계에서도 아사달 오라버니를 구할 수 있는 **확실한** 방법을 찾을 수는 없었으니까요."

나는 고함이 튀어나오려는 것을 막기 위해 주먹을 쥐었다.

잊지 말자.

나보다 아사달과 관계가 깊은 것은 세희라는 것을.

지금 세희가 잘못한 것은 아무것도 없다는 것을.

누구보다 아사달을 구하고 싶었던 것은 세희라는 사실을.

내가 그들을 구하기 위해서 노력하고, 그 결과 이곳에 추방당한 것에 세희는 아무런 관계도 없다는 것을.

하지만 내 감정은?

내 안에 쌓인 이 감정은?

이 끓어오르는 분노는 어디로 가야 하는 건데?

갈 곳 없는 분노가 튀어나오는 것을 막기 위해 나는 이를 악물어야 했다.

"정말…… 아무것도 할 수 없는 거냐?"

나는 말했다.

"네 말대로 이미 모두 정해진 일이라는 거야? 무슨 수를 써도 그 녀석들을 구할 수 없었던 거냐고! 내가 했던 노력은 모두 헛것이었어? 정말 아무런 영향도 미치지 못했다는 거야?!"

세희는 대답하지 않았다.

그렇기에 나는 현실을 인정할 수 없어 몇 번이나 랑이의 이름을 불렀다.

랑이라면, 내가 아는 랑이라면, 누구보다 내 힘이 되어 주는 랑이라면 나를 이런 곳에서 꺼내 줄 수도 있을 거라 믿고 있으니까.

그 녀석들을 구해 줄 수 있을 거라 믿고 있으니까.

하지만 목이 터져라 외쳐도, 숨이 턱까지 찰 때까지 외쳐도 아무런 변화도 일어나지 않았다.

그렇다고 포기할 수는 없다.

"헉, 헉, 헉, 헉."

……잠시 숨은 좀 돌려야겠지만.

어느 정도 기운을 되찾은 내가 다시금 랑이의 이름을 외치려던 그때.

세희가 다가와 손을 내밀었다.

"그만하면 할 만큼 하셨으니 일단 치료부터 해 드리겠습니다."

그제야 눈치챘다. 피부가 타들어 간 내 손에서 진물과 함께 붉은 피가 흘러내리고 있었다는 걸.

"……됐어. 지금 그게 중요한 게 아니니까."

이런 건 아프지도 않다.

허세가 아니다. 아픔을 느낄 수가 없다.

"제 고막의 안전을 위해 잠시 입 다물고 계시지요."

하지만 세희는 내 손목을 낚아채듯 잡아채고서는 손을 가져다 대었다. 어둠 속에서 은은한 빛이 주변을 비쳤다.

"나는 아직 포기 안……."

"왜, 제가 다시 무덤가에서처럼 강제로 입을 다물게 해 드립니까?"

세희의 말에 나는 입을 다물고 고개를 돌렸다.

이럴 때 그때 일을 말하는 건 조금 치사하지 않냐?

"제가 치사하게 구는 게 하루 이틀입니까."

반박할 수 없다는 게 너무나 슬프다.

잠시 침묵이 오갔고, 먼저 입을 연 것은 세희였다.

"이 공간에서는 요술을 쓰는 것이 힘들기에 시간이 조금 오래 걸릴지도 모르겠습니다."

"……그러냐."

"그러니 그 사이에 이야기를 조금 하도록 하지요. 이번이 마지막 기회일지도 모르니까요."

세희는 내 의견을 무시하고 말을 이었다.

그리고 그것은 나에게도 그리 나쁜 일은 아니었다.

잠시마나, 현실에서 눈을 돌릴 수 있을 테니까.

"제 첫 번째 계획대로라면 주인님께서 직접 겪으셨을 일들에 대해 말씀드리겠습니다."

세희는 말했다.

그날 이후, 일어났던 일들에 대해.

"주인님께서도 아시다시피 아사달 오라버니께서는 스스로를 희생하셔서 그 추악한 괴물을 죽였습니다."

나는 말없이 고개를 끄덕였다.

"하지만 가장 큰 문제는 그 이후에 일어났지요."

아사달의 희생으로 괴물을 퇴치한 후.

괴물이 친 결계가 깨지자 이내 사람들이 몰려들었다. 그리고 그들이 본 것은 무슨 일이 일어났는지 짐작할 수조차 없는 파괴의 현장이었다.

"영성을 다루는 요술은 인간이 사용하기에는 위험한 것이었지요."

문제는, 정말로 아무것도 남지 않았다는 것이다.

"그 모든 것이 영주의 소행이라는 것을 증명할 단서, 그렇습니다. 반인반요로 변한 영주의 시체조차 말이죠."

증인 또한 없었다. 그 지옥 같은 곳에서 살아남은 것은 세희와 가희뿐. 그것도 가희는 숨어 있었기에 제대로 된 정황조차 알지 못했고, 세희는 아직 어린아이였다.

"그렇기에 영주의 측근들은 재빨리 이 모든 것이 저를 대신하여 인간의 왕이 되고 싶어 한 아사달 오라버니의 소행이라고 주장했습니다. 영주는 그것을 막기 위해 나섰다가 희생당한 것이라고."

나는 말이 안 된다고 생각했다.

원탁 회의에서 영주를 지지하는 자들이 대부분이라는 것을 직접 보기는 했지만, 그만한 사건을 벌인 거다. 그런데 일을 무마하는 것으로 모자라 죄를 덮어씌웠다고?

"아사달 오라버니께서 원정 도중 비밀로 돌아온 것을 근거로 삼더군요. 무엇보다, 사하 영주. 그자는 정말 뱀처럼 교활한 자였습니다."

그는 자신의 계획이 실패했을 경우조차 염두에 두고 대책을 마련해 두었다. 영주 입장에서는 측근들의 신뢰와 믿음을 얻기 위해서였지만, 아이러니하게도 측근들은 그 계획을 충실히 따라서 위기를 벗어날 수 있었다.

"그들도 필사적이었습니다. 진실이 드러나느냐 마느냐에 자신의 목숨이 걸린 일이었으니까요."

세희가 무슨 말을 하는지 알 수 있었다.

인간을 벗어나 괴물이 되는 실험.

영주는 그만한 일을 벌인 것이다. 영주의 측근들이 그와 관계가 없을 것이라 생각하는 것은 어리석겠지.

"그리고 저는 그것을 막을 수 없었습니다."

그 순간, 실질적인 권력을 쥐고 있는 영주의 측근들이 진실을 숨기기 위해 자신들을 해할 것임을 알았으니까. 기린의 축복을 받은 후보자라는 것은 참으로 매력적인 도구라는 것은 부정할 수 없다. 하지만 그 도구가 자신들의 안위에 위협을 끼친다면 치워버릴 수밖에 없는 것이다.

"그들이 아사달 오라버니의 명예를 실추시키기 위해 저지른 일들에 대해서는……."

세희가 고개를 저었다.

"제 입으로 말씀드리고 싶지 않군요."

아사달의 삶 자체를 부정하기 위해 그들이 저지른 짓들은 그저 끔찍했다고, 세희는 말을 이었다.

인간이라는 종을 증오하기에 충분할 정도로.

"아사달 오라버니를 이성으로서 사랑한 가희의 경우에는 더욱 그러했습니다."

그렇기에 가희는 복수를 원했다.

사랑하는 이를 잃게 만든 **모든 것에** 대한 복수를.

그를 위해 가희는 집을 떠났다.

가희를 다시 만난 것은 먼 훗날.

서로 창귀가 된 이후의 일이었다.

"가희의 마음을 이해 못한 것은 아닙니다."

하지만 세희는 알고 있었다.

세희에게 인간과 요괴가 조화를 이루며 살아야 한다는 것을 가르쳐준 사람은 다름 아닌 아사달이다.

타인을 상처 입히기 싫어하는 사람. 그를 위한 노력을 아끼지 않는 사람이 세희가 알고 있던 아사달이었다.

그런데 누구보다 아사달과 가까웠으며, 그 가르침을 받고 자란 자신이 복수를 원한다면.

결국 자신조차 아사달의 삶을 부정하는 것 아닐까?

"그럴 수는 없었습니다."

긴 고민 끝에 세희는 아사달의 사랑을, 아사달의 인생을, 아사달의 명예를 지키기로 했다.

그건 어린 세희에게는 너무나 힘든 일이었다.

"제가 그토록 감정적인 인간이었다는 것을 그때 처음 알았습니다."

몇날 며칠을 고뇌했는지 모른다.

자신의 분노를 가라앉히기 위해 얼마나 많은 노력을 쏟았는지 모른다.

사랑하는 오라버니를 앗아간 자들에게 복수하기 위해 왕의 힘을 사용하라는 증오의 속삭임을 무시하는 것은 너무나 힘든 일이었으니까.

"그렇기에 저는 제 감정을 속일 필요가 있었습니다."

세희는 생각했다.

단순히 인간의 악한 본성 때문에 이러한 일이 벌어진 것이 아니라고.

그것은 인간이 타고난 본성 중 하나일 뿐.

그 본성이 겉으로 드러나게 만든 것이 문제다.

그 계기가 된 것이 바로 인간의 왕.

아사달이 자신의 목숨을 희생하고, 명예까지 잃게 된 원인.

왕의 힘.

"저는 인간의 왕을 봉인하는 것으로 복수를 원하는 자신을 설득하기로 했습니다."

세희는 옅은 미소를 지으며 말을 이었다.

"그것을 나중에 깨달은 기린은 제가 자신을 속였다고 생각하는 것 같습니다만."

그건 기린의 오해라고 세희는 말을 덧붙였다. 애초에 세희는 기린에게 말을 하지 않았을 뿐이고, 세희가 속인 것은 다른 이들이었으니까.

자신을 감시하고 있는 영주의 측근들에게는 왕이 된 이후에는 인간을 위해서 왕의 힘을 사용할 것이라 공언하고 다녔다.

그들의 의심을 피하기 위해 아사달에 대한 험담을 했으며, 영주의 고귀한 희생에 대한 찬양까지 했다.

그와 동시에 영주의 측근이었던 자들이 서로를 감시하고, 의심하도록 손을 써야만 했다.

또 다시 그런 괴물이 나타날 경우, 자신을 보호해 줄 사람은 아무도 없었으니까.

그 누구도 믿을 수 없는 환경에서 세희는 고독과 함께 성장했다.

"그렇게 저는 인간의 왕이 될 수 있었습니다."

아사달 오라버니의 가르침을 잊지 않고 있던 제가 왕의 힘을 어떻게 사용했는지에 대해서는 알고 있으시리라 믿고 있다고, 세희는 말했다.

나는 고개를 끄덕였다.

내가 만났던 어린 세희가 했던 말을 기억하고 있으니까.

"문제는 인간의 왕을 제 대에서 봉인하기 위해서는 한 가지 전제 조건이 필요했다는 것이었지만……."

세희가 그립다는 듯 미소를 지었다.

"안주인님께서 직접 저를 찾아와 주시는 덕분에 수고를 덜게 되었지요."

그리고 세희는 어떤 수단을 통해 랑이에게 영향을 끼치지 않으며 창귀가 되었다.

이 세계에 오기 전이라면 몰랐겠지만, 지금의 나는 그 수단이 뭔지 짐작할 수 있었다. 이미 영성을 다루는 요술이 있다는 사실을 알고 있으니까.

그래도 확인은 해 봐야겠지만.

"설마 너……."

"생각하시는 대로입니다."

세희가 말했다.

"저는 제 영성을 나누어, 기억과 성격을 **봉인**하고, 영혼만을 안주인님께 바쳤습니다. 그를 통해 안주인님께서는 제게 영향을 받으시지 않으실 수 있으셨고, 저는 안주인님의 창귀가 될 수 있었지요."

"……봉인했다고?"

세희가 고개를 끄덕였다.

"그렇기에 저는 산 것도 아니며 죽은 것도 아닌 인간이 되어 지금까지 인간의 왕으로 남을 수가 있었지요."

나는 잘 모르지만 이럴 때 쓰는 봉인이라는 뜻은 뭔가를 어딘가에 가둔다, 이런 의미 아닌가?

그렇다면 세희는 기억과 성격을 **어디에** 봉인한 거지?

"주인님."

그 점을 물어보려던 나는 생각을 바꿔야만 했다.

"딱 좋을 때에 주인님께 알려 드려야 할 이야기가 끝난 것 같습니다."

세희의 표정.

지금 짓고 있는 세희의 표정이 불가 며칠 전 본 것과 너무나 닮아 있었기 때문이다.

아사달이 원정을 떠나기 전, 내게 아무것도 말하지 말아 달라고 부탁했던 그 표정과.

어째서?

왜?

지금 그런 표정을 짓는 거지?

그런 생각이 머리를 가득 채웠을 때.

세희가 말했다.

"그렇다면 마지막으로, 조금 늦었지만 주인님의 질문에 대답해 드리겠습니다."

질문? 내가 세희한테 뭘 물어본 적이 있었나?

"그게 무슨……."

세희가 말했다.

"주인님의 노력은 헛되지 않았습니다."

그 순간.

너무나, 너무나 익숙하고 그리운 느낌이 이 어둠 밖에서 느껴지는 것과 동시에.

-파지지지지지지직-

어둠만이 가득했던 공간에 균열이 일어났다.

"이건……."

당황해서 주위를 둘러보는 나와 달리, 세희는 평상심을 잃지 않은 **듯한** 목소리로 말했다.

"기억하고 계십니까, 주인님? 인간과 요괴를 낳은 조화와 혼돈이 하나가 되어 이 세계로 화(化)했다는 창조 신화를."

세희가 갑자기 이해할 수 없는 소리를 하는 사이에서도 균열은 점점 커져만 갔고, 그 틈새를 타고 새하얀 빛이 비치기 시작했다.

"그렇다면 이런 가능성도 있지 않겠습니까?"

그 빛을 뒤로 하며 세희가 말했다.

"조화의 자식인 인간과 혼돈의 자식인 요괴가 한 마음 한 뜻이 된다면, 비록 짧은 순간일 뿐이라도 세계의 규칙에서 벗어날 가능성도 있지 않겠습니까? 또한 그로 인해 변해 버린 역사의 흐름 탓에 더 이상 다른 곳에 종속된 세계가 아닌, 새로운 중심 세계가 될 가능성도 있겠지요."

어리둥절해 하는 나를 보며 세희는 미소 지었다.

"물론 그런 세계를 개변하는 사건이 실제로 일어날 확률은 제가 주인님을 배신할 확률과 마찬가지겠지만 말이죠."

"갑자기 무슨 소리를 하는 거야?"

세희는 대답하지 않았고 균열은 점점 커져갔다.
균열 사이로 비쳐지는 빛이 점점 강해진다.
그래서 알 수 있었다.
이 공간이 타원형 모양을 이루고 있었다는 것을.
마치, 새의 알처럼.
"주인님."
세희가 나를 부르는 것과 함께 알을 이루고 있는 어둠이 부서져 내렸다.
"아니, 성훈 님."
세희가 말했다.
"이곳에서 벗어나는 방법을 모른다는 거짓을 아뢰어 죄송합니다."
그 파편을 뒤로 하고.
"그럼에도 포기하지 않아주셔서 감사합니다."
위에서부터 새어 나오는 빛을 맞이하며.
"제 뜻대로 움직여 주지 않아 주셔서 감사합니다."
세희는.
"저조차 포기했던 제 두 번째 계획을 이루어 주셔서 감사합니다."
웃고 있었다.
"주인님을 그토록 사랑해 주셔서 감사합니다."
울고 있었다.
"제 오랜 한을 풀어 주셔서 감사합니다."
순수했던 시절처럼.

"성훈 님."
자신의 감정을 숨기지 않았다.

"주인님과 함께 영원히 행복하시길."
호랑이의 발톱이 세계를 찢어발겼다.

끝마치는 이야기

이상한 차원에서 벗어나고 나니.

온몸으로 묘한 압박을 느끼고 있는 내 앞에는 커다란 호랑이가 있었다.

덕분에 세희가 보인 이상한 말과 행동에 대한 의문은 잠시 머리 한구석에 집어넣어야 했다. 하나하나 마음에 걸리지 않는 게 없지만, 세희가 여기에 없는 이상 어쩔 수 없으니까.

그보다.

서 있었다면 목을 최대한 뒤로 꺾어야 겨우 얼굴을 볼 수 있을 듯한 크기의 호랑이는, 다행이도 몸을 최대한 웅크리고 앉아있었다.

–크르르르르릉.–

다르게 말하면 이를 드러내고 있는 산처럼 커다란 호랑이의 얼굴이 바로 내 눈앞에 있다는 말이다.

하지만 나는 어떠한 긴장감도, 두려움도 느끼지 못했다.

세계가 달라도, 서로 만난 적이 없다 해도, 랑이가 나를 해

칠 일은 없을…….

[------------------!!]

……없다는 건 알고 있지만, 오랜만에 듣는 랑이의 진심 어린 포효는 고막에 안 좋군. 거기다 랑이의 날숨에 물리적으로 날아갈 뻔 했고.

남편 체면을 지킬 수 있었던 것은, 이 세계에 돌아오게 되었을 때부터 느껴지고 있는 압박 때문에 온 몸에 힘이 들어가 있기 때문일 거다.

그래도 네 발로 납작 엎드려야 했지만.

겨우겨우 몸 수습을 하고 일어나자, 랑이가 성난 호박색 눈동자로 바라보며 말했다.

"네놈은 누구이기에 감히 하늘이 점지여 준……."

나는 손을 들어 랑이의 말을 막았다.

"랑…… 아니, 호랑아. 잠깐 기다려."

내가 그런 말을 할 줄 몰랐는지 놀라서 눈을 동그랗게 뜬 랑이를 잠깐 놔두고, 나는 주위를 둘러봤다.

지금 가장 중요한 건 이 세계에 있는 랑이가 내 부름에 답해 줬다는 게 아니다.

아사달과 세희의 안전, 그리고 괴물이 상태지.

"자, 잠깐. 지금 뭐라 한 것이느냐?! 지금 나보고 기다리라고 한 것이느냐?!"

성난 랑이가 이를 드러내며 뭐라고 하는 것을 다시 한 번 손을 들어 조용히 하게 만든 나는, 겨우 그 녀석들을 찾을 수 있었다.

이곳에서 조금 떨어진 곳에 자신의 여동생에게 몸을 기댄 채 눈을 감고 있는 아사달과, 자신의 오빠를 지탱해 주며 이쪽을 참으로 복잡한 표정으로 보고 있는 세희, 그리고 어째서인지 친구의 허벅지를 베개 삼아 기절해 있는 가희를.

그 모습을 보고 나도 모르게 안도의 한숨이 나왔다.

"휴우……."

세희를 보아하니 아사달은 괜찮은 것 같다. 저 녀석이 죽었으면 지금쯤 펑펑 울고 있었을 테니까.

다행이다. 지킬 수 있었어. 늦지 않았다.

어른 세희의 말대로 내 노력은 헛되지 않았다.

……그런데 말이야. 가희, 저 녀석은 언제 다시 나왔나. 내가 분명 숨어 있으라고 했을 텐데, 아사달하고 세희가 걱정돼서 나온 건가?

아니, 잠깐. 아사달의 안전을 확인한 바람에 긴장이 풀어져 버렸는데, 한 가지를 깜빡하고 있었다.

괴물. 그 어디에도 괴물의 모습이 보이지 않는다는 거다.

나는 급히 주변을 더욱 샅샅이 둘러보았다.

"지, 지, 지금 나를 무시하는 것이느냐?!"

랑이의 커다란 앞발이 내 앞을 가로막아서 더 이상 찾는 건 무리였지만.

……이런 상황에서 할 말은 아니지만.

랑이의 호랑이 발을 보면 분홍색 육구를 만져 보고 싶어진단 말이지.

지금은 그럴 수 없지만.

조금 전부터 점점 나를 압박하는 힘이 조금씩 강해지고 있다. 나를 어딘가 쑤셔 넣어 버리고 싶어 하는 느낌이란 말이지.

아마도 이건 나를 내쫓고 싶어 하는 이 세계의 간섭이 아닐까 싶다. 역사를 바꿔 버린 탓에 나도 어른 세희처럼 위험인물로 찍혀 버린 건가?

……내게 남은 시간이 별로 없을지도 모르겠네.

나는 몸을 돌려 랑이를 바라보며 말했다.

"미안. 무시하려던 건 아니었어."

"그렇다면……."

"그건 그렇고, 호랑아. 너, 혹시 여기에 있던 괴물 녀석이 어디 갔는지 알고 있어?"

랑이가 두 눈을 깜빡이더니 대답했다.

"뭔가 기분 나쁜 녀석이라고 검둥이가, 아, 검둥이는 내 언니이니라. 검둥이가 확인해 보고 싶은 게 있다고 잡아갔느니라."

그 녀석, 랑이가 갑자기 이름이 불려서 간다고 하니까 걱정돼서 따라왔나 보군.

냥이가 괴물을 어떻게 할지 조금 궁금하기는 하지만, 거기에 신경을 쓸 시간은 없을 것 같다.

그 녀석은 믿을 수 있으니까.

"그, 그게 아니니라!"

그리고 무엇보다, 내 질문에 순순히 대답을 해 줬던 랑이가 갑자기 앞발로 땅을 쿵 내리쳤으니까.

"우와아아앗!"

흔들리는 땅 위에서 중심을 잡지 못한 나는 그대로 주저앉고 말았다. 그런 내게 랑이가 커다란 얼굴을 한층 더 내게 들이대며 입을 열었다.

"지금 내가 말하고 있지 않았느냐?! 앞으로 한 번이라도 더 내 허락 없이 입을 열었다가는 화낼 것이니라!"

내 눈에는 엄포를 놓는 랑이도 귀여워 보인다.

호랑이 모습인데도.

"네놈은 누구이기에 하늘이 점지여 준 내 이름을 알고 있는 것이느냐?!"

다른 세계의 네 남편.

그렇게 대답할까 말까 고민하던 차에, 랑이가 고개를 저었다.

"아니! 그건 중요치 않으니라!"

야.

"……하늘이 준 이름은 요괴한테 정말 중요한 거 아니었어?"

뭔 일이 있을 때마다 불러 대는 내가 할 말은 아니지만, 랑이는 크게 고개를 끄덕였다.

"그러하느니라! 그러니까 이상한 것이니라!"

"뭐가?"

랑이가 말했다.

"어째서 나는 내 이름을 부른 네놈에게 화가 나지 않는 것이느냐? 아니, 화가 나기는커녕 너를 보는 내 심장이 두근두근하는 이유는 또 무엇이느냐?!"

랑이가 말했다.

"이게 도대체 어찌 된 영문이느냐?!"

이럴 때도 장난을 치고 싶은 게 나다.

그래서 나는 한 발자국 물러선 뒤, 짐짓 중요한 이야기를 하는 것처럼 목소리를 살짝 내리깔며 말했다.

"산군이시여, 그것이 사랑입니다."

먼 옛날, 세희가 랑이에게 했던 그 말을 그대로 말이야.

내 말에 랑이의 눈동자가 휘둥그레졌다.

"사랑? 사랑이 무엇이느냐?"

나는 호기심을 감추지 않는 랑이의 코를 톡톡 두드렸다.

"나는 말해 줄 수 없어. 하지만 언젠가 그 질문에 대답해 줄 사람이 네 앞에 나타날 거야. 그 사람에게 물어보도록 해."

역사가 바뀌었다 해도, 나는 '내'가 태어날 것이라 믿고 있다. 이 세계에는 랑이가 있으니까.

랑이가 기다리고 있는데 어떻게 안 태어날 수 있겠어? 삼신 할매의 멱살을 잡아서라도 태어나겠지.

힘내라, 이 세계의 나.

나한테는 랑이에게 사랑이 무엇인지 가르쳐 준다는, 중요하고 기쁜 역할이 있으니까 포기하지 마.

그와 별개로 살짝 걱정이 되는 건 랑이가 내 말을 받아들여 줄 것인가, 였지만.

"……이상하느니라."

랑이가 의아해하면서 앞발로 볼을 긁적이는 걸 보니 걱정은 하지 않아도 될 것 같네.

"왠지 네 말대로 더 이상 물어봐서는 안 될 것 같으니라."

다행이다.

슬슬 몸을 짓누르고 있는 압박감이 무시하지 못할 정도로 커졌거든.

혹시 랑이도 나와 같을까?

"그보다 넌 지금 평소보다 몸이 무겁게 느껴진다거나 그러지 않아?"

내 말에 랑이는 살짝 놀라더니 고개를 끄덕였다.

"어떻게 알았느냐?"

나도 그렇거든.

"아무 것도 없는 곳에서 누군가 자꾸 내 이름을 부르는 것 같아 허공을 찢어 버렸더니, 네가 툭 튀어나오고 난 뒤부터 계속 그러느니라. 자꾸 힘들게 만들어서 짜증 나는데, 너는 이것이 무엇인지 아느냐?"

나는 고개를 끄덕였다.

"세계가 날 추방하려고 하는 압박을 주는 것 같다."

"……그게 무슨 소리이느냐?"

"나중에 냥…… 아니, 검둥이한테 물어봐. 어려운 이야기지만, 그 녀석이라면 이 정도만 들어도 충분히 알 수 있을 거다."

랑이는 고개를 끄덕였다.

"알겠느니라. 그러면 잠시 갔다 올 테니까 꼼짝도 하지 말거라? 어디 가면 안 되느니라?"

내가 대답하기도 전에 랑이는 몸을 일으켜 세우더니, 원래 이곳에 없었다는 듯 감쪽같이 사라졌다.

……이런. 도와줘서 고맙다는 말도 못 하게 됐군.

하지만 내 잘못 아니다? 난 분명히 나중이라고 말했다고?

뭐, 집에 돌아가면 다시 만나게 될 테니까 우리 랑이를 꽈악 끌어안아 주면 되겠지.
그때를 위해서라도 이곳에서의 일에 마무리를 짓자.
나는 아사달과 세희와 가희에게 다가갔다.
"아사달은 괜찮아?"
세희가 고개를 끄덕였다.
"같이 와 준 검은 호랑이 요괴가 요술로 치료해 주셨어요. 죽으려면 자기 눈에 안 띄는 곳에서 죽으라고 하시면서요."
냥이가 겉으로는 까칠하긴 해도 심성은 착한 녀석이지.
자신과 인연이 있는 아사달이 죽어가는 걸 보고 신경질을 내며 고쳐줬을 거다.
"……그래. 다행이다."
세희의 확언을 받으니 온 몸의 힘이 쭈욱 빠지려고 했지만, 세계의 간섭 때문에 그럴 수도 없었다.
왠지 그 순간 이 세계에서 쫓겨날 것 같단 말이지.
아직 세희와 할 이야기가 있는데 그럴 수는 없다. 조금만 더 기다려 달라고.
나는 세희의 앞에 한쪽 무릎을 꿇고 앉아 얼추 눈높이를 맞췄다.
세희는 정말 여러 가지를 묻고 싶어 하는 눈치였지만, 내가 직접 말해 주기를 기다리는 것 같다.
말 잘 듣는 어린아이처럼.
"하핫."
그 모습을 보니 갑자기 웃음이 터져 나왔다.
"하하하하하하하하하!"

당황해하는 세희를 앞에 두고서도 나는 웃음을 숨길 수 없었다.

그건 세희가 어린아이로 남아 있다는 것에 대한 기쁨 때문이었다.

그래.

나는 어떻게든 이 행복한 가정을 구할 수 있었다. 비록 내 힘으로 이룬 것은 아니지만, 구했다는 게 중요한 거다.

아사달이 살아 있다. 당연히 세희와 가희가 랑이와 냥이의 창귀가 될 일은 없겠지.

그렇다고 해서 이들의 인연이 끊어질 것 같다는 생각은 들지 않는다. 랑이는 냥이와 함께 나를 찾아 이곳에 다시 오겠지.

물론, 그때는 내가 원래 세계로 돌아간 이후일 거다. 그러면 거기서부터 랑이와 세희, 냥이와 가희의 인연이 시작될 거다.

모두 착한 아이들이고, 세희는 랑이를 무서워하지도 않으니 좋은 관계를 이룰 수 있겠지. 그 후에 세희는 인간의 왕이 되어 인간과 요괴가 공존할 수 있는 세상을 만들기 위해 노력할 거고, 그 옆에는 아사달과 가희와 랑이와 냥이가 함께 있어 주겠지. 그렇다면 이 세계의 랑이는 봉인당할 일도 없겠지.

이제야 어른 세희가 한 말을 알겠다.

세희의 말대로 나는 이 세계의 운명을 바꾼 거다. 랑이의 도움을 받아 아사달을 구한 것으로, 이곳은 이제 내가 살던 세계와는 다른 방향으로 나아가게 된 거다.

그 앞을 알 수 없는 세계가 된 거다.

세희의 예시를 잠깐 빌리자면, 내가 살던 세계와 이 세계는 부분 집합이 아니라 교집합 관계가 된 거라고.

난 이 모든 것이 기뻐서 웃음을 참을 수 없었다.

“지금 웃음이 나오세요, 성훈 님?”

그것도 세희의 목소리가 시베리아 대륙에서 내려오는 한파처럼 변하기 전까지였지만.

“……미안.”

“사과보다 제 질문에 대답해 주세요.”

세희가 말했다.

“성훈 님은 도대체 어떤 분이시죠? 무슨 목적을 가지고 저희에게 접근하신 건가요?”

이제는 사실을 숨길 이유가 없겠지.

나는 군말 없이 최대한 간략하면서도 중요한 부분을 잊지 않고 대답했다.

“나는 다른 세계에서 온 사람인데, 내가 살던 세계에 있는 또 다른 네가 어린 시절에 무슨 일을 겪었는지 알아보기 위해 왔다가 아사달을 구하게 된 거야.”

“……친절하고 자세한 설명 감사해요, 성훈 님. 덕분에 더욱 물어보고 싶은 게 많아졌네요.”

세희의 등 뒤로 눈보라가 보이는 걸 보니 제대로 된 설명이 안 된 것 같다.

……나도 어쩔 수 없다고.

점점 끝이 다가오고 있는 느낌이 드니까.

이제는 압박을 주는 것으로 모자라 내 의식을 재우려고 노력하는 것 같다.

눈꺼풀이 무거워져 가고 있어.

"이런 상황이지만, 그래도 물어봐야겠어요."

그럼에도 어떻게든 버틸 수 있는 건, 세희에게 작별 인사를 해야겠다는 마음 하나 덕분인 것 같다.

"미안. 제대로 이야기할 시간이 없을 것 같다."

나는 불만이 가득한 세희의 머리에 손을 올리고 빙긋 웃으며 말했다.

"자세한 건 아사달이 깨어나면 물어봐. 그 녀석은 거의 다 알고 있었던 것 같으니까. 내가 미래가 아니라 다른 세계, 아니, 다른 차원의 세계에서 왔다고 말해 주면, 어떻게 된 일인지 알려 줄 거야."

"그렇게 넘어가려고…… 꺅?!"

불만이 가득차서 뭔가 말하려던 세희가 깜짝 놀라서 비명을 지르며 두 손으로 입을 가렸다.

"응?"

"서, 성훈 님! 몸이……!"

나는 아래를 내려다보았다.

……내가 요즘 들어 여러 가지 일을 겪긴 했지만 그래도 몸이 반투명해지는 경우는 처음이네. 고개를 아래로 하니까 몸 너머로 바닥이 보인다.

우와, 신기해.

"괜찮으세요?!"

가끔 어른 세희가 나를 이상한 놈 취급하던 이유를 조금 알 것 같다.

지금 이런 거에 신기해 할 때가 아닌데 말이야.

“아, 걱정할 거 없어. 원래 내가 살던 곳으로 돌아가려는 모양이니까.”

그렇게 말했지만 세희는 여전히 나를 걱정하는 눈치다.

“괜찮아. 아프지도 않고, 아무 문제없으니까.”

말을 하고나서 든 생각이지만…….

아무 문제없겠지?

다행인 건, 그런 생각이 든 게 나중이어서 세희가 내 말을 믿었다는 거다.

“알겠어요.”

“그러면…….”

슬슬 작별 인사를 해 볼까.

그런 생각을 했을 때.

“한 가지, 그러면 한 가지만 알려주세요, 성훈 님.”

세희가 말했다.

“응.”

나는 고개를 끄덕였다.

세희는 두 손을 마주 잡으며 간절한 모습으로 나를 올려다보며 말했다.

“성훈 님께서는 저를 또 다른 저와 겹쳐 보셨던 건가요?”

……마지막의 마지막에 그걸 물어볼 줄은 몰랐다.

너는 정말 용기 있구나.

그 마음에 답하기 위해서라도, 나는 사실을 숨기지 않고 말했다.

"처음에는 그랬지. 너를 편하게 대할 수 있었던 계기도 그거니까."

세희가 고개를 끄덕였다.

"하지만."

나는 세희의 머리를 쓰다듬었다.

"그 녀석은 너처럼 순진하지도 않고."

나는 세희의 볼을 만졌다.

"이렇게 볼이 말랑거리지도 않을 것 같고."

나는 세희의 가슴…… 은 똑같아 보이니까 넘어가고.

나는 세희의 손을 잡았다.

"이렇게 따듯하지도 않고."

마지막으로 세희를 끌어안았다.

"너처럼 품에 쏙 들어가지도 않아."

나는 세희에게 말했다.

"그래서 나는 너를 그 녀석과는 별개로, 나를 좋아해 주는 사랑스러운 여자아이로 보고 있어."

세희의 작은 몸이 살짝 떨렸다.

나는 그 표정을 보고 싶지만 참았다.

"세희도 마찬가지일 거야."

해야 할 말이 있으니까.

"나는 세희가 그 녀석하고 내가 쌓은 인연에 영향을 많이 받았다고 생각해."

세희가 스스로 말했다시피 말이야.

"하지만……."

나는 세희가 지금 가장 듣고 싶어 할 말을 꺼냈다.

"그건 어디까지나 계기일 뿐이야. 네가 인간의 왕이 되면 알겠지만, 왕의 힘이라 해도 사람의 마음을 좌지우지할 수는 없어. 그런데 단순히 내가 그 녀석과 쌓은 인연 때문에 나를 좋아하게 됐다?"

나는 코웃음을 쳤다.

그거야 말로 웃기지도 않는 소리지.

애초에 나와 어른 세희는 그런 관계도 아니고.

"네가 나를 좋아해 주는 마음은 너만의 거야. 그러니까 네 마음이 거짓일 거라는 걱정은 하지 않아도 돼."

작별 인사를 나누기에도 아까운 시간에 이런 이야기를 한 것은 이유가 있다.

세희가 내게 자신의 마음을 고백했을 때.

세희는 말했었다.

나를 처음 봤을 때부터 타인처럼 느껴지지 않았다고.

그리고 지금, 내가 다른 세계의 사람이며 그쪽 세계에도 또 다른 자신이 있다는 것을 들었을 때.

거대한 호랑이 요괴가 내 말에 꼼짝도 못하는 모습을 보았을 때.

머리가 좋은 세희라면 생각할 수 있었겠지.

자신의 마음이 자신의 것이 아닐지도 모른다는 생각을. 그 생각을 부정해 주지 않으면, 앞으로도 그 가능성이 언제까지

나 세희의 마음을 미혹시킬 거다.

머리가 너무 좋아도 문제라니까.

"대답이 됐을까?"

세희는 고개를 끄덕이고서는 말했다.

"예."

그러면 이제 걱정할 건 없겠군.

그런 생각을 했을 때.

"……가희가 틀렸네요."

세희가 두 손으로 이제는 정말 희미해진 내 두 어깨를 밀었다.

"가희는 언제나 성훈 님이 여자 마음을 모르신다고 말해 주곤 했지만……"

나를 올려다보는 세희는 미소 짓고 있었다.

"사실은 이렇게나 저를 이해해 주시는걸요."

나는 지금까지 내가 저질렀던 만행과 실수를 떠올리며 말했다.

"그래? 난 아니라고 생각하는데."

세희가 고개를 가로저었다.

"아니요."

그렇게 생각한 근거가 뭔지 물어볼 필요는 없었다.

"그렇지 않다면 제가 성훈 님, 아니, 성훈 씨에게 다시 한 번 사랑에 빠진 걸 설명할 수 없어요."

세희가 먼저 말해 줬으니까.

"그, 그래?"

"예."

……저 당돌하고 굳은 의지가 느껴지는 눈동자에 대고서는 무슨 말을 해도 소용이 없겠지.

뭐, 지금은 왜 갑자기 나를 성훈 씨라고 부르냐고 물어볼 시간도 없고.

나는 시선을 돌려 여전히 세희에게 몸을 맡긴 채 기절해 있는 아사달과 가희를 바라보았다.

망할 녀석들. 끝까지 정신 못 차리네.

나중에 나 사라지고 나서 작별 인사도 못 했다고 아쉬워해라.

나처럼.

"그것보다 이제 헤어질 시간인 것 같네."

잠에 드는 순간처럼 자꾸 의식이 끊어지려는 걸 봐서, 정말 한계인 것 같거든.

나는 마지막 있는 힘을 다해 입을 열었다.

"세희야."

내가 안녕이라는 말을 입에 담으려고 할 때.

세희가 말했다.

"작별 인사는 필요 없어요."

"뭐?"

야, 아무리 그래도 그건 아니지 않냐? 그래도 나름 같이 지낸 시간이 있는데 그건 아니잖아?

아쉬움과 당혹감에 혼란스러워하고 있던 나와 달리, 세희는 아사달과 가희를 땅바닥에 조심스럽게 내려놓은 뒤 일어나 섰다. 나 역시 무릎을 피고 일어나자, 세희가 굳은 의지를 가득 담은 두 눈동자로 나를 올려다보며 말했다.

"기다려 주세요, 성훈 씨."

응?

"……기다려 달라고?"

"예."

세희가 작은 주먹을 꼬옥 쥔 채 고개를 끄덕였다.

"저를 기다려 주세요."

세희는 말했다.

"몇 십 년, 몇 백 년, 몇 천 년이 걸린다 해도."

세희는 선언했다.

"성훈 씨가 있는 곳이 어디든 간에."

세희는 약속했다.

"이번에는 제가 당신을 찾아갈 테니까요."

그건 너무나 당돌한 말이었다.

하지만 왜일까?

세희라면 정말로 내가 있는 곳에 올 수 있을 거라는 생각이 드는 건?

"그래."

그렇기에 나도 웃을 수 있었다.

"기다리고 있을게."

그것이 내가 이 세계에서 마지막으로 할 수 있었던 말이었다.

이어가는 이야기

정신을 차리니 나무를 엮어 만든 지붕이 보였다.

"……여긴 또 어디야."

이상한 곳으로 돌아왔나 살짝 걱정이 됐지만, 그것도 옆을 보는 순간 사라졌다.

정신을 잃은 사이에 세희에게 강제로 빼앗겼던 웅녀의 뼈 몽둥이와 랑이의 이빨 목걸이가 있었으니까. 나는 랑이의 이빨을 목에 건 뒤, 웅녀의 뼈 몽둥이를 주머니 속에 집어넣고 밖으로 나왔다.

조금 전까지 내가 누워 있던 곳은 세희가 무덤가에 만들었던 오두막이었구나.

……설마 이걸 예상하고 만들어 놓은 건 아니겠지.

나는 머리를 긁으며 느긋하게 기지개를 폈다.

"으다다다닷~!"

그다지 몸이 굳은 건 아니지만, 지금부터 산을 내려가야 하니까 말이지.

산을 내려갈 때는 간단한 스트레칭은 필수다. 산은 오를 때보다 내려갈 때 다칠 확률이 높으니까.

땀이 날 정도로 적당하게 몸이 덥혀졌을 때.

나는 사랑스러운 우리 아이들이 기다리고 있는 집으로…….

"성훈아아아아아아아아!!"

집으로 가려다가, 저 밑에서 내 이름을 부르며 넓은 산길을 새로 만들며 달려오는 흰색 섬광을 봤다.

……저는 스트레칭을 왜 한 걸까요.

흙먼지와 함께 달려오던 랑이는 다행이 내 앞에서 딱 멈춰 섰다.

크으으으!! 랑이다. 살짝 흙먼지를 뒤집어썼지만 그 귀여움이 바라지 않는 랑이다! 그것도 며칠 만에 만나는!

"랑이야!"

나는 복받쳐 오르는 감정을 담아 랑이의 이름을 부르며 두 팔을 벌려 내 사랑하는 연인을 약속대로 꼬옥…….

"큰일, 큰일이니라!!"

나는 그대로 굳어 버렸다.

발을 동동 굴리며 나를 올려다보는 랑이의 표정이 그 어느 때보다 진지하고 심각해 보였기 때문이다.

내가 농담을 건네거나 장난을 칠 생각이 들지 않을 정도로 진지했다.

마치, 내가 요괴의 왕과 관련된 일 때문에 나와 한바탕했을 때의 랑이와 같이.

내가 없던 사이에 뭔가 심각한 일이 생겼던 건가?

나는 감격의 재회를 뒤로 하고 랑이에게 물었다.

"무슨 일인데?"

"큰일이니라! 정말 큰일이 났느니라! 나는 어찌하면 좋느냐?!"

나는 허둥지둥 대며 두 팔을 휘젓는 랑이의 어깨를 두 손으로 잡아 조금이라도 진정시키며 말했다.

"괜찮으니까, 무슨 일인데?"

내 행동이 조금은 의미가 있었는지 랑이가 울 것 같은 얼굴로 나를 올려다보았다.

"그게 말이니라! 성훈이가 돌아오기 바로 전에!"

랑이가 말했다.

"세희가 저승사자에게 잡혀갔느니라!!"

……뭐?

글쓴이의 끼적끼적

4월 달에 서울과 대구에서 사인회가 있었습니다.

이 자리를 빌어 다시 한 번 정말 많은 분들이 와 주셔서 감사하다는 말씀을 올리고 싶습니다.

기린의 성별에 대해 궁금해하시는 분들이 많이 계셨습니다.

저는 힌트를 드렸다고 생각했지만, 제대로 된 힌트가 아니었나 보네요. 죄송합니다. 다음에는 좀 더 주의하겠습니다.

사인회에서도 말씀드렸지만, 아마도 2부 9권, 그러니까 18권이 2부 마지막 권이 될 것 같네요.

그렇다고 걱정하실 필요는 없을 것 같습니다. 한 번 일어난 일은 두 번도 일어난다고 하잖아요?

그러니 독자님들께서는 안심하시고 나호를 즐겁게 읽어 주셨으면 좋겠습니다.

……약속의 짤방을 올리고 싶군요.

이번 권에서는 어린 세희와 어린 가희와 아사달이라는 녀석이 나옵니다. 이번 권이 길어진 건 이 녀석들의 이야기를 조금이라도 더 하고 싶어서인 것도 있습니다.

부족합니다만.

기회가 된 다면 이 녀석들의 이야기를 다시 한 번 써 보고 싶은 마음이 한 가득입니다.

그때가 언제 올 지는 '며느리도 몰라~' ……같은 개그를 해도 이해하실 분은 드물겠죠.

처음에는 이번 권을 고조선 전의 시대를 배경으로 삼으려고 했지만…….

책 찾아보고 참고로 삼을까 해서 선사 유적지에 들렀다가, 아, 이건 무리, 라는 생각이 들더군요.

……도저히 러브 코미디로 쓸 자신이 없었습니다.

이야기의 전개상, 부득이하게 랑이와 아이들이 이번 권에서는 성훈이의 곁에 있지 못하게 되었습니다. 이 점, 정말 죄송하게 생각하고 있습니다.

부디 넓은 아량으로 용서해 주셨으면 합니다.

독자님들께서 보내 주신 선물은 소중히 간직하며, 또한 용도에 맞춰 사용하고 있습니다.

이 자리를 빌어 감사의 인사를 드립니다.

이번 권에서는 영인 님께서 무리한 일정에 맞춰 주시고, 바쁘신 와중에도 두 장의 추가 삽화에 데스크패드용 삽화까지 작업해 주시는 등, 정말 수고가 많으셨습니다.

이 자리를 빌어 다시 한 번 감사의 인사를 드립니다.

그럼, 이만 줄이겠습니다.

◆본 작품의 의견, 감상을 기다리고 있습니다◆

보내실 곳 _

서울시 구로구 디지털로 26길 111 JnK디지털타워 503호
우편번호 152-848
(주) 디앤씨미디어 시드노벨 편집부

카넬 작가님 앞
영인 작가님 앞

카넬 시드노벨 저작 리스트

『나와 호랑이님』 17
『나와 호랑이님』 16
『나와 호랑이님』 15
『나와 호랑이님』 앤솔로지 2
『나와 호랑이님』 14.5
『나와 호랑이님』 14
『나와 호랑이님』 13
『탐정의 왕』 앤솔로지
『나와 호랑이님』 12
『나와 호랑이님』 11
『나와 호랑이님』 10
『나와 호랑이님』 앤솔로지
『나와 호랑이님』 9
『나와 호랑이님』 8.5
『나와 호랑이님』 8
『나와 호랑이님』 7
『나와 호랑이님』 6
『나와 호랑이님』 5.5
『나와 호랑이님』 5
『나와 호랑이님』 4
『나와 호랑이님』 3.5
『나와 호랑이님』 3
『나와 호랑이님』 2
『나와 호랑이님』
『나와 비행소녀』

나와 호랑이님 17

1판 1쇄 발행 2017년 6월 1일
1판 2쇄 발행 2018년 7월 16일

지은이_ 카넬
발행인_ 신현호
편집장_ 이석원
책임편집_ 문승민
편집부_ 유석희 문승민 송영규
편집디자인_ 한방울
국제부_ 정아라 안수지 고금비
영업 · 관리_ 김민원 이주형 조인희

펴낸곳_ (주) 디앤씨미디어
등록_ 2002년 4월 25일 제 20-260호
주소_ 서울시 구로구 디지털로 26길 111 JnK디지털타워 503호
전화_ 02-333-2513(대표)
팩시밀리_ 02-333-2514
E-mail_ seed_dnc@dncmedia.co.kr
홈페이지 www.seednovel.com

값 7,200원

ISBN 979-11-6145-013-1 04810
ISBN 979-11-956396-9-4 (세트)

악마공작 아즐란 1
악역전생惡役轉生
시드북스